KB132401

이 별의 모든 것은
여기서 시작되었다

김남희가 매혹된 라틴아메리카2

이 별의 모든 것은 여기서 시작되었다

김남희 지음

문학동네

* **일러두기**

1. 인명과 지명 등 외래어는 가급적 국립국어원 외래어표기법을 따랐으나, 일부는 지은이의 뜻에 따라 원음을 살려 표기했다.
2. 단행본·잡지는 『 』, 시는 「 」, 영화·애니메이션·음악·미술·텔레비전 프로그램은 〈 〉로 표시했다.

프롤로그

2011년 1월 29일. 중남미 여행을 시작하던 날의 일기장에 나는 이렇게 적었다.

파이널 콜이 울릴 때, 마지막 승객으로 기내에 들어섰다. 시작부터 순탄치가 않다. 짐을 실으며 보니 큰 배낭의 무게만 23.5킬로그램. 작은 배낭까지 합하면 28킬로그램의 배낭을 앞뒤로 메고 돌아다녀야 하다니…… 텐트와 버너, 침낭을 비롯한 캠핑 장비들, 노트북과 카메라, 마지막 순간까지 넣고 빼기를 반복했던 열 권의 책들. 저 무거운 짐 때문일까 오랜만의 장기여행이어서일까, 마음이 요동치고 있다. 비행기는 어느새 밤의 장막을 가르며 날고 있는데 잠이 오질 않는다. 어제 본 영화 〈쿠바의 연인〉이 떠오른다. "메 구스타 라 비다. 시, 메 구스타 라 비다난 삶이 좋아. 그래, 삶이 좋아"라고 말하던 쿠바 청년. 나는 지금 그 대륙으로 가고 있다. 삶이 좋다고 말하는 사람들이 살고 있는 곳으로.

영화 속 쿠바 청년처럼, 그곳 사람들은 삶을 사랑했다. 마약과 납치, 폭탄 테러로 점철된 현대사를 겪었지만 여전히 열린 마음을 간직하고 있던 콜롬비아 사람들. 카리브 해의 태양과 음악에 기대어 현실의 고단함을 달래는 쿠바의 서민들. 지상 최대의 축제 리오 카니발 기간 동안 조르바가 되어버리는 브라질 사람들. 그들의 삶을 향한 지치지 않는 열정과 낙관이 나를 울게도, 웃게도 만들었다.

아무리 비루한 인생이라 해도, 살아야 하는 이유를 단 한 가지도 찾을 수 없다 해도, 그래도 살아가야만 한다는 것. 어떤 상황에서도 삶은 계속되어야만 한다는 그 위대한 진리를 그들은 증명했다. 그리고 또 그들은 내게 보여주었다, 타인의 불행을 통해서 자신의 행복을 깨닫는 이의 영혼은 가난하다는 것을. 타인의 물질적 가난을 보면서 자신이 지닌 것을 감사하는 이 또한 빈곤하기는 마찬가지라는 것을. 인간은 누구나 예외 없이 저마다의 결핍을 끌어안고 살기 위해 발버둥치는 가여운

존재다. 그러니 우리의 삶은 살아내는 것만으로 이미 완성된 것이 아닐까. 결국 나는 삶 자체를 조건 없이 사랑하는 법을 그들을 통해 배운 셈이다.

삶을 향한 의지로 펄펄 뛰던 땅에서 돌아온 후, 나는 역설적이게도 자주 죽음에 대해 생각하게 되었다. 인생은 삶으로 시작해 죽음으로 마무리되는 것임을 망각하고, 죽음을 삶과는 관계없는 것인 양 외면하면서 삶의 많은 문제들이 생겨나기 시작한다는 생각이 들었다.

내가 사랑하는 남자는 '죽음 같은 고통'을 일상적으로 대면하며 살아가는 공황장애 환자다. 그의 의식이 까무러치는 걸 보며 나는 사랑하는 이의 상실이라는 공포를 어렴풋이나마 알게 되었다. 그리고 지난해 가을, 그 공포는 현실이 되었다. 아버지의 갑작스러운 죽음은 내가 처음 겪는 가족과의 사별이었다. 아버지의 부재는 모든 인간은 언젠가는 돌아오지 않는 여행을 떠나야 한다는 사실을 나에게 각인시켜주었다. 삶에 있어서 단 한 번의 진짜 여행은 돌아오지 못하는 마지막 여행, 죽음으로 가는 그 여행뿐인지도 모른다. 제자리로 돌아오는 여행을 하는 동안 우리는 만나고 헤어지는 연습을 통해 마지막 이별을 준비하는 것은 아닐까.

페루의 쿠스코에서 그를 만나 함께 중남미를 여행하고 돌아온 후, 우리는 많은 일을 겪었다. 길지 않은 인생에서 가장 고통스러운 시간이 지나갔다. 그 아픈 시간 속에서도 보석처럼 빛나는 순간이 찾아오곤 했다. 지난 3년 동안 그는 한 사람을 사랑한다는 것이 그 사람을 살게 하는 일이라는 것을, 가장 절망스러운 상황에서도 인간은 웃을 수 있는 존재라는 것을, 인내란 삶이 나아지리라는 희망 없이도 견뎌내는 힘이라는 것을 스스로 증명했다. 그가 불굴의 의지로 일상을 견뎌가는 동안 나는 예전만큼 자주는 아니었지만, 아픈 그를 두고 여행을 떠나곤 했다. 그 여행은 이전까지의 여행과는 달랐다. 나는 예전만큼 여행에 몰입하지 못했다. 여행이 고통스러울 수도 있으며, 때로는 실패할 수도 있다는 것을 깨달았다. 이제 나는 안다. 떠나는 일 못지않게 한자리를 지키는 일 또한 용기가 필요하다는 것을. 떠나는 이의 발걸음보다 남아서 기다리는 이의 마음이 더 무거울 수 있다는 것을. 어쨌든 우리는 모질고 긴 시절을 버텨냈고, 여전히 견디는 중이다.

그리하여 이제는 멀리 떠나지 않아도 앉은 자리에서 내 좁은 세상의 경계를 조금씩 허물어뜨리는 삶, 일상에서도 여행자의 시선과 감수성을 되살려내는 삶을 살 수는 없을까 고민한다.

떠나지 못하는 그는 늘 내게 당부한다. 모험이 아닌 발견을 하는 여행가, 말하기보다는 들을 줄 아는 여행가가 되라고. 그를 만난 이후 나는 좋은 여행에 대해, 더 나아가 좋은 삶에 대해 자주 생각하게 된다. 여행은 우리를 끝까지 자기 자신으로 남게 하는 동시에, 새로운 자기 자신과 대면하게 해준다. 그 어떤 가면도 쓰지 않는 자신으로 머물게 하면서도, 어제까지 몰랐던 낯선 자신을 끝없이 발견하게 하는 것이 여행의 힘일 것이다. 그러니 육체의 나이가 늙음을 규정짓는 것이 아니라, 자신 안에서 더이상 새로운 얼굴을 찾아내지 못할 때 사람은 늙는 것이 아닐까. 더는 어떤 질문도 던지지 않고, 아무런 의심도 하지 않으며, 내가 아는 세계가 전부라고 믿는 순간, 우리는 늙기 시작한다. 늙지 않기 위해서라도 늘 기억하고 싶다. 여행은 한 사람이 진리라고 믿는 세계에 균열을 일으켜 더 넓은 세계를 열어주는 행위라는 것을.

이 책에 실린 이야기보다 실리지 못한 이야기가 더 많다. 결국 가장 아름다운 이야기는 글이나 사진으로 전해질 수 없을 것이다. 그걸 알면서도 나는 여전히 꿈을 꾼다. 이 소소한 이야기들이 누군가의 하룻밤 위안이라도 될 수 있기를. 그래서 내가 다시 떠날 수 있는 힘을 얻게 되기를. 원고를 미리 다 읽고 꼼꼼히 조언해준 그가 아니었다면 이 책은 한참 더 부족한 채로 세상에 나왔을 것이다. 어떤 말로도 전해지지 않는 고마움을 전한다.

"잘 자요." 나는 그를 만나기 전까지 이 평범한 인사가 얼마나 아픈지 알지 못했다. 불면의 밤을 보내는 그에게 나는 오늘도 저 무기력한 인사를 건넨다. 잘 자요, 내 유일한 당신. 그리고 또 잠 못 이루는 수많은 당신들.

2014년 10월

인왕산 자락에서

고마운 분들

캐나다 밴쿠버의 오강남 선생님, 황지숙 님, 김동기 님, 윤인경 님 내외분을 비롯한 그곳의 많은 분들. 페루 쿠스코 사랑채의 은미네 가족. 자신의 집에서 일주일이나 나를 먹여주고 재워준 칠레 산티아고의 루이스 아저씨. 콜롬비아의 벤하민과 그 어머니 에바. 아르헨티나 우수아이아의 다빈이네 이모님. 원고를 쓰는 동안 나의 작업실이 되어준 광화문의 카페 커피 투어. 섬세한 손길로 책을 매만져준 문학동네의 혜지씨와 소영씨. 그리고, 길 위에서 만난 모든 사람들. 그 누구보다, 나의 감자씨.

c o n t e n t s

프롤로그 ········· 005

1장 에콰도르

1. 잠시 저를 식구로 맞아주시겠어요? _쿠엥카 ········· 016
2. 카페인 부적응자가 커피 농장 자원봉사라니… _엘아이로 ········· 032
3. 내 삶의 방식과 작별하는 일_오타발로 ········· 050

2장 콜롬비아

1. 왁스야자나무 사이로… _살렌토 ········· 062
2. 테러와 납치, 마약과 살인의 종결지_메데인 ········· 076
3. 시간을 되돌리는 마법의 도시_카르타헤나 ········· 092
4. 책과 음악으로 번갈아 깊어가던 곳_산타마르타 ········· 106
5. 풍경보다 아름다운 시간의 결_바리차라 / 비야데레이바 ········· 118
6. 도시의 어둠에서 빛을 나누는 사람들_보고타 ········· 134

3장 베네수엘라

1. 지구에서 가장 긴 폭포의 굉음 속으로_앙헬 폭포 ········· 152
2. 무인도에서 보내는 하루_산타페 / 리오카리베 ········· 164

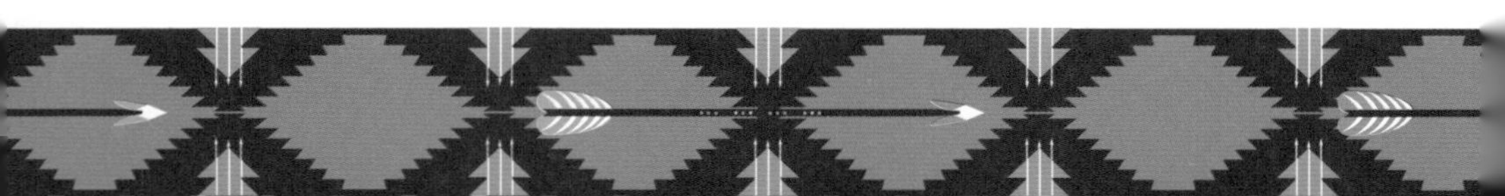

4장 쿠바

1. 남루한 일상마저 예술이 되는 도시_아바나 180
2. 거리마다 혁명이 춤을 권하다_아바나 194
3. 혁명이 끝나도 삶은 계속된다_산타클라라 / 트리니다드 206
4. 쿠바 서민들의 맨얼굴을 보여주는 곳_아바나 / 비날레스 220

5장 멕시코

1. 혼자여서는 절대 안 되는 곳_칸쿤 / 툴룸 236
2. 멕시코 음식의 본고장에서의 오감만족_와하카 252
3. 프리다와 디에고의 도시, 그 매력적인 혼돈_멕시코시티 266

6장 브라질

1. 신이여, 이 도시의 환락을 용서하소서_리우데자네이루 290
2. 출구를 찾을 수 없는 동네, 파벨라_리우데자네이루 302
3. 역사의 향기가 밴 콜로니얼 타운_오루프레투 316
4. 중남미 최대의 노예시장에서 화려한 역사지구로_사우바도르 330
5. 나를 잡아채는 일상의 풍경_헤시피 / 올린다 348
6. 중독성 강한 최고의 생태여행지_페르난두지노로냐 362
7. 야망 따위는 내팽개친 이들이 살아가는 곳_제리코아코아라 / 바헤이리냐스 382

ECUADOR

1장

에콰도르

오타발로
키토
코토팍시
바뇨스
갈라파고스
과야킬
쿠엥카
로하
엘아이로

01

잠시 저를 식구로 맞아주시겠어요?

쿠엥카

여행이 길어지면 어느 순간 일상이 그리워진다. 매일 같은 집으로 돌아가고, 잘 자라는 인사를 나누고 내 방으로 들어가고, 아침이면 식탁 앞에 마주앉아 이야기를 나누며 먹는 밥을 꿈꾸게 된다. 길 위에서의 삶이 어느새 9개월째로 접어드니 다시 일상이 그리워진다. 오늘 인사를 나누고 친구가 되었는데 내일이면 다시 혼자가 되는 반복적인 상황도 점점 견디기 힘들어진다. 코토팍시 등반에 실패했던 것도 어쩌면 일상에 대한 갈망 때문이었는지도 모른다. 골목에서 불 켜진 창 너머로 두런두런 소리라도 들려오면 무릎에 힘이 빠진다. 누군가 나에게 밥은 제대로 먹고 다니느냐고 물어온다면 주저앉아 울어버릴지도 모른다. 강바닥의 사금처럼 가라앉은 나를 누군가 물 밖으로 꺼내어 반짝반짝 빛나게 닦아줄 수는 없는 걸까. 잠시라도 좋으니 여행자가 아닌 듯 살아보고픈 욕망에 이끌려 이 작은 도시에 짐을 내려놓는다. 그리고 어느 가정집으로 들어간다. 똑똑, 잠시 저를 식구로 맞아주시겠어요? 대신 숙박료와 밥값은 낼게요.

여기는 쿠엥카. 키토에서 판아메리카 고속도로를 타고 남쪽으로 내려온 인구 20만의 도시다. 인구의 대부분이 인디오인 이곳에는 원주민 들의 오랜 전통과 풍습이 남아 있다. 그래서인지 도시 전체가 평화롭고 느긋한 분위기로 가득하다. 쿠엥카의 중심지로 들어서는 순간, 에콰도르에서 가장 매력적인 도시로 이곳이 꼽히는 이유를 알 것 같았다. 하얗게 채색된 벽에 빛바랜 주황색 타일을 얹은 건물들, 세월에 씻겨 반짝이는 돌이 깔린 골목과 11월 3일 거리를 따라 이어지는 토메밤바 강변의 산책로와 그 주변에 위치한 잉카 유적지까지, 작은 도시의 곳곳에는 시간의 흔적이 켜켜이 쌓여 있다. 도시의 끝에서 끝까지 걸어다닐 수 있는 적당한 규모, 분위기 있는 작은 카페와 식당, 소일하기에 좋은 박물관까지 내가 좋아하는 '도시의 조건'을 다양하게 갖추고 있다. 도심을 걸어다니다보니 조금씩 행복이 번져간다. 코토팍시 등반 이후 이런 기분은 처음이다. 강변에 자리한 작은 호스텔에 짐을 풀어놓고 밖으로 나선다.

쿠엥카에 밤이 내린다. 옛 성당을 찾아간다. 도시의 건설과 더불어 지어진 옛 성당은 이제 박물관과 공연장으로 쓰인다. 성당의 내부 벽은 소박한 파스텔 색조의 그림들로 채워져 있다. 액자나 커튼처럼, 혹은 창문이나 대리석 기둥처럼 보이도록 그려넣었는데 이 그림들 덕분에 재미있는 성당이 되었다. 복원할 당시 이미 심각하게 훼손됐는지 지워진 곳이 꽤 많다. 야심한 시각에 이곳을 찾은 이유는 이곳에서 열리는 공연을 보기 위해서다. 소리가 아름답게 반향되는 성당 안에서 열리는 클래식과 대중가요가 섞인 공연이다. 압권은 관중의 태도다. 공연 도중에 거리낌없이 동영상을 찍고, 휴대전화가 울리면 큰 소리로 전화받

고, 아는 노래가 나오면 따라 부르고, 공연이 지루하다 싶으면 옆 사람과 떠들고…… 심지어 플래시를 터트리며 사진을 찍기도 한다. 정말이지 이렇게 자유분방한 공연장은 처음이다. 피아노 독주도, 오페라 아리아도, 중남미의 대중가요도 다 좋은데 관객들의 이런 태도 때문에 집중이 어렵다. 하지만 무례한 매너를 탓하기에는 관객들의 표정과 몸짓이 너무 즐겁고 자유롭다. 진심으로 공연을 즐기고 있다고나 할까. 어쩌면 무대에서 공연을 하는 사람들도 알고 있을지 모른다. 관객들이 자신의 노래를, 연주를 정말 즐기고 있음을. 마음에 드는 노래에 한하는 것 같긴 하지만. 공연이 끝나니 열시. 사람들은 저마다 가져온 차를 타고, 혹은 삼삼오오 걸어서 제집으로 돌아간다. 나는 몇 블록 되지 않는 숙소까지 두려움을 엔진 삼아 뛰어간다. 키토의 밤거리가 워낙 위험했기 때문에 이곳에서도 긴장이 가시질 않는다.

본격적으로 우기가 시작된 걸까. 지난밤 내내 빗소리가 요란하더니 아침에도 날이 흐리고 비가 오락가락한다. 망설이다 결국 작은 배낭을 메고 나선다. 국립공원 엘카하스로. 쿠엥카에서 30킬로미터 남짓 떨어진 국립공원은 들판과 호수, 강이 어우러진 곳으로 해발고도 3천 5백 미터에서 4천 2백 미터를 오르내린다. 버스와 트럭을 얻어 타고 공원 입구에 내리니 바람이 불고 비가 쏟아진다. 표를 끊고, 지도를 받고, 경로에 관한 설명을 듣고 걷는다. 온통 노랗게 바랜 풀이 바람에 흔들리고 낮게 내려온 구름이 산을 뒤덮고 있다. 어쩐지 버림받은 황무지 같은 풍경이다. 송어 낚시로 유명한 호숫가 곳곳에는 비옷을 입고 낚시하는 남자들이 보인다. 이곳에서도 길에 관한 한 탁월한 내 감각이 실력을 발휘한다. 지극히 단순한 길인데도 길을 잃고 도로로 나오고 말았으니. 결국 입구로 돌아가 다시 시작한다. 이곳에서만큼은 길 잃을 염려는 전혀 안 해도 된다고 모두들 말했건만. 토레아도라 호수를 따라 한 바퀴 도는 세 시간짜리 코스를 걷는다. 코스마다 바위 위에 다른 색깔로 표시된 걸 유심히 보며 따라간다. 비가 잠시 그친 틈을 타 삶은 계란으로 간단한 점심을 먹는다. 길은 진흙탕이라 옷도 신발도 다 젖고 만다. 손도 시리다. 그래도 오랜만에 빗속을 걷는 기분이 나쁘지 않다. 비에 젖은 호수와 들판을 마음껏 바라보고 돌아온다.

이곳의 날씨는 일정한 패턴으로 변하는 걸까. 오전에 잠시 햇살이 고개를 내밀다가 오후가 되면 구름이 몰려오거나 비가 쏟아지는 식이다. 오늘도 오전에는 화창하게 개어 카메라를 들고 나가 정처 없이 골목을 걷는다. 광장에 앉아 아이스크림을 먹으며 해바라기를 하기도 하

고, 거리의 행상에게서 딸기와 귤을 사기도 하면서. 딸기와 귤이 같은 계절에 나오는구나, 여기도. 공원에 앉아 신문을 보거나 친구와 수다를 떠는 사람들을 바라보고 있으니 쓸쓸해진다. 나도 누군가와 함께 밥을 먹고, 이야기를 나누고, 같은 공간에 머물고 싶다. 이 도시의 골목을 혼자가 아니라 다른 이와 함께 걷고 싶다. 잠시 이곳에 배낭을 내려놓을까. 마침 스페인어를 공부하기에 좋은 곳이니. 쿠엥카에는 소규모 어학원이 많아 배낭여행자들이 스페인어를 배우는 곳으로도 유명하다. 가격도 적당해 선생과 단둘이 하는 수업이 시간당 만 원 안팎이다. 가이드북에 나온 어학원을 일일이 찾아가 가격과 위치, 교사의 자격 같은 것들을 확인한다. 결국 내가 등록한 곳은 가이드북에 소개되지 않은, 숙소에서 만난 호주 처녀 라라가 알려준 학원. 하루 두 시간뿐이지만 일대일 수업을 신청하고, 홈스테이도 신청한다. 비록 일주일뿐이지만 내일부터 학생이 되고, 내 방이 있는 집에 머문다고 생각하니 들뜬다.

오늘부터 스페인어 공부와 홈스테이 시작이다. 학교는 오래된 건물을 개조해 정취와 편리함을 두루 갖춘 건물이다. 내 담임은 사십대 중반의 여성 파트리시아. 하루 두 시간, 겨우 닷새뿐이지만 두 시간이 훌쩍 지나갔다. 수업이 끝난 후 홈스테이할 가족과 만났다. 내가 머물게 된 곳은 연상연하 커플 마르시아와 카를로스의 집. 남편 카를로스가 마르시아보다 여덟 살이 어리다. 개구쟁이 형제인 다섯 살 호세와 세 살 다니엘의 웃음소리로 종일 시끌벅적하다. 남편 카를로스는 말이 별로 없지만 아이들과 노는 모습을 보면 자상하면서 인내심도 많아 보인다.

마르시아에게 말을 건네는 태도도 다정하다. 카를로스가 호세를 데리러 간 사이 마르시아는 처음 만난 나에게 뜻밖의 이야기를 털어놓는다. "다정한 아빠인 것 같네요"라는 내 말에 잠시 말이 없던 끝이었다.

"남편과는 아이들에 관한 대화만 나누며 남남처럼 살고 있어요. 지방에서 근무하는 남편에게 여자가 있다는 사실도 알게 되었지만 물어보지도 못했어요."

스무 살에 했던 첫 결혼이 실패한 후 다시 누군가를 사랑하게 되기까지 오랜 시간이 필요했는데 결국 또 이렇게 되었다며 마르시아는 눈물을 흘린다. 무슨 말을 해야 할지 몰라 그저 그녀의 손을 잡고 쓸어줄 뿐이다. 잠시나마 화목한 가정의 일원이 되어 일상을 누려보고 싶었는데 첫날부터 이렇게 일상의 균열을 마주하고 만다.

수업 둘째날, 내 담임 파트리시아의 가르치는 실력은 좋지도 나쁘지도 않다. 아니, 내가 전에 스페인어를 공부하지 않았다면 그녀의 설명은 꽤 부족했을 것 같다. 다시 공부하며 짧은 시간 동안 문법을 정리하는 거니 나쁘지 않은 정도다. 그리고 그녀를 통해 접하는 에콰도르에서 일하는 여성의 일상 이야기가 재밌을 뿐. 고부갈등은 한국만의 이야기는 아닌지 딸만 생각하고 며느리 입장은 헤아리지 않는 그녀의 시어머니 험담이 주메뉴. 불쑥불쑥 예고도 없이 집으로 찾아와 그녀의 음식이나 살림 솜씨를 타박하는 모습은 한국의 시어머니들과 닮아 있다. 수업이 끝난 후 학교의 카페에서 숙제를 하고 복습을 하는 기분도 즐겁다. 마르시아는 외로워서인지 어학원에서 돌아오는 나를 유난히 반갑게 맞아준다. 그녀는 부모님도 일찍 돌아가신데다 형제도 없다. 첫 결혼에서 낳은 딸은 전남편과 살고 있어 자주 만날 수도 없다. 어쩌면 그녀가 계속 홈스테이를 하는 이유는 이야기 나눌 사람이 그리워서인지도 모른다. 집으로 돌아가면 그녀는 오늘은 학교에서 뭘 배웠는지, 수업 후에는 뭘 했는지 몹시 궁금해한다. 내 직업이 여행을 하며 글을 쓰는 일이라는 걸 알고는 몹시 부러워한다.

"너는 세계를 돌아다니는구나. 나도 아이가 생기기 전에는 여행을 좋아했는데……"

그 말끝에 잠시 그녀의 속눈썹이 떨린다. 나는 그녀에게 내 고단함이나 외로움을 털어놓는 일 같은 건 하지 않는다. 배부른 투정으로만 들릴 수 있을 테니까. 지구의 반대편에서 내가 찾아든 집에서 나처럼 외로운 여자를 마주치다니……

그나저나 개구쟁이 사내 둘이 있는 곳에 머문다는 건 예상했던 대로 힘이 든다. 귀여워서 같이 놀다보면 에너지 소모가 엄청나다. 아이들을 떼내고 방으로 들어오는 걸 보니 역시 아이들과의 내 한계는 딱 30분인가보다. 마르시아가 자주 아이들을 저희들끼리 놀게 내버려두고 휴대전화에 오래 매달려 있는 모습을 보는 건 안쓰럽지만, 나는 그 마음을 알 것 같다. 그 안의 세계는 그녀의 고단한 일상을 잠시나마 잊게 만들어줄 테니.

쿠엥카에서의 시간은 오전에 수업을 받고, 오후에는 방과후 활동을 하며 그렇게 흘러간다. 오후에 하는 방과후 활동이 뜻밖에 알차서 하루하루가 금세 흘러간다. 어제는 중남미식 튀김만두 엠파나다 만들기를 체험하고, 오늘은 가이드와 함께하는 시티 투어가 기다린다. 쿠엥카

는 아브돈칼데론 공원을 중심으로 수직 격자형으로 뻗어나간다. 칼데론 광장에는 대성당, 옛 성당, 정부청사, 시청사 등이 모여 있다. 제일 먼저 대성당을 찾아간다. 로마네스크와 신고딕 양식으로 지어진 대성당은 쿠엥카의 상징이다. 밝은 푸른색과 흰색으로 된 돔이 눈길을 끄는 대성당의 종탑은 마치 칼로 자른 것처럼 직선이다. 종탑을 짓다 말았기 때문이다. 건축가가 계산 착오로 잘못 설계해 그대로 완공했다면 종탑은 그 무게를 견디지 못해 무너졌을 거란다. 이탈리아 카라라에서 공수해온 핑크색 대리석이 깔린 성당의 내부는 당시 쿠엥카의 인구 만 명 중 9천 명을 수용할 수 있는 규모였다. 제단의 예수상은 원주민의 피부색을 반영해 유난히 짙은 색이라 친근하다. 성당을 나오니 바람결에 꽃

향기가 실려 온다. 마리스칼수크레 거리를 반 블록 정도 걸어가니 꽃시장이다. 주변의 하얀 건물을 배경으로 늘어선 화사한 빛깔의 꽃바구니가 거리에 활기를 더한다.

꽃시장 근처에 위치한 중앙 시장은 이 도시 사람들이 매일 장을 보러 오는 곳이다. 약으로 쓰이는 온갖 풀과 꽃을 모아놓은 가게도, 색색의 열대과일이 쌓인 가게도, 통째로 구운 돼지 한 마리를 올려놓은 식당들도 신기하기만 하다. '오르나도데찬초'라 불리는 삶은 돼지는 매운 양념에 찍어먹거나 감자 토르티야에 싸서 먹는다. 시장에서 옥수수로 만든 음료 모로초를 사 마신다. 옥수수에 계피와 사탕수수, 우유와 물을 넣고 끓인 걸쭉한 음료다. 한 잔에 5백 원인데 아침식사 대용으로 뜨겁게 마신다고 한다. 시장을 나온 우리가 찾아가는 곳은 밀짚모자 박물관. 소박한 규모의 박물관인데 밀짚으로 만든 파나마모자를 만들고 판매하는 곳이다. 에콰도르 사람들이 17세기부터 생산해온 이 여름용 모자는 미국의 루스벨트 대통령이 애용하면서 유명세를 타기 시작했다. 토키야라는 식물의 잎을 사용해 모자를 짜는데 쿠엥카의 모자 짜기 기술은 세계무형유산으로 지정될 정도로 빼어나다. 최고급 품질의 파나마모자는 결혼반지 사이를 통과할 수 있을 정도로 가늘게 말리고, 구겨지더라도 바로 펴진다고 한다. 이 모자가 파나마모자라 불리는 이유는 파나마 운하를 통해 전 세계로 수출되었기 때문이다. 이제는 중국산 싸구려 모자에 밀려 사양길을 걷는 파나마모자. 돌돌 말아서 배낭에 넣을 수도 있어 나도 한 개를 사들고 나온다.

집으로 돌아오는 길에 또 길을 잃었다. 어두워진 골목을 이리 뛰고 저리 뛰며 두려움에 떨어야 했다. 하필 가진 돈도 없어서 택시도 못 타고 헤매다가 겨우 택시기사에게 사정을 설명하고 얻어 탔다. 순식간에 텅 비어버린 어두운 골목이 얼마나 무섭던지…… 난 정말 중남미에서는 못 살 것 같다. 밤에 집으로 돌아올 때마다 공포에 떨어야 하다니…… 마르시아가 걱정했다며 놀란 얼굴로 맞아준다. 이런 밤, 혼자가 아니라서 얼마나 다행인지.

오늘은 수업이 끝난 후 같은 학교에서 공부하는 미국인 할머니 수와 점심을 같이 먹었다. 그저 말이 좀 많은 할머니인 줄 알았더니 꽤 재미있고, 박식한데다 마음이 트인 분이다. 자신을 "성공회 교회에 다니는 불교 신자"라고 소개한다. 미국의 여성운동에 꽤 깊이 관여했던 심리학자 출신이다. 오바마를 위한 당선운동에도 열심이었는데 "오바마는 미국이 얼마나 썩었는지 모른 이상주의자였다"고 말한다. 수 할머니는 중남미를 좋아해 쿠엥카에서 살고 싶단다. 내가 촘스키와 손택을 존경한다 했더니 정치적 신념이 뚜렷한 이들이라고 한다. 자신은 소로우와 미국 최초의 여성 연방하원의장을 역임중인 낸시 펠로시 같은 여성 정치인을 존경한다면서. 수 할머니는 사람에 대한 호기심을 잃지 않은 분인 것 같다. 젊은이들에 대해 이야기할 때도 자신과는 다른 멋진 젊은이들이 많아 미래가 희망적이라고 말한다. 나이들어서도 틀에 갇히지 않고 열려 있는 사람을 본다는 건 이렇게 즐거운 일이다.

오늘 방과후 활동은 쿠엥카에서 가장 재미있는 박물관 탐방이다. 가이드 앙헬과 함께 토메밤바 강가에 있는 중앙은행 박물관을 찾아간다.

중심지에서 걸어서 30분 남짓 걸리는 이 박물관의 일층에는 식민지 시대에 만들어진 그리스도 상을 비롯한 성물을 모아놓았고 이층에는 에콰도르 각지에 사는 17개 부족의 생활상과 그들이 만든 수공예품 등을 전시했는데 제법 재미있다. 그중에서도 아마존 정글에 사는 부족이 만든 인간의 말린 머리를 보고 함께 간 다른 아이들은 경악한다. 나는 키토의 적도 박물관에서 한 번 본 터라 충격이 덜하다. 오늘 나는 양극단의 세계를 오간 셈이다. 인간이 진보해왔음을 드러내는 표상이랄 수 있는 페미니즘에 헌신한 수 할머니의 세계와 적의 말린 머리를 걸고 다니며 강인함을 자랑하는 원시의 세계를.

홈스테이 마지막날, 마르시아에게 내가 저녁을 사겠다고 했다. 호세, 다니엘을 데리고 동네 피자 가게에서 피자를 사와 다 함께 먹는다. 학교에서 돌아올 때마다 너무나 반갑게 맞아주던 마르시아. 아이들이 피자를 맛있게 먹는 모습을 보며 아이들 앞으로 피자를 놓아주던 그녀가 내게 묻는다.

"이제 또 어디로 가?"

"빌카밤바에 갔다가 콜롬비아로 넘어가려고."

"콜롬비아 다음에는?"

"베네수엘라 갔다가 쿠바로 갈 거야."

"집에는 언제 가는데?"

"석 달 후에."

"넌 정말 자유롭게 사는구나."

부러움을 숨기지 못하는 그 말에 끝내 나는 말하고 만다.

"마르시아, 넌 호세와 다니엘이 있잖아. 친구처럼 무슨 이야기든 다 할 수 있는 딸도 있고. 난 아마 이대로라면 아이 없이 인생을 마치게 되겠지."

"아냐, 아직 늦지 않았어. 그런 생각 하지 마."

내가 이 도시에서 홈스테이를 신청했던 건 물위의 나뭇잎 한 장처럼 가볍게 떠도는 내 삶이 지겨워 잠시라도 뿌리박은 이들의 단란한 삶을 보고 싶었기 때문이었다. 하지만 이곳에서 내가 마주친 건, 자신이 지켜온 일상에서 길을 잃어버린 마르시아였다. 우리가 만났던 첫날, 마르시아는 왜 처음 본 나에게 자신의 부끄러운 속살을 드러내보였을까. 걸음이 가벼운 나에게 그 무거운 이야기를 실어 떠나보내고 싶었을까. 어쩌면 마르시아는 내가 자신처럼 길을 잃고 헤매고 있다는 걸 본능적으로 알아챘는지도 모른다. 그러니 마르시아에게 어떤 삶이든 길을 잃고 헤매는 시기가 반드시 있다는 이야기 같은 건 굳이 꺼내지 않아도 되리라. 길 잃은 두 여자가 마지막 식사를 하며 우정을 나누는 지금. 어쩐지 애틋한 밤이다.

열흘 만에 쿠엥카를 떠난 나는 빌카밤바로 향한다. 단순하고 평온한 삶, 신선한 공기와 깨끗한 자연으로 세계 3대 장수 마을이라 불리는 곳. 한눈에도 느긋한 분위기가 드러난다. 마을의 광장에는 이곳에 정착한 외국인들이 하는 카페와 식당이 몇 개 있다. 하지만 인터넷의 발달은 우리에게 휴양지에서 마음껏 쉬는 일조차 허락하지 않는 걸까. 저녁 먹는 내내 내 옆자리의 미국인 여성은 스카이프로 일을 지시하고 있으니. 휴대전화가 터지지 않는 곳이라면 어디나 살갑다던 시인의 글귀가 생각난다. 빌카밤바에서는 내내 산책을 하거나 말을 타고 주변을 둘러보거나 숙소의 해먹에 드러누워 책을 읽으며 보낸다. 정원이 아름다운 숙소는 마을과 1킬로미터쯤 떨어져 있어서 고요하다. 비가 쏟아지는 날에는 빗소리를 들으며, 햇살이 뜨거운 날에는 작은 수영장에서 더위를 식히며 책을 읽는다. 이곳에 오니 내가 얼마나 혼자 있기를 좋아하는 사람인지를 새삼 확인한다. 함께 있다는 건 상대를 위한 배려가 기본적으로 전제되는 일이다. 오랫동안 혼자 지내다보니 타인을 향한 배려를 충분히 익히지 못한 나에게는 이런 상태가 편한 게 사실이다. 그러니 쓸쓸함 같은 건 덤이라 생각하고 소중히 끌어안고 가자.

카페인 부적응자가 커피 농장 자원봉사라니…

엘아이로

어디선가 닭 우는 소리가 들려온다. 멀리서 들려오던 수탉 울음소리가 점점 커지면서 이제는 귓전에서 울어대는 것 같다. 몸을 뒤척이며 머리맡에 놓인 시계를 보니 새벽 다섯시를 겨우 넘겼다. 얼마 지나지 않아 가벽 너머로 주인집 식구들이 깨어나 움직이는 소리가 들려온다. 오늘부터 시작되는구나. 커피 농장에서의 하루가.

카페인 때문에 커피는 입에도 못 대는 내가 어째서 커피 농장에서 자원봉사를 할 생각을 했을까. 스페인어를 배우느라 잠시 머문 쿠엥카의 카페에서 눈에 띈 한 장의 종이 때문이었다. 카페의 벽에는 '커피웍스Coffee Works'라는 엔지오 단체가 자원봉사자를 모집하는 글이 붙어 있었다. 그들이 내건 자원봉사자 조건은 만만치 않았다. 우선은 스페인어가 가능해야 했다. 홈페이지의 지원서를 스페인어로 써야 했고, 농장에서의 의사소통도 스페인어로 해야 한다. 숙박비와 밥값을 별도로 지불해야 하는데 일주일치 비용이 20만 원. 하지만 마을 전체가 유기농 그늘 커피를 재배해 협동조합을 통해 판매한다는 사실이 마음을 끌었다. 쿠엥카에서 도시인의 일상을 맛보았다면 이곳에서 산간 마을 농부들의 일상도 들여다보고 싶었다. 지원서를 쓰며 커피를 못 마시는 사람도 자원봉사를 할 수 있느냐, 스페인어가 능숙하지 않아도 괜찮겠느냐고 솔직히 물었다. 다행히도 가능하다는 답이 날아왔다.

당장 짐을 꾸려 커피 농장을 향해 출발했다. 마을의 이름은 엘아이로. 페루와 가까운 산간 마을로, 쿠엥카에서 네 시간 걸리는 도시 로하에서 버스를 갈아타고 다시 네 시간을 가야 하는 산간 마을이다. 저녁 무렵이 되어서야 인구 4백 명이 사는, 해발고도 1천 8백 미터의 마을에 들어섰다. 일주일간 머물 집에서 가족들과 인사를 나눈다. 부부 실비오와 오르파가 아이들을 소개한다. 열네 살에서 네 살까지 여섯 명의 아이들 릴리, 지미, 요프레, 로빈, 비비안, 에리카. 호기심 가득한 아이들의 눈망울이 나를 둘러싼다. 이 프로그램을 진행하는 커피웍스에서 일하는 레닌과 마을 이장님과도 인사를 나눈다. 커피를 못 마신다고 쓴 자기소개서를 기억하시고 환영 음료로 계피차를 내주신다.

내가 머물 방은 시멘트 바닥인데 철제 침대, 작은 책상, 비키니 옷장이 하나씩 놓여 있다. 천장이 뚫려 있어 옆방의 소리가 고스란히 넘어온다. 분위기를 보아하니 내가 큰딸 릴리의 독방을 뺏은 것 같다. 미안하구나, 릴리. 짐을 풀어놓고 마당에 있는 수돗가로 씻으러 간다. 우기라 매일 비가 와서인지 수도에서 흙탕물이 쏟아진다. 화장실에는 수세식 변기가 있지만 물은 나오지 않는다. 이 집은 부엌에도 수도가 없다. 생각보다 열악한 환경에 한숨이 나오려는데 이곳으로 오는 버스에서 만난 영국 처녀 캐서린이 들려준 이야기가 떠오른다. 화장실은커녕 수도도 없는 마을에서 자원봉사를 했던 그녀는 몸을 씻기 위해 매일 왕복

한 시간씩 걸어 산중의 폭포를 찾아갔다고 했다. 그 처지를 생각하면 이 정도쯤이야. 누런 물에 세수를 하고 발을 닦고 방으로 돌아간다. 어린 딸의 공부를 봐주는 아버지가 딸과 함께 글을 읽는 소리가 벽을 넘어 들려온다. 비, 소년, 소녀, 학교와 같은 단어에 머무는 아버지와 딸의 목소리가 아름답다.

비비안과 실비오의 글 읽는 소리를 들으며 잠자리에 들었는데 어느새 새벽닭 우는 소리로 하루가 시작된다. 한동안 아침잠을 즐기는 일은 포기해야겠구나. 몸을 일으켜 부엌으로 간다. 부엌에는 진하고 구수한 커피 향내가 가득 배어 있다. 아침식사는 간단하다. 치즈를 끼운 빵 한

조각에 커피 한 잔. 여섯 명의 아이들이 저마다 커피잔을 손에 들고 있다. 놀라운 건, 네 살짜리 막내 에리카마저 커피를 물처럼 마신다는 사실이다! 한밤중에 마셔도 아무렇지 않게 잘 잔다고 한다. 아, 커피 농장의 아이들은 이렇게 강하게 키워지는구나. 갑자기 커피를 못 마시는 내가 어쩐지 모자란 인간이라도 된 것 같다. 이참에 나도 커피를 마셔봐야겠다. 나 때문에 매번 다른 음료를 준비해야 하는 오르파의 수고도 덜어줄 겸. 내가 커피를 마시겠다고 하니 다들 좋아한다. 실비오가 직접 볶고 내린 커피는 놀랄 만큼 맛이 깊고 향이 강하다. 커피가 이렇게 맛있는 음료였다니. 내가 알던 쓴맛만 강하거나 밍밍하기만 한 커피와는 완전히 다르다. 커피가 맛있다고 하니 가족들이 웃으며 고개를 끄덕인다. '그야 당연하지' 하는 표정이다.

주변을 둘러본다. 쥐와 고양이가 뛰어다니는 좁은 부엌에는 싱크대조차 없다. 의자가 모자라 아이들은 선 채로 아침을 먹는다. 이 가난한 풍경에 머무는 그들에게 유일하게 풍부한 게 있다면 커피다. 커피가 이 아이들을 학교에 보내고, 아플 때 병원에 데려갈 수 있게 해준다. 커피밭에서의 고단한 노동을 시작하기 직전 자신이 재배한 커피를 마시며 아침을 여는 식구들. 어쩌면 이들에게 아침의 커피 한 잔은 하루의 시작을 알리는 경건한 의식 같은 건지도 모른다. 노동과 생활, 여가가 이 커피 한 잔 속에 고스란히 담겨 있는 것 같은 풍경이다.

아침을 먹고 산책이라도 하려고 문밖을 나선다. 비가 그치고 햇살이 나와 덥다. 마을 끝에서 끝까지 10분도 안 걸린다. 정말 아무것도 없는 산간 마을이다. 어디를 둘러보나 산등성이가 시야를 채울 뿐. 여기저기 움푹 파인 비포장도로를 사이에 두고 슬레이트 지붕을 얹은 키 낮은 집이 늘어선 작은 마을에는 약간의 생필품을 파는 구멍가게가 두 개 있다. 이 마을에선 정말 옆집 숟가락 개수까지 알고 지내겠구나. 산책길에 마주친 레닌은 불편한 점은 없는지, 잠은 잘 잤는지 이것저것 물어온다. 이제 고등학교를 갓 졸업한 열아홉 살의 소년이 어쩌면 저렇게 의젓할까. 어린 나이부터 가족의 농사를 도우며 한 사람의 몫을 해왔기 때문일까. 짧은 산책을 마치고 돌아오니 벌써부터 배가 고프다. 아침식사의 양이 평소의 절반도 안 되어서인가. 실비오의 집에서는 어쩐지 먹을 것을 찾는 일조차 미안해 결국 배낭 안에 넣어둔 먹다 남은 빵을 꺼내 부스러기까지 털어먹는다.

드디어 커피 농장으로 첫 출근이다. 마을길을 따라 10분쯤 걸어 숲으로 들어선다. 실비오가 여기서부터 자신의 커피밭이라고 한다. 지금 이 순간, 실비오의 표정을 나는 오래도록 기억하고 싶다. 농부가 자신의 작물을 소개할 때 그의 얼굴에 배어나오는 감출 수 없는 자부심을. 햇볕에 그을고 주름진 실비오의 얼굴에는 커피나무에 대한 자랑스러움과 애정이 뒤섞여 있다. 저 생기 넘치는 얼굴에 가슴이 먹먹해진다. 저 표정에는 조금의 윤리적 죄책감이나 도덕적인 모호함도 없다. 화학비료와 제초제를 쓰지 않고 커피나무를 열심히 키워서 수확하고, 그 커피를 팔아 삶을 일구어가는 정직한 노동에 기반한 삶. 실비오의 얼굴에는 내 밥벌이로 지구나 인간에게 어떤 피해도 주지 않는다는 긍지가 보인다. 자신이 하는 노동의 결과물과 유리된 삶을 살아가는 우리들 대부분은 직업에 있어 도덕적 회색지대에 서 있다. 명징하게 도덕적인 직업이란 것 자체가 사라지고 있다. 내 경우도 마찬가지다. 내가 하는 여행이 누구에게도 피해를 주지 않는다고 자신할 수 없다. 관광지가 된 지역에서 살아가는 어떤 이들의 삶이 여행으로 더 피폐해지기도 한다는 것을 알면서도 나는 사람들에게 여행을 권한다. 그러니 건강한 먹거리를 생산해내는 농부들이야말로 가장 칭송받아야 할 이들이다.

바나나나무와 레몬나무의 그늘 아래서 자라는 커피나무를 들여다본다. 이제 막 하얗게 꽃이 피어나기 시작했다. 커피나무에게 그늘을 만들어주는 나무는 가지가 너무 무성하면 안 된다. 커피의 적절한 산미를 위해선 햇볕이 필수지만 햇볕을 지나치게 많이 받은 커피는 산성 성분이 과다해 맛도 떨어지고, 건강에도 나쁘다고 한다. 그렇기 때문에 햇볕을 적당히 받는 그늘이 되도록 가지의 간격을 일정하게 유지해야 한다. 오늘 우리가 할 일은 그늘을 만드는 나무들의 가지치기. 고산지대인데다 경사진 곳에 커피나무들이 자라고 있어 실비오를 따라다니는

것만으로도 꽤 힘이 든다. 긴 전정가위를 야무지게 부여잡은 실비오가 빠르게 가지를 쳐가며 커피에 대해 이것저것 이야기해준다.

날씨에 민감한 커피나무는 서리가 내리지 않는 연중 기온 15도에서 25도 사이, 강수량 2천 밀리미터 내외의 조건에서 잘 자란다. 그래서 커피 생산지는 남북위 20도 이내, 남북회귀선 안의 지역에 몰려 있다. 그중에서도 '에콰도르 라인'이라 불리는 콜롬비아, 에콰도르, 코스타리카 같은 고산지대나 화산지대의 커피가 맛있다고 한다. 커피나무 한 그루의 수명은 20년에서 30년 정도. 실비오 집안은 삼대째 커피 농사를 짓고 있다. 실비오는 천오백 그루의 커피나무를 재배해 1년에 3백 킬로그램 남짓 커피콩을 수확한다. 그가 1년 커피 농사로 벌어들이는 돈은 2천 5백만 원 정도. 마을 전체가 유기농 그늘 커피를 재배하는 이 마을의 고도는 지리산 천왕봉의 높이에 이른다. 그래서 이곳의 커피는 고산 커피로 분류된다. 고산 커피는 수확량이 적은 대신 강렬한 풍미와 적절한 산미의 균형감이 빼어나 값을 더 비싸게 받는다. 이 마을에서 재배하는 커피는 대부분 고급 커피인 '스페셜티 커피'로 팔린다. 게다가 마을의 조합에서 생산하는 커피 '안데스 카페'는 2009년과 2011년 에콰도르 국내 커피 품질 대회에서 일등을 차지하기도 했다. 재미있는 건 어떤 한국 사람이 재작년부터 이 마을에서 생산한 커피를 수백 킬로그램이나 사갔단다. 서울의 어느 카페에서 이 마을의 커피가 팔리고 있을까?

가지치기를 마치고 마을로 돌아오니 전기가 나갔다. 오후에는 실비오가 마을 하수관 건설 공사에 품앗이를 하러 가 커피밭 일이 없다. 오르파가 점심을 먹으러 오라고 해서 학교로 간다. 오르파와 실비오는 부업으로 마을의 중학교에서 매점 겸 교직원 식당을 운영한다. 이름은 거창하지만 작은 공간에 테이블 두 개가 전부다. 싱크대도 없어서 양동이에 물을 길어와 조리를 하고 그릇을 씻는다. 이곳에서는 그날의 메인 요리 한 가지에 밥과 샐러드, 음료를 포함해 1천 5백 원에 판매한다. 오늘의 메뉴는 오븐에 구운 닭고기. 고기를 안 먹는 나를 위해서는 배추 절임 토마토 샐러드에 계란프라이 한 개가 밥 위에 얹어 나왔다. 점심을 먹고 운동장에서 아이들이 축구하는 모습을 구경한다. 여자아이들도 남학생과 어울려 뛰고 있다. 선생님도 함께 공을 찬다. 집으로 돌아오는 길에 면사무소에 들러 인터넷이 되는지 확인하니 여전히 전기가 안 들어오고 있단다.

미치겠다. 다섯시인데 전기는 들어오지 않고 방은 어두워 책을 읽을 수도 없고 할 일은 없는데 시간은 안 가고…… 내가 여기서 뭘 하고 있는 걸까 싶다. 5월부터 8월까지의 수확기가 가장 바쁘고 지금은 한가한 시기라더니 이렇게 할 일이 없을 줄이야. 보람차고 고단한 노동을 기대했는데…… 이토록 무료한 하루라니.

또르르 또르르. 빗물 흘러내리는 소리가 습한 방 가득 차오른다. 내 몸이 물에 잠기는 것 같다. 차르르 차르르. 빗물 흘러가는 소리를 들으며 글을 읽는다. 두 개의 촛불에 의지해. 밖도, 안도 눅눅한 여름저녁. 내 몸의 물기에 나도 젖어가는 밤. 멀고먼 이국의 산간 마을 도로에 면한 방 안에서 비에 갇혀 빛을 그리는 밤. 시간은 겨우 아홉시. 옆방은 이미 다 잠들어 조용하다. 여전히 비는 추적추적 내린다.

전기는 다음날도 들어오지 않고, 비는 계속 내린다. 오늘도 일을 못 하는 걸까. "일하게 해주세요!" 소리라도 지르고 싶다. 이토록 노동을 갈망해본 적이 있었던가! 실비오가 그런 내 맘을 꿰뚫어보기라도 했는지 "커피밭에라도 갈까?" 하고 묻는다. 당장 자리에서 일어난다. 일하고 싶어 죽겠다는 나 때문에 실비오는 일부러 일을 만들었다. 커피나무에 유기비료를 주는 일이다. 옥수수 가루, 바닐라, 우유 등을 섞어 만든 유기비료는 생각보다 냄새가 강하다. 어린 모종이 자라는 석 달간 보름마다 한 번씩 준단다. 이런 간단한 일이라도 할 수 있으니 다행이다.

커피밭에서 돌아온 오후에는 '커피웍스'의 레닌을 만나 이야기를 나눈다. 이 마을에서는 모든 농가가 유기농 그늘 커피를 재배하는데 마을 주민의 절반 정도만 조합에 가입돼 있다. 조합에서 판매되는 커피는 공정무역 인증을 받은 커피라 일반 커피보다 두 배에 가까운 가격을 받는다.

전통적인 방식으로 커피를 재배하던 농부들은 대부분 나무 그늘 아래에서 약을 치지 않고 커피나무를 키웠다. 그런 커피밭은 안데스 산맥을 지나가는 철새들의 소중한 휴식처가 되었다. 새들의 노랫소리를 들으며 커피 열매는 천천히 익어갔다. 그런데 대기업이 커피 재배에 뛰어들면서 대규모 플랜테이션 방식이 도입되기 시작했다. 수확량에만 관심이 있는 그들은 그늘을 만드는 나무들을 잘라내고, 화학비료와 농약을 뿌려댔다. 이로 인해 토양의 사막화와 같은 자연 파괴의 문제, 농부들의 노동력 착취와 같은 문제가 생겨났다. 게다가 유통과정에서의 불공정한 관행으로 인해 농민들은 아무리 일해도 가난을 벗어나지 못했다. 국제시장에서 석유 다음으로 거래량이 많은 커피는 가난한 사람들이 생산하고 부유한 이들이 주로 소비하는 대표적인 음료다. 이런 상황에 대한 반성과 관심으로 시작된 것이 공정무역 커피 운동이다.

한 잔의 커피를 팔아 얻는 수익의 대부분은 스타벅스나 네슬레와 같은 다국적 식음료 기업이나 중간 상인들이 가져간다. 서울의 카페에서 5천 원짜리 에티오피아 커피 한 잔을 마셨을 때 에티오피아의 커피 농가에 돌아가는 돈은 25원에 불과하다고 한다. 공정무역 커피는 이런 불공정무역 관행을 바로잡고 생산자들에게 적정한 소득을 보장해주기 위해 커피 생두에 대해 시가보다 높은 수준의 최저가를 보장한다. 만약 카페에서 공정무역 커피를 마신다면 커피값 5천 원 중 20퍼센트가 넘는 1120원이 농민에게 돌아간다. 하지만 전체 커피 시장에서 공정무역 커피가 차지하는 비중은 6퍼센트 남짓일 뿐. 그런데도 여기저기서 '공정무역 커피'를 쓴다고 광고하는 소리는 요란하다. '공정무역 커피'마저 대기업의 마케팅 수단 혹은 이미지 관리용 수단이 되어버린 걸까.

커피에 대한 이런저런 생각으로 바쁘던 하루가 지나갔다. 오늘 저녁엔 한국요리가 먹어보고 싶다는 농장 가족의 요청으로 카레를 만들었다. 커피 농장의 일당백 일꾼을 희망했지만 그게 안 되니 가사도우미라도 하자는 마음으로. 결과는 대참사다. 여섯 명의 아이들 중 내 카레를 먹은 건 지미, 요프레와 릴리뿐. 그것도 요프레와 릴리는 소금을 왕창 뿌려서. 다행히도 실비오와 오르파는 맛있다며 많이 먹는다. 실비오가 장작을 때 가마솥에 물을 끓여준다. 화장실 한 귀퉁이에 쪼그리고 앉아 여기 온 후 처음으로 머리를 감았다. 일도 안 하는 일꾼인 주제에 손은

많이 가는구나. 오늘밤도 비는 주룩주룩 내리고 있다. 지겹다 지겨워. 하지만 커피나무에게는 이 비가 좋다고 하니 참아야겠지.

오랜만에 비가 그친 오늘은 이장님의 커피밭에서 일하기로 한 날. 그런데 뜻밖의 고난이 기다리고 있다. 다름아닌 이장님의 해석불가 스페인어다. 귀를 바짝 갖다대도 잘 들리지 않는 작은 목소리로 우물거리듯 말씀하셔서 알아듣기가 힘들다. 문제는 자상한 이장님께서 무슨 이야기에든 길고 긴 설명을 덧붙인다는 것. 고개를 끄덕이며 알아듣는 척하느라 어찌나 기운을 뺐는지. 내게도 칼을 쥐여주고 잘라낼 가지를 일일이 알려주셔서 가지치기를 함께했다. 오랜만에 일다운 일을 해서인지 신이 나서 뛰어다녔다. 정신을 차리고 주위를 둘러보니 이장님도, 이장님의 두 아들도 일을 하는 태도가 차분하다. 그러면서 얼굴에는 가벼운 즐거움이 서려 있다. 고통스러운 노동, 매일 해야만 하는 지겨운 일이라는 느낌은 조금도 들지 않는다. 자신의 밭과 커피에 대한 자부심 때문일까. 자신이 하고 있는 일에 대한 확신 때문일까. 며칠 전 커피밭에서 본 실비오의 표정 같다.

매일의 노동이 이렇게 즐거울 수도 있구나. 살아오면서 나는 육체노동의 보람을 느껴본 적이 거의 없다. 이제는 일이기도 한 여행마저도 일이라고는 애써 생각하지 않는다. 여행이 일이 되면 그 의미가 퇴색될까 두려웠다. '더이상 여행이 즐겁지 않으면 그때 배낭을 내려놓아도 된다'라고 생각했던 건 노동과 일에 대한 철없는 편견은 아니었을까. 제대로 한다면 일도 얼마든지 즐거울 수 있다. 즐겁지 않은 일이라 하더라도 그 또한 괜찮다. 재미와 흥분만이 인생을 가르쳐주는 건 아니니까. 취미인 여행이 보여주는 세계와 일이 된 여행이 보여주는 세계는 다를 수도 있다. 어떤 면에서는 더 깊고 넓어질 수도 있다. 가지치기를 하다 말고 이런 생각에 빠진 나를 이장님이 부르신다. 새참시간이다. 오늘의 새참은 커피밭의 레몬나무에서 딴 달콤한 레몬. 한 입 베어 무니 입안에 달고 시원한 즙이 가득찬다. 잘 익은 레몬은 이렇게 달콤하구나.

점심은 이장님 댁에서 먹는다. 부엌에 오븐이 달린 최신 가스레인지가 위풍당당하게 서 있다. 내가 머무는 실비오의 집보다 확실히 살림살이가 낫다. 커피나무 칠천 그루를 키우는 이장님 댁이라 다르긴 다르다. 오랜만에 밥을 원 없이 먹겠구나. 당근, 양파, 브로콜리, 근대 등 야채와 치즈를 듬뿍 넣고 끓인 수프가 먼저 나왔다. 메인 요리는 야채 오믈렛과 베이컨을 넣고 볶은 밥. 나무에서 따온 오렌지를 짠 주스도 함께 마신다. 정신없이 밥을 먹는 내게 이장님이 이 동네 전통음식인 '몰리도데플라타노'를 먹어봤느냐 묻는다. 이름대로라면 '간 바나나'인데 못 들어본 음식이다. 만들어줄 테니 저녁때 다시 오라신다. 오늘 저녁도 배부르게 먹겠다는 생각에 사양도 안 하고 고개를 끄덕인다. 이곳에서 점점 본능적 인간이 되어가는 것 같다.

돌아오는 길, 길가에서 아이들이 놀고 있다. 학교에서 돌아와 뛰어노는 아이들 소리로 온 마을이 쩌렁쩌렁 울린다. 오랜만에 비가 그쳐 다들 뛰쳐나왔나보다. 그런데 아이들 노는 모습이 어쩌면 이렇게 내 어린 시절과 똑같을까. 구슬치기와 팽이 돌리기, 작은 돌로 하는 벽치기…… 지구 반대편의 산간 마을에서 어린 시절의 추억이 오롯이 살아

난다.

오후엔 레닌의 삼촌이 하는 피시방에 가서 SNS에 짧은 글 두 개를 올렸다. 꼭 한 시간이 걸렸다. 산골 마을에 어울리는 엄청난 속도다. 다시 이장님 댁. '몰리도데플라타노'를 마주하고 있다. 조리법은 이렇다. 초록색의 푸른 바나나(플라타노)를 끓는 물에 넣어 익힌다. 돼지기름이나 버터를 녹인 프라이팬에 간 양파, 간 땅콩과 익힌 바나나를 넣고 으깨가며 볶는다. 소금으로 간한다. 뜨거울 때 생선튀김이나 닭고기와 함께 밥 위에 끼얹어 먹는다. '바나나 볶음 덮밥'이라고 해야 하나. 고소하고 담백해 곁들이는 음식으로 그만이다. 서울에 푸른 바나나가 있다면 만들어먹고 싶다. 닭고기수프와 함께 저녁을 먹고, 가족 앨범을 보며 이장님의 십 개월 된 손녀 마울리와 논다. 에프렌 히메네즈 이장님은 올해 나이 마흔일곱인데 스무 살에 결혼해 마흔넷에 할아버지가 되었다. 이장님이 자랑스레 아들 둘 다 노래를 아주 잘한다며 오케스트라

에서 보컬을 하는 아들의 노래를 틀어준다. 군대 간 아들까지 둘 다 노래를 정말 잘해서 깜짝 놀랐다.

금세 일주일이 지나갔다. 아이들과 이제야 친해졌는데 작별이다. 일주일간 일은 거의 없었고, 그저 먹고 놀기만 한 것 같다. 자원봉사를 하려면 본격적인 커피 수확기인 5월부터 7월 사이에 와야겠다. 아쉬움이 많지만 에콰도르 커피 농민들의 일상을 가까이서 본 걸로 만족하자. 또다른 수확은 이제 조금씩이나마 커피를 마실 수 있게 되었다는 것이다. 실비오의 집에서 처음 커피를 마셨던 순간의 놀라움을 잊을 수 없다. 직접 키운 커피콩을 매번 갈고 볶아서 마시니 맛있을 수밖에 없으리라.

서울에 돌아가 커피를 마실 때면 공정무역 커피나 에콰도르 커피를 찾게 되겠지. 지구에서 가장 인기 있다는 철학자 지젝은 공정무역 커피 구매와 같은 '윤리적 소비'에 대해 이렇게 비판했다. "'이런 세상에, 우리가 환경을 얼마나 손상시킨 거지' 이렇게 말하면서 값싼 출구를 찾고 있는 셈"이라고. 그렇다고 해도, 어쩌겠는가. 그게 할 수 있는 가장 쉬운 일이니 거기서부터 시작할 수밖에.

새벽 세시. 하루에 한 번 들어온다는 버스에 오른다. 실비오의 배웅을 받으며. 달빛이 환하다. 버스는 어두운 산길을 급하게 꺾으며 내려간다. 안녕, 엘아이로. 안녕, 커피나무들아.

내 삶의 방식과 작별하는 일

오타발로

오타발로에 도착하자마자 근교 마을 코타카치를 찾는다. 가죽 공예로 유명한 마을이라는데 나는 친구를 찾아가는 길이다. 만난 적도 없는 친구의 집을 달랑 주소 하나만 들고서. 너른 평야 너머로 나지막한 산이 둘러싼 마을은 고즈넉하다. 미국인들이 은퇴 후 정착하는 마을로 인기가 높다더니 곳곳에 고급 주택들이 보인다.

내가 찾아가는 곳은 일본인 와다 아야 씨의 농장이다. 주변의 고급스러운 주택들과는 전혀 다른 분위기의 건물이 나를 맞는다. 초가를 엮어 올린 나지막한 건물과 벽돌을 쌓아 직접 지은 것 같은 작은 별채가 전부다. 나와 가까운 쓰지 신이치 선생님의 제자인 아야 씨는 이곳 원주민 핵토르 씨와 결혼해 농장을 운영하며 살고 있다. 내가 에콰도르에 있다고 소식을 전하니 신이치 선생님이 아야 씨에게 메일을 보내놓았으니 방문해보라고 권하셨다. 온몸에 두르고 다니던 외로움의 망토를 벗어던지고 싶었던 터라 이 기회를 놓치지 않는다. 아기를 업고 나온 그녀가 처음 보는 나를 반갑게 맞아준다. 긴 검은 머리에 갈색으로 탄 얼굴. 나와 똑같은 생김새인데도 어딘지 에콰도르 원주민 같은 분위기다. 부부는 닮는다더니 원주민 남편을 닮아서일까. 등에는 갓 돌이 지난 둘째딸 샤짜가 업혀 있다. 우리가 나고 자란 땅에서 가장 멀리 떨어진 이곳에서 인사를 나누다니…… 인연의 그물망이란 참 넓기도 하다. 어떻게 에콰도르에 정착하게 되었느냐고 물으니 그녀는 말을 멈추고 웃는다. 마치 몇십 년 전 젊은 시절을 회상하는 노인 같은 표정을 지으며. 대학 3학년 때 신이치 선생님이 이끄는 나무늘보 클럽과 함께 생태여행을 온 게 에콰도르와의 첫 만남이었단다. 그 만남 이후 이 나라를 잊지 못해 대학을 졸업하자마자 자원봉사 활동을 위해 다시 찾아왔다. 그러다가 마을 청년과 사랑에 빠져 정착한 지 어느새 10년을 넘겼다. 그사이 모요와 샤짜가 태어나 식구는 어느새 넷으로 불었다. 일본 도시처녀와 에콰도르 산골 마을 청년의 사랑이 어떻게 시작되었는지 묻고 싶은 마음이 굴뚝같지만 예의 바른 손님으로 남고자 애를 쓴다. 자신에게 결핍된 것을 지닌 서로에게 끌렸던 게 아니었을까 그저 짐작만 해본다. 올해 일곱 살이 된 모요는 일본어와 스페인어가 모두 능숙한 꼬마숙녀로 우리가 이야기를 나누는 동안 옆에서 종이에 그림을 그리며 놀고 있다.

아야 씨가 농장을 구경시켜주겠다며 일어선다. 농장 여기저기에 생태적인 삶을 구현하기 위해 애쓴 흔적이 보인다. 화장실은 퇴비를 만드는 방식으로 지어졌지만 흔히 보는 재래식 화장실과는 다르다. 벽돌과 타일을 얹어 마감한 벽과 좌식으로 만든 변기는 서양식 화장실로 보일 만큼 깔끔하다. 볼일을 보고 난 후 물을 내리는 대신 모래를 뿌리는 점이 다를 뿐 독서라도 하고 싶어질 정도로 아늑하다. 이 지역의 나무와

흙으로 지은 건물 지붕마다 태양열에너지 집열판이 있어 뜨거운 물은 태양열에너지로 데운다. 농사에 필요한 물의 일부는 빗물을 모아 쓴다.

마당에는 아빠가 아이들을 위해 폐타이어를 잘라 만든 그네가 매달려 있다. 그네 옆에 재미있는 세탁기 한 대가 놓여 있다. 전기를 사용하는 세탁기가 아니라 자전거의 페달을 밟아 동력을 생산해야만 하는 세탁기다. 아이가 둘이 되면서 이제는 전자동 세탁기를 사용하지만, 작년까지는 이 세탁기를 썼다고 한다. "좀 힘들긴 해도 운동도 되고 빨래도 되니 일석이조예요"라며 웃는다. 세탁기를 들여다보며 감탄하지만 두 아이의 옷을 빨기 위해 그녀가 자전거 안장 위에서 보냈어야 할 시간을 생각하니 마음이 짠하다. 세탁기를 장만한 그녀에게 잘했다고 칭찬해 주고 싶을 정도다. 나는 어쩔 수 없는 도시인임을 새삼 깨닫는다.

그녀가 나를 넓은 텃밭으로 데려간다. 이곳에서 키우는 작물은 당연히 농약과 화학비료를 쓰지 않고 재배한다. 텃밭 주변으로는 색색의 작은 꽃들이 피어 있다. 벼농사를 제외한 거의 모든 작물이 이 텃밭에서 재배된다. 오랜 시간에 걸쳐 부부가 직접 짓고 있는 집은 기둥을 세우고 주황색 타일 지붕만 얹어놓은 상태다. 남편과 자원봉사자들이 함께 짓는 중인데 언제 완성될지는 알 수 없다며 웃는다. 농사나 지금 짓는 집의 건축이나 모두 퍼머컬처perma culture 원리를 따르고 있단다. 에콰도르의 시골 마을에서 퍼머컬처에 관한 이야기를 듣게 될 줄이야. 1974년 호주의 빌 모리슨에 의해 시작된 퍼머컬처는 사람과 자연을 함께 살리는 지속적인 삶의 방식으로 자원을 최대한 순환적으로 활용하는 삶의 방식을 일컫는다. 그런 공부는 어떻게 하느냐 물으니 인터넷 덕분에 뭐든 가능하다고 한다. 남편과 둘이 집을 짓다가 막히는 부분이 나오거나, 농사를 짓다가 안 풀리면 인터넷을 통해 자료를 찾는다고. 인터넷은 이렇게 어떤 이들에게는 삶에 구체적인 도움을 주는, 막강한 정보의 바다가 되기도 한다.

농사만 지어 생계가 가능하냐고 물으니 그녀는 또 웃는다. 에콰도르에서도 농민의 삶은 어렵기만 해 자원봉사자들이 내는 숙박료에 많은 부분을 의존한다면서. 미래가 불안하지 않느냐고 짓궂은 질문을 하자 그녀는 이렇게 말한다. 가끔은 불안하기도 하지만 경쟁이 없고 평화로운 이곳에서의 삶을 포기할 수는 없다고. 아이들을 키우기에는 일본보다 이곳이 훨씬 좋다는 말을 덧붙인다. 그러고 보니 아이들의 이름에도 이 부부의 철학이 담겨 있다. 큰딸 모요는 원주민어로 씨앗을 뜻하고, 둘째딸 사짜는 숲을 뜻하니. 숲과 씨앗은 풍요로운 삶을 위한 가장 기본적인 요소가 아닌가. 물질적 부가 아닌 삶의 진정한 풍요로움을 찾아 이곳에 정착한 그녀다운 이름이 아닐 수 없다.

그녀의 삶이 부럽기도 하고 동시에 존경스럽기도 하다. 자신이 원하는 삶을 살기 위해 많은 것을 희생할 수 있는 용기가 가장 부럽다. 나 또한 생태적인 삶을 살고 싶다. 하지만 그 삶을 영위하기 위해 내려놓아야 할 것들을 생각해보면 두렵다. 머릿속에서 그리는 이상적인 삶과 내가 살아가는 일상의 간격은 얼마나 아득한지. 나는 지구에서 매일 잘려나가는 나무가 몇 그루인지 알면서도 종이책을 선호한다. 털을 얻기 위해 동물을 얼마나 잔혹하게 도살하는지 알면서도 오리털 잠바를 포기하지 못한다. 서울에서 파리까지 왕복하면 탄소를 얼마나 배출하는지 알면서도 여행은 포기하지 못한다. 일본과 에콰도르 사이의 거리보다 안다는 것과 실천한다는 일 사이의 거리가 내게는 더 멀다. 그러니 일상의 자잘한 선택마저도 자신이 추구하는 삶의 방향과 일치시키는 그녀의 일관됨이 존경스러울 수밖에.

게다가 이 여인은 자신이 나고 자란 곳과 완전히 다른 곳에서 고향을 일구어간다. 자신의 뿌리를 뽑아 새로운 땅에 옮겨심는 일은 자기 자신에 대한 믿음과 낙관 없이는 불가능하리라.

내일 장터에서 다시 만나기로 하고 나는 농장을 떠난다. 오타발로로 돌아오니 이 작은 마을의 번잡함이 새삼스럽다. 다음날은 장이 서는 날이다. 전통 옷을 차려입은 원주민들로 가득한 오타발로의 토요 시장은 여행자에게 인기 있는 장터다. 이른 아침인데도 거리를 향해 창이 난 내 방으로 바깥의 왁자지껄함이 전해진다. 옷을 차려입고 나가니 근사하게 차려입은 원주민이 거리에 가득하다. 남자들은 검은 바지에 흰 셔츠를 입고 짙은 색의 망토를 걸쳤다. 여자들의 전통 의상은 그보다 더 화려하다. 소매가 봉긋한 흰 블라우스에 어깨까지 올라오는 검은 스커트를 입고 머리를 길게 땋았다. 중남미를 여행하는 내내 사라진 원주민 문화에 대한 아쉬움이 컸다. 아르헨티나나 칠레, 브라질 같은 나라에서는 원주민을 보기가 힘들었다. 볼리비아에 들어선 후에야 이 땅의 원래 주민들이 이런 모습이었겠구나 싶었다. 에콰도르는 볼리비아 다음으로 원주민의 비율이 높은 나라다. 그중에서도 오타발로에 원주민들의 전통문화가 가장 많이 남아 있단다.

아침 여덟시를 갓 넘겼을 뿐인데 이미 도시의 골목 전체가 시장으로 변했다. 제일 많이 보이는 가게는 수를 놓거나 손으로 짠 숄과 망토를 파는 노점들. 색색의 화려한 해먹을 파는 가게도 많다. 슬쩍 가격을 물어보니 15달러를 부른다. 탐이 나지만 아직 여행이 석 달이나 남았기에 얌전히 내려놓는다. 마을의 중심지인 폰초스 광장 주변으로는 관광객을 위한 가판이, 광장에서 멀어질수록 생필품 시장이 펼쳐진다. 마을 서쪽 끝으로 가면 가축 시장까지 기다린다. 돼지와 소, 염소와 닭을 놓고 흥정하는 사람들을 코타카치 화산이 굽어본다. 옷과 신발 같은 생

필품을 파는 거리, 채소와 과일 같은 먹거리를 파는 거리까지 다 둘러보니 아침나절이 훌쩍 지나갔다. 실내복으로 입을 바지 하나를 사고 장터 구경을 마감한다. 이 장터에 소매치기가 몰려든다더니 장바구니 겸용으로 들고 나간 천가방이 칼로 예리하게 찢겨 있다. 다행히도 지갑은 주머니에 넣고 다닌 덕에 털리는 일은 면했다. 역시 사람이 붐비는 장날은 소매치기들에게도 대목인가보다.

아야 씨와 만나기로 한 우체국 앞. 지연이가 들고 온 김과 미역을 그녀에게 나눠주고 싶어 오늘 시내에서 만나자고 한 터였다. 샤짜를 업고 모요의 손을 잡은 그녀가 우체국 앞에 서 있다. 그녀가 나를 데리고 가는 곳은 카사데인탁이라는 카페. 마을에서 운영하는 카페로 공정무역 커피와 여성협회에서 만든 수공예품을 판다. 김과 미역을 건네니 그렇게 좋아할 수가 없다. 아이들이 한국 김을 좋아한다면서 당장 뜯어서 아이들 입에 넣어준다. 이곳에서는 아시아 음식의 재료를 구하기가 거의 불가능하다. 일본에서 가족이 1년에 한두 번씩 보내주거나 자원봉사 하러 오는 이들을 통해 식재료를 구한단다. 그녀가 아침에 주먹밥을 만들었다며 주먹밥 도시락을 건넨다. 화장기 없는 그녀의 얼굴은 지쳐 보일 때도 있지만 그보다는 웃음이 머물 때가 더 많다.

그녀가 이곳에서 살게 되면서 포기해야 했을 것들을 떠올려본다. 모국어로 이야기하는 즐거움, 가족과 친구들에게 기대고 위로받는 기쁨, 먹고 싶은 음식을 마음껏 먹을 수 있는 풍요로움…… 그녀는 이곳에서 삶을 꾸리기 시작할 때부터 알았을 것이다. 분명 잃게 되는 것들이 있으리라는 사실을.

나 또한 그곳에서부터 시작해야 하지 않을까. 상실을 인정하는 일부터. 나이가 들어 체력이 약해지면 내가 올라갈 수 있는 산도, 걸어갈 수 있는 거리도 점점 줄어든다. 심지어 내가 어울릴 수 있는 사람들의 폭도 점점 한정될 것이다. 건강한 육체의 상실을 받아들이고 나면 떠나지 않고도 추구할 수 있는 욕망을 재발견해야 할 것이다. 옥상 텃밭을 가꾸는 일. 앉아서 하는 글쓰기 같은 것. 그러다 보면 자연스럽게 내 욕망의 균형이 이루어지는 날도 올 것이다. 육체적 젊음을 전제로 한 욕망에서 정서적 성숙을 전제로 하는 욕망으로.

자신이 살아왔던 곳을 버리고 가장 먼 곳으로 떠날 수 있는 비범한 정신을 가진 사람들을 나는 늘 존경한다. 하지만 아야 씨가 특별한 이유는 물리적 장소만 이동한 것이 아니라 삶의 방식마저 바꾸어냈기 때문이다. 중요한 건 어디에 가서 누구와 사느냐가 아니라 일상이 어떻게 바뀌었느냐, 그래서 기존의 삶으로부터 얼마나 멀리 왔느냐가 아닐까. 물리적 공간의 이동이 아니라 지금까지의 삶의 방식과 작별하는 법을 익힐 때가 나에게도 온 것 같다.

2장

콜롬비아

산타마르타
카르타헤나
메데인
비야델레이바
살렌토
보고타
산아구스틴
포파얀

01

왁스야자나무 사이로…

살렌토

맑게 갠 하늘, 살랑 불어오는 바람. 해먹에 누워 보내는 오후. 내 손에 들린 책은 프랑스 할아버지 스테판 에셀이 쓴『분노하라』. 이토록 완벽한 평화와는 도무지 어울리지 않는 책이다. 옆 해먹에 누워 있던 남자가 말을 걸어온다. 스위스에서 온 토마스는 산힐에서 게스트하우스를 운영한다고 자기를 소개한다.

"스위스 사람이 어쩌다 콜롬비아에서 게스트하우스를 하게 됐어?"

"그 마을에 스위스에서 알게 된 콜롬비아 친구가 있거든. 그 친구네 집에 놀러가면서 스위스 군용 칼을 선물했지. 그랬더니 그 녀석이 내게 답례로 여자를 선물해줬어. 애가 다섯이나 딸린 콜롬비아 여자를. 지금 내 아내가 됐지."

유머러스한 표현에 웃음이 터진다.

"콜롬비아에서 사는 데 힘든 점은 없어?"

"당연히 많지. 제일 힘든 건 시간 관념이 다르다는 거야. 아무리 간단한 일도 내일, 내일 하면서 한 달은 걸리니까. 난 세계에서 가장 정확한 시계를 만든 나라에서 왔잖아. 근데 어쩌겠어. 이 나라를 바꿀 순 없으니 내가 바뀌는 수밖에."

아, 얼마나 간결한 해결책인가. 나를 바꿔버리겠다니.

"콜롬비아에서 살면서 뭐가 제일 좋아?"

망설임도 없이 그가 답한다.

"그건 사람들이지. 너도 여행하면서 느끼겠지만 콜롬비아 사람들은 정말 친절하고 따뜻하거든."

이제 막 시작된 나의 콜롬비아 여행을 축복하는 듯한 말이다.

에콰도르에서 콜롬비아로 넘어온 지 어느새 일주일. 몇 가지 다른 점이 눈에 띈다. 에콰도르에서는 도로 어디서나 버스를 세워서 타고, 입석 손님이 가득한 채 찻길을 달리고, 버스 트렁크에 짐을 실을 때 짐표 같은 건 없다. 콜롬비아에서는 좌석만큼만 버스표를 팔고, 짐표도 준다. 대신 버스 회사 간의 경쟁이 치열해 버스를 탈 때 값을 깎아야 한다. 각 창구마다 찾아가 가격을 비교하며 얼마나 깎아주는지를 일일이 확인해야 하는 과정이 덧붙는 셈이다. 그러니 같은 버스를 타도 저마다 다른 요금을 지불한 경우가 종종 생긴다. 똑같은 풍경이라면 귀를 찢을 듯 큰 볼륨으로 틀어놓는 비디오. 콜롬비아나 에콰도르나 버스만 타면 화질이 나쁜 화면 속에 출몰하는 좀비들과 여정을 함께해야 하다니……

또하나 달라진 점은 물가. 콜롬비아에 들어서니 교통비, 식비, 숙박비 모두 1.5배 이상 뛴 것 같다. 하지만 커피의 나라답게 아무리 싼 숙소에서도 커피만큼은 하루종일 무료로 제공된다. 내가 머무는 이곳 산 아구스틴의 숙소에도 늘 커피가 든 보온병이 놓여 있으니. 동네 카페

어디에서나 직접 원두를 볶아 내려주는 커피를 마실 수 있다. 심지어 대형 체인점의 커피마저도 수준이 높다. 스타벅스를 누른 콜롬비아의 토종 카페 후안 발데스 카페Juan Valdez cafe의 커피는 막입인 나조차 그 풍부한 맛에 감탄할 정도다.

가장 큰 변화는 사람들이다. 내전에 가까운 마약과의 전쟁을 치른 나라인데도 사람들의 표정이 밝다. 거리에서 길만 물어도 어디서 왔냐, 콜롬비아가 마음에 드냐, 얼마나 머물 거냐는 질문이 쏟아진다. 무뚝뚝한 스위스 남자 토마스를 눌러살게 만든 게 뭔지 알 것 같다.

포파얀과 산아구스틴에서 며칠을 보낸 후 살렌토로 향한다. 살렌토로 가는 길은 멀고 험하다. 오전 열한시에 합승 택시인 콜렉티보를 타고 피탈리토로 30분을 간 후, 그곳에서 미니 버스를 타고 여섯 시간을 달려 네이바로 이동, 대형버스로 갈아타고 아르메니아로 네 시간을 갔다. 아르메니아에서 다시 미니버스로 갈아타고 한 시간을 가야 하는데 마지막 버스가 끊겼다고 한다. 결국 택시를 타고 살렌토로 넘어오니 밤 열시, 꼬박 열한 시간이 걸린 셈이다.

킨디오 강 협곡 위 1895미터의 고도에 자리한 살렌토는 남부의 대도시 칼리와 북부의 수도 보고타를 잇는 도로 때문에 세워진 마을이다. 19세기 중반 권력을 잡기 위해 일어났던 지역 간 내전 당시 진 쪽의 정치적 죄수들에 의해 도로가 먼저 건설되었고, 형기를 마친 죄수들이 땅을 얻어 정착하면서 마을이 형성되었다. 우리로 치면 귀양 온 이들이 만들어낸 촌락인 셈이다. 정치범의 후예인 마을 사람들은 이제 커피나

꽃을 재배하거나 유제품을 생산하면서 소박하게 살아간다. 주말에는 도시에서 몰려든 이들로 붐비지만 평일에는 고요하게 잠들어 있는 마을이다.

이미 밤이 깊어 마을에는 인기척이 끊겼다. 예약해놓은 숙소 플랜테이션 하우스를 찾아간다. 120년 된 농장을 개조한 게스트하우스로 커피 농장을 겸하고 있다. 숙소에 들어서니 진한 커피 향내가 실내에 떠돈다. 리셉션의 청년이 "커피는 24시간 무료"라며 활짝 웃는다. 정원의 어딘가에서 잘 자란 커피나무가 열매를 알알이 키워가고 있을 밤이다.

아침에 눈을 뜨니 자욱한 안개가 망토처럼 마을을 두르고 있다. 서둘러 작은 배낭을 꾸려 광장으로 향한다. 포파얀의 숙소에서 만나 산아구스틴을 거쳐 이곳까지 함께 온 미국인 페니는 오늘도 나의 동행이다. 오십대 사회학자인 그녀는 콜롬비아에서 지역학을 공부중인 친구를 만나러 온 김에 혼자 콜롬비아 곳곳을 여행하고 있다. 우리가 아침도 못 먹고 길을 나선 이유는, 코코라 계곡으로 하이킹을 가기 위해서다. 코코라 계곡은 살렌토에서 킨디오 강 협곡 동쪽으로 뻗어 내려간 계곡으로 좀처럼 보기 힘든 왁스야자나무가 자라는 곳으로 유명하다. 마을의 중심지인 광장에서 매일 아침 출발하는 코코라행 지프에 오른다. 30분 남짓 덜컹거리며 비포장길을 달려간 차가 계곡 입구에 우리를 내려놓는다.

좁은 거리에는 서너 개의 식당과 기념품 가게가 늘어섰다. 주변으로는 말을 끌고 나와 손님을 기다리는 주민들이 삼삼오오 모여 있다. 탈

사람만 오라는 건지 호객 행위도 하지 않고 마부들끼리 수다를 떨고 있다. 코코라 계곡에서 가장 아름답다는 동쪽 계곡을 향해 걷는다. 내리막길로 접어드니 눈앞에 낯선 풍경이 펼쳐진다. 왁스야자나무가 하늘을 향해 날렵하게 서 있다. 어떻게 저런 몸피를 지닐 수 있을까. 가지도 없이 쭉 뻗은 매끈한 몸은 그 높이가 무려 60미터에 이른다. 얼마나 높이 올라갈 수 있는지 자랑이라도 하듯 거침없이 뻗었다. 목을 한껏 뒤로 빼고 올려다보면 꼭대기쯤에 매달린 가지가 보인다. 구름을 뚫고 솟아오른 나무는 초현실적인 풍경을 만들어낸다. 이 나무를 만나기 위해 다들 이곳을 찾아오는구나. 코코라 계곡의 신비로움을 이구동성으로 칭송하던 여행자들의 말에 이제야 공감이 간다.

계곡물 흐르는 소리를 들으며 완만한 길을 한 시간쯤 걷는다. '아카이메 자연보호구역Reserva Natural Acaime'이라는 이정표가 보인다. 계곡의 나무다리를 건너니 오르막길로 접어든다. 슬리퍼를 신고 걷는 페니가 조금씩 처진다. 나에게 먼저 가라며 손을 흔든다. 오두막에서 만나기로 하고 발길을 옮긴다. 숲이 조금씩 더 깊어진다. 어느새 왁스야자나무는 사라지고 열대림으로 들어선다. 어둠처럼 짙은 초록의 세계다. 잠시 후 작은 오두막이 나타난다.

공원 관리인의 오두막이다. 마당의 허름한 테이블마다 여행자들이 모여 앉았다. 약간의 입장료를 내면 커피나 차를 마실 수 있다. '아과파넬라 콘 케소aguapanela con queso'를 시키니 원당을 푼 따뜻한 물과 치즈 한 조각이 나온다. 때마침 폭우가 쏟아지기 시작한다. 눈앞의 숲이 자욱한 빗소리에 잠겨간다. 무성한 나뭇가지 위로 쏟아져 내리는 빗소리가 순식간에 귓전을 채운다. 바람이 불어오면 잔돌밭을 쓰는 비질 소리처럼 차르륵 소리를 내며 나무가 흔들린다. 빗소리에 귀를 열어놓고 따뜻한 차를 마신다. 반짝반짝하는 날개를 활짝 편 벌새들이 눈앞에서 날아다닌다. 기분좋은 노곤함이 온몸으로 번진다. 잠시 후 페니가 들어선다. 슬리퍼를 신고 여기까지 올라오다니. 페니에게 엄지손가락을 세워준다. 페니와 벌새 사진을 찍으며 쉬다가 하산을 시작한다.

갈림길에서 페니는 쉬운 길을 택하고, 나는 라몬타냐로 향하는 오르막으로 접어든다. 이 길을 선택하면 코코라 계곡을 한 바퀴 돌면서 둘러보는 셈이 된다. 가파른 오르막이 30분 남짓 이어진다. 어느새 비가 그치고 방과 후 교문 앞으로 쏟아져나오는 아이들처럼 햇살이 나온다. 목덜미와 이마에 땀방울이 송골송골 맺힌다. 가쁜 숨을 몰아쉬며 정상에 오르니 이곳의 고도는 2860미터. 꽃이 가득 핀 산장 겸 카페가 한 채 서 있다. 맞은편의 우뚝 솟은 봉우리는 구름에 가려 제 모습을 드러내지 않는다. 구름 사이 희미한 햇살에 빛나는 열대우림이 빽빽하다. 빛을 받을 때마다 몸을 털며 일어서는 우렁한 산. 빛과 그림자가 서로 희롱하듯 어울려 그려내는 산수화 한 폭이다.

이곳부터는 내리막길이 기다린다. 제법 넓어진 흙길을 따라 걷는 길. 왼쪽으로는 아까 내가 걸어간 깊은 계곡이 따라온다. 꼭대기에만 잎을 단 왁스야자나무들이 눈앞에 솟아 있다. 마치 공중에 흩뿌려진 별무더기 같다. 부드러운 곡선의 연두색 구릉과 풀을 뜯는 말과 소, 산허리를 휘감은 구름. 발걸음이 자꾸 느려진다. 작은 계곡에 이토록 풍부한 아름다움이 숨어 있을 줄이야.

도로에서 페니와 만나 지프를 타고 마을 광장으로 돌아온다. 우리는 바로 레알 거리의 끝에 있는 알토데라크루스로 향한다. 이곳에서 코코라 계곡과 마을을 두른 큰 산들을 한눈에 볼 수 있기 때문이다. 하지만 안개가 몰려들고 빗방울이 듣기 시작해 풍경은 완벽하게 몸을 감추었다. 우리는 코코라 계곡 안으로 들어갔다 왔으니 괜찮다며 돌아선다.

다음날, 눈을 뜨니 페니가 보이지 않는다. 우리 숙소에서 운영하는 작은 커피 농장으로 자원봉사를 하러 떠난 모양이다. 네 시간 정도 커피를 따는 일이다. 페니에게 엽서를 남겨놓고 짐을 꾸린다. 나는 이곳의 커피 농장 말고 '커피문화 경관 지역'의 농장이 보고 싶다. 커피는 콜롬비아를 상징하는 음료이자 대표적인 관광 상품이다. 브라질, 베트남에 이은 세계 3위의 커피 생산국인 콜롬비아에서도 커피로 가장 유명한 곳이 바로 '소나 카페테라Zona Cafetera'. 우리말로 하면 커피 지역쯤 될까. 커피에 관한 유구한 역사와 전통, 자연과 인간이 어우러져 살아온 지속가능성 덕분에 유네스코 세계문화유산으로 지정된 곳이다. 고도 2천 미터 내외로 안데스 고원의 온화한 기후, 적당한 강수량, 무기질이 풍부한 화산재 토양 등 커피 재배에 이상적인 환경을 갖추고 있다. 콜롬비아 전체 영토에서 소나 카페테라는 1퍼센트에 불과하지만 자국 커피의 절반 정도가 이곳에서 생산된다.

소나 카페테라 중에서도 커피 삼각지로 불리는 마니살레스, 아르메니아, 페레이라가 커피로 유명한 마을이다. 오늘 내가 찾아가는 과야발 농장은 마니살레스 외곽의 친치나라는 작은 마을에 있다. 전망이 빼어난 언덕에 자리한 농장은 현대적인 건물로 수영장까지 갖추었다. 가이드 루시아의 설명으로 커피 투어를 시작한다. 늙은 개 한 마리가 이미 코스를 다 파악한 듯 앞장서서 사람들을 인도하자 루시아가 "보조 가이드"라며 웃는다. 키 큰 야자나무 사이의 오롯한 길을 따라간다.

커피 묘목을 키우는 곳부터 둘러본다. 커피콩을 발아시켜 묘목으로 키워 제대로 옮겨심기까지 8개월이 걸린다. 어린 묘목이 나무로 자라 열매를 맺기까지는 다시 3년이 걸리고 본격적인 수확은 5년이 지나야 가능하다. 나무 한 그루당 커피 수확이 가능한 기간은 보통 20년 내외. 루시아가 빨갛거나 노란 커피 열매를 따서 손에 놓아준다. 겉껍질을 까니 하얀 과육이 나온다. 먹어보니 단맛이 도는 과육 안에는 커피콩이 두 개씩 들어 있다. 이곳에서 알게 된 놀라운 사실. 대부분의 인스턴트 커피는 좋은 콩을 골라내고 남은, 벌레 먹거나 덜 자라거나 너무 익은 커피콩으로 만든다고 한다. 그만큼 맛도 떨어질 수밖에. 게다가 품질이 우수한 커피콩은 대부분 수출하기 때문에 최근 콜롬비아에서도 질 좋은 커피를 마시자는 운동이 일고 있단다.

기계 수확을 하는 브라질과 달리 콜롬비아에서는 커피콩을 손으로 딴다. 당연히 크기가 고르고 품질이 우수하다. 이곳 농장에서는 수확뿐 아니라 콩의 세척과 건조, 솎아내는 과정도 전부 손으로 한다. 기계가 노동의 많은 부분을 대신하는 시대에 인간이 몸을 움직여 만들어내는 것에 끌리는 것은 자연스러운 결과인지도 모른다. 여행이 길어질수록 중남미에 매혹되는 이유도 이 땅에 아직 '육체성'이 살아 있기 때문일까. 콩을 수확한 후 맨 먼저 껍질을 까는데 커피콩의 껍질은 말려두

었다가 비료로 쓴다. 다음으로 콩을 씻는 과정을 통해서 커피콩을 분류

한다. 커피콩이 가라앉는 깊이에 따라 품질이 나뉘는데 깊이 가라앉을 수록 비싸게 팔린다. 잘 건조된 커피콩의 껍질을 기계에서 한 번 더 벗겨내면 로스팅 과정만 남게 된다.

드디어 커피를 마시는 시간이다. 갓 볶은 커피의 진한 향에 아찔해진다. 마법의 음료 한 모금을 머금는다. “달콤한 과일 향과 진한 초콜릿 향, 묵직한 뒷맛, 적절한 산미. 콜롬비아 커피가 지닌 장점이 완벽하게 어우러졌는걸.” 이렇게 커피맛을 평할 날이 내게도 올까. 커피를 마시기 시작한 지 한 달도 안 된 나는 그저 쓴맛이 아니라 다양한 맛과 향이 난다는 정도만 겨우 알겠으니. 신음 소리 같은 감탄사를 연발하며 한마디씩 찬사를 늘어놓는 서양애들에게 커피 품평은 맡겨두고 나는 곁들이로 나온 열대과일에 부지런히 포크를 들이댄다. 커피를 마시고 나니 커피 투어를 마쳤다는 수료증까지 나눠준다. 커피맛에 관한 한 백치인 내게도 두 시간 동안의 커피 투어는 꽤 알차고 재미있었다.

데이 투어로 온 이들이 다 떠나고 농장은 다시 고요함을 되찾는다. 이곳에 하루 머물기로 한 나는 짐을 풀고 저녁식사를 하러 내려간다. 향신료를 뿌려 오븐에 구운 생선 요리는 깜짝 놀랄 만큼 맛있다. 이 생선구이의 맛에 관해서라면 나도 조금은 품평할 수 있을 것 같은데…… 넓은 식당에 손님은 나 혼자뿐. 어느새 카페테라스 너머 해가 지고 있다. 풀벌레들의 울음소리가 들려오기 시작한다.

테러와 납치,
마약과 살인의 종결지

메데인

콜롬비아 하면 떠오르는 몇몇 단어가 있었다. '소프트'한 쪽이라면 중남미 문학을 세계에 알린 마르케스 할아버지, 세계 최고라는 커피, 팝 가수 샤키라, 뚱뚱한 여자를 즐겨 그린 화가 페르난도 보테로, 베네수엘라와 함께 세계미인대회를 석권하는 미녀들. '하드'한 부분으로 건너간다면 내전, 마약, 게릴라, 납치와 테러 같은 단어다. 콜롬비아는 중남미에서도 치안이 불안하기로 악명 높던 나라다. 1960년부터 시작된 콜롬비아의 내전은 좌익 게릴라 단체, 우익 민병대, 마약 조직이 뒤얽혀 50년 넘게 계속되고 있다. 그사이 22만 명이 목숨을 잃었고(그중 82퍼센트가 평범한 시민들이다), 5백만 명 이상이 집을 잃고 고향을 떠나야 했다. 이토록 어마어마한 규모의 민간인 피해에는 좌익 반군이나 우익 민병대, 정부의 치안유지군 모두에게 골고루 책임이 있다. 게다가 이 나라 좌익 반군은 합법적인 정치적 진출이 좌절된 농민들이 탄생시켰지만 주요 돈줄이 마약 조직인데다 몸값을 노린 외국인 납치가 단골 임무라 최소한의 도덕성도 기대할 수 없는 수준으로 전락한 지 오래다. 콜롬비아에 거주하는 외국인만 납치 대상인 것이 아니라 여행자도 예외가 아니었다. 그래서 콜롬비아는 오랫동안 여행이 불가능한 나라였다. 자신의 몸값이 어느 정도인지를 확인하고픈 사람 외에는 아무도 이 나라에 발을 들여놓으려 하지 않았으니까. 이런 상태에서 나라가 어떻게 굴러가는지 신기할 정도였다.

그랬던 콜롬비아의 치안이 최근 10년 사이 빠르게 안정을 찾아가고 있다. 무장 반군이 장악하고 있는 일부 지역을 제외한 많은 곳의 여행이 가능해졌다. 덕분에 콜롬비아는 중남미에서 가장 친절한 사람들을 만날 수 있는 곳으로 떠오르고 있다. 이 나라 사람들은 외국인들에게 덜 시달렸다고나 할까. 우리의 존재가 아직은 신선한지 진심 어린 환대를 보여준다. 그러니 고마울 수밖에.

지금 있는 도시 메데인은 한때 테러와 납치, 총격과 살인 같은 온갖 험한 단어들의 '종결지'였다. 콜롬비아의 전설적인 마약왕 파블로 에스코바르의 근거지였으니. 아직도 치안이 불안한 곳이 있어 어두워지면 함부로 돌아다니지 말라는 도시이기도 하다. 메데인에 도착한 첫 밤, 번화가에서 저녁을 먹고 숙소로 돌아오던 중 길을 잃었다. 시간은 여덟 시를 갓 넘겼을 뿐이었다. 고급 주택가여서 안전한 지역이라 했는데 그 시간, 골목은 완벽하게 비어 있었다. 지나가는 사람 하나 없는 텅 빈 거리의 적막은 기괴했다. 마치 생명체가 모두 사라진 죽음의 거리 같았다. 공포심이 마구 일었다. 골목을 울리는 내 발소리를 들으며 뛰어오던 길, 이 나라에서는 납치와 테러가 아직도 진행형이라는 사실을 실감했다.

메데인은 이제 그런 이미지를 벗고 꽃과 패션, 예술의 도시로 거듭

나기 위해 애쓰는 중이다. 그 중심에 콜롬비아가 낳은 세계적인 화가 페르난도 보테로가 있다. 메데인에 들어서자마자 제일 먼저 안티오키아 박물관을 찾아간다. 메데인에서 태어난 보테로가 기증한 아흔두 점의 작품을 모은 박물관이다. 박물관 앞 광장에 들어서니 보테로의 거대한 청동 조각들이 나를 맞아준다. 뚱뚱한 여자와 그보다 더 뚱뚱한 신사. 역시나 뚱뚱한 동물들. 그래서 사랑스럽고 귀엽고 친근한 신사 숙녀 들이 위풍당당하게 서 있다. 조각에 기대어 이야기를 나누거나 누군가를 기다리는 시민들. 그런데 가만히 보니 이곳 여인들의 몸매가 조각상의 몸매와 완벽할 정도로 똑같다. 메데인은 콜롬비아에서도 미인이 많기로 소문난 도시라는데 보테로의 그림에서 튀어나온 것 같은 아줌마들만 가득하다. 아니, 보테로 아저씨는 길에서 매일 마주치는 아줌마들을 그린 거 아니야? 물론 그는 "뚱뚱한 여자를 그린 게 아니라 관능미를 표현하기 위해 양감을 강조했을 뿐"이라고 항변했지만.

박물관으로 들어서니 규모가 꽤 크다. 이곳에는 보테로의 그림뿐 아니라 그가 모은 세계적인 화가들의 작품도 전시되고 있다. 수백억을 호가할 그림들을 통째로 내놓다니, 그림만큼이나 화가도 통이 크구나. 삼층으로 올라가니 드디어 보테로의 작품이 전시된 공간이 나온다. 풍만하고, 부드럽고, 화사한 그림들. 바라보는 것만으로 기분좋아지는 색감이다. 그의 그림을 처음 만났을 때 그 충격과 통쾌함이란. 양감을 극대화시켜 한껏 부풀려진 몸은 곧 터질 것 같다. 거의 사라진 턱, 얼굴 크기에 비해 우스꽝스럽게 작은 입술, 옆으로 퍼진 눈, 무표정한 표정. 통통함을 넘어 뚱뚱한 오등신 여자들의 풍만한 살덩이가 주는 웃음과

200

동질감이란. 비현실적으로 아름다운 여성만을 칭송하고, 모두가 그런 여성이 되라고 강요하는 사회지만 그의 그림에는 지극히 현실적인 외모를 지닌 나 같은 여자가 들어 있다. 쌍꺼풀 수술 정도는 화젯거리도 되지 않는 현실에서 우리는 원래의 나와 만들어진 나 사이의 경계는 희미해지고, 진짜와 가짜의 구분조차 의미가 사라지는 시대를 살아간다. 어쩌면 그의 그림은 우리 모두가 살고 있는 부풀려진 삶, 가짜인 삶, 과장된 삶에 대한 상징일지도 모른다는 생각이 든다.

보테로의 그림에는 그가 나고 자란 콜롬비아의 전통적인 가정의 모습이 자주 등장한다. 얼핏 평화로워 보이지만 콜롬비아를 짓누르는 경직된 사회 분위기가 인물의 표정이나 시선을 통해 드러난다. 수녀나 신부, 군인, 정치인을 풍자하고 조롱하는 그림도 많다. 그는 인종차별이나 사회적 불평등에 대해서도 그림을 통해 발언하며 콜롬비아뿐 아니라 중남미의 현실을 보여준다. 마르케스가 『백 년의 고독』에서 마콘도라는 허구의 도시를 통해 콜롬비아의 모습을 보여준다면, 보테로는 살찐 여자와 남자 들을 통해 이 나라의 상처를 드러낸다고 할까.

보테로를 통해 메데인을 만난 다음날, 파블로 에스코바르 투어를 신청한다. 이번에는 이 도시의 가장 어두운 얼굴을 만나고 싶다는 마음으로. 1949년 12월 1일에 태어나 1993년 12월 2일에 사망한 남자. 마흔다섯 살도 되기 전에 한 나라의 부채를 다 갚아주겠다고 큰소리칠 만큼의 재산을 모았던 남자. 콜롬비아 최대의 마약 생산, 운송, 판매의 연합 전선인 메데인 카르텔을 이끌었던 남자. 가난한 농부의 아들로 태어나 『포브스』가 선정한 세계 7대 부자에 뽑히는 극적인 상승을 이뤄낸 남자. 마약으로 먹고살았으면서 정작 자신의 가족은 코카인에 손도 못 대게 했다는 사람. 한때 콜롬비아와 미국을 극심한 혼란으로 몰고 갔던 그의 흔적을 따라가는 투어가 지금부터 시작된다.

파블로는 메데인 근처의 작은 마을 리오네그로에서 태어났다. 고등학교를 중퇴하고 열여섯 살 때부터 마리화나 판매를 시작했다. 돈 세탁과 주류 밀수 등을 거쳐 스물다섯 살에 코카인 사업에 손을 댄다. 그의 첫 임무는 '클린 더 웨이Clean the way'. 즉 마약 운반 차량이 도심을 무사히 통과하도록 경찰을 매수하는 일이었다. 그 일을 흠잡을 데 없이 해낸 파블로는 곧 메데인 카르텔의 리더가 된다.

콜롬비아에서는 1980년대에서 1990년대 초반까지 마약을 둘러싸고 메데인 카르텔과 칼리 카르텔이 치열한 전쟁을 치렀다. 당시 중남미 마약 거래의 80퍼센트를 메데인 카르텔이, 나머지 20퍼센트를 칼리 카르텔이 통제하고 있었다. 파블로는 천 명 규모의 민병대를 조직해 라이벌 칼리 카르텔은 물론 정치인, 행정가 등 자신의 사업에 장애가 되는 사람들을 무자비하게 살해했다. 시카리오Cicario, 자객라 불리던 이들은 오토바이를 타고 다니며 총질을 해댔다. 시카리오가 마약 사업에 방해가 되는 경찰을 죽일 때마다 파블로는 경찰의 계급에 따라 백만 원에서 5천만 원까지 현금으로 보상했다고 한다. 우리를 안내하는 가이드 알레한드라가 말한다.

"콜롬비아에서 돈이 되는 건 딱 세 가지죠. 종교, 마약, 섹스."

우리를 태운 차는 도심 곳곳을 가로지르며 파블로의 흔적을 찾아간

다. 이번에는 '미스틱 로세'라는 곳으로 성모마리아가 나타나 기적을 행했다는 장소다. 시카리오는 살인을 하러 가기 전 기도를 하러 이곳을 찾았다. 지금도 메데인 서민들이 수시로 찾아와 기도하는 곳이다. "우리 콜롬비아 사람들은 기적, 미신 이런 거에 열광해요. 그조차 없다면 삶이 너무 힘드니까요." 알레한드라가 씁쓸한 미소를 띠며 말한다.

살인을 저지르러 가기 전에 기도를 드린다니. 이토록 모순적인 행동이 어떻게 가능할까. 인간의 어두운 면에 정통한 내 친구는 이렇게 말하곤 했다. 범죄는 그 비일상성으로 인해 쉽게 신성과 결합한다고. 시실리 마피아들은 대부분 독실한 가톨릭 신자고, 홍콩의 흑사회도 늘 조상과 신에게 제를 올리고, 우리나라 조폭들은 주로 불교와 연관되어 있다면서. '범재신론을 믿는 기독교 유물론자'를 자처하는 그 친구는 인간이 현실의 문제를 현실과 유리된 어떤 것, 종교나 이념 따위에 기댈 때 자신의 행위를 제대로 직시하지 못하게 된다고 말했다. 그럴 경우 기도는 아무런 대답도 위안도 되지 못하고, 그저 자신의 비이성적인 행위를 가려줄 뿐이라고. 특정한 종교가 없는 나 역시 실수를 저지르거나, 무언가 떳떳지 못한 일을 할 때 기도를 올리곤 했다. 용서해주실 거죠? 이해해주실 거죠? 그렇게만 해주시면 다음에는 잘할게요. 살인이라는 가장 악한 죄를 저지르면서 인간이 할 수 있는 가장 숭고한 행위 중 하나인 기도를 올린다는 것. 인간이라는 존재의 나약함이 이토록 우스꽝스럽게 드러나는 일이 또 있을까.

알레한드라는 파블로가 살았던 집으로 우리를 데려간다. 코카인을 상징하는 흰색 건물이다. 그는 메데인의 사교 클럽에 가입하고자 했지만 상류층 출신이 아니라는 이유로 거절당했다. 그래서 사교 클럽 바로 건너편에 보란 듯이 이 건물을 지었다. 파블로는 메데인에만 5백 채, 미국에 2백 채, 중남미 여러 나라와 호주 등에도 수많은 건물을 소유했다. 3천 헥타르에 이르는 거대한 메데인 자택에는 비행장과 사설 군대, 15만 마리의 동물이 사는 동물원까지 있었다. 비행기 수백 대와 잠수함까지 동원해 마약을 운반했던 남자니 그의 재산 규모에 대해 더 말해 무엇하리.

한편 파블로는 메데인의 빈민들에게 병원과 학교, 주택을 지어주는 자선사업을 펼쳐 '메데인의 로빈 후드'라 불렸다. 의적의 이미지를 만들어낸 그는 합법적 선거를 통해 국회의원이 된다. 하지만 미국과 콜롬비아 정부가 연합해 국회의원 자리에서 쫓아내자 콜롬비아 전역에서 테러를 일으킨다. 1989년에는 마약 카르텔 제거를 공약으로 내세운 유력한 대통령 후보를 암살했다. 같은 해 11월 27일에는 민간인 107명이 탄 항공기를 공중 폭파하는 끔찍한 테러를 저지르기도 했다. 이토록 잔혹한 범죄를 저지른 인간을 의적이라고 부를 수 있다니, 쉽게 이해가 가지 않는다. 나에게 집을 지어준 사람이라면, 내 아이의 병을 고쳐준 사람이라면, 다른 사람에게는 어찌해도 상관없다는 건가. 끝을 알 수 없는 인간의 깊은 어두움을 마주하는 기분이다. 그 심연을 알기에, 마약 조직도, 콜롬비아의 좌익 반군도, 정부의 치안유지군도 민간인을 상대로 그토록 잔혹한 범죄를 저지를 수 있었던 건지도 모른다. 우리 편을 지키기 위해서라는 명목으로 말이다. 자기 가족은 절대로 마약을 하지 못하게 하면서 마약을 팔아 부를 쌓은 파블로는 이미 알고 있었을 것이다. 자신의 도움을 받은 이들이 결코 자신을 비난하지 못할 거라는 사실을.

다음해, 파블로의 압력 덕분에 마약사범이 자수할 경우 미국으로 강제 송환하지 않는다는 법안이 통과된다. 곧 파블로는 자수를 감행한다. 이때 그는 콜롬비아 정부에 국가 부채를 다 갚아주겠으니 마약 트래픽을 허락하라는 통 큰 제안을 던지기도 했다. "미국 사람들이 코카인을 사줘서 번 돈이니 결국 미국에 진 빚을 미국인들이 갚는 셈"이라는 농담과 함께 말이다. 당시 미국 내 코카인 유통량의 80퍼센트를 메데인 카르텔이 공급하고 있었다. 물론 정부는 그의 제안을 받아들이지 않았고 그는 5년의 실형을 선고받아 감옥에 들어갔다.

황당한 일은 그가 정부와 협상해 자신이 지은 감옥에 수감됐다는 사실이다. 40만 평 부지에 수영장과 탁구장, 나이트클럽까지 갖춘 감옥이었다. 자신의 경호원들이 지키는 '감옥 호텔'에서 파블로는 낮에는 마약 거래를 하고, 밤에는 파티를 주최하는 생활을 즐겼다. 하지만 여론이 악화되어 진짜 감옥에 들어갈 상황이 되자 파블로는 자신의 개인 교도소를 탈출한다. 1992년 7월이었다. 메데인으로 숨어든 그를 빈민가 사람들은 적극적으로 숨겨준다. 1년이 넘는 도피생활은 그의 남다른 가족 사랑 때문에 끝이 났다. 위치가 추적될까봐 2분 이상 통화하지 않던 그가 딱 한 번, 아들과 2분 넘게 통화했다. 그로 인해 위치가 파악돼 결국 콜롬비아와 미국의 합동 추격전 끝에 사살되고 만다. 1993년 12월 2일, 마흔네번째 생일 다음날이었다.

콜롬비아 사람들은 마약과 연루된 부패 관료와 정치인 들의 두려움이 결국 그를 죽음으로 몰고 갔을 거라고 믿는다. 알레한드라가 단호하게 말한다. "콜롬비아 정부 내에서 마약 담당 부서가 가장 부패했다"고. 지난 3년간 콜롬비아 내에서 마약 문제에 연루돼 옷을 벗은 경찰이 3백 명에 달한다니 짐작이 간다. 콜롬비아에서는 아직도 직간접적으로 3백만 명의 사람들이 마약 관련 일에 종사한다는 믿을 수 없는 보고도 있다. 화가 보테로 역시 그의 아들이 대통령 선거에서 마약 조직으로부터 불법 선거자금을 받은 일에 연루되자 아들과 3년간 의절하고 지내기도 했다. 파블로 에스코바르가 사망했을 때 그의 집에서 보테로의 작품 두 점이 나와 그 배경에 대한 의심을 산 일도 있었다. 이 나라에서는 정말 마약과 관련해 떳떳한 사람을 찾기란 어려울지도 모르겠다.

콜롬비아 사람들이 파블로 에스코바르를 부르는 호칭은 다양하다. 마약왕, 의적, 미국이라는 외세에 저항한 민족주의자 등등. 그가 죽은 후에도 그의 이름은 잊히지 않았다. '칼레타스' 때문이다. 칼레타스는 마약을 거래하는 이들이 집안에 만든 비밀 금고다. 마약업을 하던 이가 잡혀가거나 죽으면 주변 사람들이나 가족은 칼레타스를 찾기 위해 집을 다 부순다. 콜롬비아 사람들은 파블로의 재산 역시 칼레타스에 숨겨져 있다고 믿는다. 이런 믿음에 불을 붙인 건 파블로의 친동생 로베르토 에스코바르가 펴낸 『세계 최고의 강력한 범죄자의 못다 한 이야기』라는 책이다. 그는 형인 파블로가 수천만 달러의 현금을 그가 소유한 건물이나 토지 일대에 묻었다고 주장했다. 게다가 2012년, 콜롬비아 텔레비전에서 그의 일생을 다룬 드라마가 상영됐다. 〈악의 수호자 파블로 에스코바르〉라는 이 드라마는 콜롬비아 내에서 돌풍을 일으켰다. 더 나아가 할리우드에서도 그를 소재로 한 영화 〈에스코바르: 파라다이스 로스트〉를 만들기도 했다. 드라마와 영화의 소재가 되고, 어딘가 남겨놓았을지 모르는 돈으로 여전히 화제가 되는 남자라니. 이 정도면 죽었어도 죽은 게 아니라고 말할 수 있지 않은가.

파블로 에스코바르는 죽었지만 콜롬비아의 마약 문제는 현재진행형이다. 칼리 카르텔은 여전히 활발한 활동을 하며 1년에 50억 달러를 거둬들인다. 스물다섯 살의 가이드 알레한드라가 말한다.

"콜롬비아에서 마약 문제는 끝난 이야기가 아니에요. 그래서 메데인 사람들은 파블로와 그 시절에 대해 이야기하는 것을 아직 두려워해요. 오랫동안 이 도시 사람들은 '돈 아니면 총'이라는 믿음으로 살아왔거든요. 하지만 이야기해야 기억을 하고, 그래야 교훈을 얻을 수 있는 거 아닌가요? 그게 바로 우리가 이 투어를 시작한 이유예요."

우리의 광주항쟁이나 제주의 4·3항쟁을 생각나게 하는 이야기다. 과거를 기억해 실수를 반복하지 않는 데서 더 나은 미래가 만들어지는 것이리라.

알레한드라가 투어의 마지막 순서가 남았다고 한다.

"지금부터는 희망자에 한해 콜롬비아 코카인 품질 테스트를 하겠습니다."

그 농담에 한바탕 웃음이 터진다. 마약의 악몽으로부터 서서히 벗어나고 있는 메데인을 상징하는 농담 같다.

"아, 그리고 한 가지 더." 알레한드라가 우리에게 덧붙인다. "콜롬비아는 환각성 식물의 천국이에요. 그중에 에스코폴라미나, 흔히 '좀비 드럭'이라고 부르는 풀이 있는데, 그걸로 관광객을 터는 일이 많아요. 절대로 이 동네 남자들과 어울려 다니지 말아요."

이 도시의 어두운 그림자가 완전히 사라진 것은 아니구나.

다음날 지하철과 케이블카를 갈아타고 메데인의 빈민가라는 산토 도밍고를 찾아간다. 메데인을 둘러싼 산과 온갖 건물로 빼곡히 채워진 도심이 발아래로 점점 멀어진다. 도심과 달동네를 잇는 케이블카라니. 적어도 이 가난한 동네에서는 아이와 노인 들이 끝없는 계단을 힘들게 걸어 오르지 않아도 되겠구나. 어디서나 가난한 이들은 점점 더 높은 곳으로 쫓겨가게 되는 걸까. 해발고도 2천 미터 고지대의 가파른 골목마다 작은 집들이 빼곡하다. 어제 알레한드라가 한 말이 생각난다. 메데인의 빈민가는 아직도 암흑가의 갱들 손에 놓여 있다고. 그들은 '안전 보장'이라는 명목으로 가가호호 방문해 '세금'을 걷어가고, 선거 때가 되면 누구를 찍을지 정해준다. 마침 오늘은 콜롬비아 총선일이다. 그래서 이곳으로 오는 지하철도 무료였다. 이 동네 사람들은 오늘 마피아가 지정해준 이를 찍었을까. 어쩔 수 없지, 하면서 질끈 눈을 감고 불의와 손을 잡았을까. 잠시 이곳을 찾아온 내게 그런 어두운 모습은 보이지 않는다. 골목에서 뛰노는 아이들의 왁자지껄한 활기만 전해질 뿐이다. 근사하게 지어진 도서관 앞의 작은 광장에도, 좁은 골목에도 삼삼오오 웃고 떠드는 이들이 가득하다. 웃통을 벗어젖힌 중년의 남자들이 대낮부터 맥주를 마시고 있다. 우는 아이를 어르는 젊은 엄마 옆으로는 카트를 밀고 가는 등 굽은 할머니가 보인다. 보테로의 그림에서 튀어나온 것 같은 풍만한 여자들이 모여 동네 가십을 주고받는다. 그 어떤 폭력과 상처도 느껴지지 않는, 평범한 동네의 풍경이 이곳에 있다. 그리고 발아래로는 아득히 멀게 느껴지는 거리에 우뚝 솟은 빌딩과 고급 주택가와 메데인의 중심지가 펼쳐진다.

그 모습은 나에게 한 장의 그림을 떠올리게 만든다. 안티오키아 박물관에서 본 보테로의 그림이다. 마약왕의 최후를 그린 〈파블로 에스코바르의 죽음〉. 기와지붕 위에 피를 흘리며 쓰러진 뚱뚱한 남자가 손에 들고 있던 권총. 지붕 아래에는 그를 바라보는 경찰과 마을 주민이 있다. 이 도시에서 나고 자란 이라면 어떤 방식으로든 파블로와 연관되지 않은 이는 없을 것이다. 어쩌면 이 가난한 동네를 벗어나는 유일한

길은 마약 조직에 들어가는 일이었는지도 모른다. 높고 가파른 이 동네에서 저 아래 낮은 곳의 타운으로 진입할 수 있는 가장 확실한 길 말이다.

산토도밍고에서 내려온 나는 안티오키아 박물관 앞 광장을 다시 찾아간다. 박물관 일층에 위치한 카페에 앉아 늦은 점심을 먹는다. 열린 창으로 광장의 풍경이 한눈에 들어온다. 보테로의 조각에 기대어 이야기를 나누는 처녀들, 조각 위에 올라가 드러누운 소년, 벤치에 앉아 신문을 보며 그대로 또하나의 조각이 된 것 같은 뚱뚱한 아줌마. 더없이 평화로운 풍경이다.

스무 살 이후 콜롬비아를 떠나 미국과 프랑스, 이탈리아를 옮겨다니며 지내는 보테로는 평화로운 콜롬비아에서 살고 싶다는 갈망을 공개적으로 드러내곤 했다. 덕분에 마약 조직의 표적이 되어 보고타에서 납치될 뻔했다가 간신히 탈출하기도 했다. 또 1995년에는 안티오키아 박물관 앞 광장에 있는 그의 조각 〈새〉에 폭탄이 설치되어 마흔다섯 명이 사망하는 테러 사건이 일어나기도 했다. 그때 보테로는 폭탄으로 산산조각이 난 조각을 그대로 두고 옆에 똑같은 조각을 새로 만들어 기증했다. 인간으로서의 모든 존엄을 가혹하게 날려버린 그 피비린내 나는 장소에 보테로는 똑같은 조각을 세우며 "다시, 앞으로"를 말했다. 폐허는 폐허대로 두고 가자고. 처참한 폭력과 상처의 기억도, 가장 추악한 얼굴을 드러낸 과거도, 그대로 품고 가자고. 애써서 잊거나 지우려 하지 말자고. 어떤 상처의 흔적을 감쪽같이 없애고 완전히 새로운 무언가를 만들어낸다는 건 개인에게도, 한 도시에게도 불가능한 일일 것이다. 결국 우리는 겨우 리모델링을 하거나, 아니면 그조차도 못한 채 그대로 두고 살아갈 뿐이다. 어떤 슬픔은 사라지지 않는다. 어떤 상처는 지울 수도 없다. 어떤 과오는 용서받을 수도 없다. 그 모든 것을 끌어안고, 그럼에도 불구하고 살아가야 하는 것, 그것이 삶의 무게일 것이다.

메데인은 마약의 도시인 동시에 보테로의 도시다. 밝으면서도 어두운 심연을 지닌 곳이다. 어쩌면 영원히 극복할 수 없는 깊은 슬픔을 품고 살아가는 도시다. 이 도시에 깃든 하나하나의 개별적 인간의 삶이 그러하듯이.

시간을 되돌리는 마법의 도시

카르타헤나

이 별의 모든 것은 여기서 시작되었다

콜롬비아 ⟶

하늘거리는 흰 드레스에 날개를 단 천사가 엉덩이에 긴 꼬리를 매단 악마와 함께 등장한다. 곧이어 배트맨 가면을 쓴 남자가 토끼 소녀로 분장한 여자의 손을 잡고 들어온다. 핼러윈 파티의 시작이다.

도대체 여행중에 저런 의상은 어디서 구한 걸까. 마당에 놓인 커다란 대형 스피커 뒤에서 디제이가 음악을 믹싱한다. 곧 고막을 찢을 것처럼 음악이 울려댄다. 문제는 이 모든 일이 내 방 앞에서 일어나고 있다는 거다. '파티 걸'이 되지 못하는 나는 숙소를 정할 때 '파티 호스텔'을 피하려 주의를 기울이건만, 오늘은 이 도시 최고의 파티 호스텔을 제대로 찾은 셈이다. 손님의 절반이 다른 숙소에 머무는 아이들이니. 창문을 닫아보지만 아무 소용없다. 피할 수 없다면 즐기라 했지. 아무리 그래도 이 나이에 핼러윈 파티는 좀 겸연쩍지 않은가. 텅 빈 방의 침대에 누워 귀를 뚫을 기세로 실리콘 귀마개나 눌러대는 수밖에.

카리브 해를 낀 도시 카르타헤나에서의 첫 밤을 밤새 뒤척이며 보내고 아침을 맞는다. 바다와 태양, 파티는 역시 뗄 수 없는 것인가. 8인용 도미토리 방을 둘러보니 환락의 밤을 즐긴 청춘들이 시체처럼 널브러져 있다. 메데인에서 올라오는 야간 버스에서 만난 알렉스가 일어나려면 한나절은 걸릴 것 같다. 나는 혼자 숙소를 빠져나온다.

낯선 도시에 도착하면 나는 우선 지도나 가이드북 없이 무작정 걷는다. 발길 닿는 대로 골목골목을 기웃거리며 도시와 첫인사를 나눈다. 도시를 읽어내는 나만의 방법이라고나 할까. 그렇게 카르타헤나의 구시가지를 돌아다닌 지 얼마 되지 않아 곧 깨닫는다. 왜 이 도시를 스페인 건축양식의 보석이라고 부르는지를. 왜 가이드북에서 중독성이 강한 도시라고 경고했는지를. 식민지 시절의 건축양식이 고스란히 보존된 이곳은 정교하게 복원된 영화 세트장 같다. 오렌지색과 핑크색, 하늘색과 겨자색 등 다채롭고 화사하게 칠해진 건물, 벽마다 앙증맞게 매달린 나무 발코니에 생기를 부여하는 담쟁이덩굴과 꽃이 만발한 작은 화분들. 담장에는 붉은 부겐빌레아가 흐드러지게 피어 있다. 흰 담장 앞에는 붉은 비로드를 입힌 마차와 그 마차를 끄는 백마 한 마리가 그림처럼 서 있다. 차 한 대가 겨우 빠져나가는 좁은 골목마다 깔린 포석은 반질반질 윤이 난다. 파스텔톤의 건물이 늘어선 골목과 노천카페가 들어선 작은 광장, 그 모든 것을 둘러싼 4킬로미터 길이의 옛 성벽. 스페인이 중남미 각지에서 약탈한 물자를 유럽으로 운반하는 항구로 발전했던 이 도시는 해적의 침입을 막기 위해 거대한 성벽과 요새를 지었다. 스페인 항구도시의 이름을 딴 카르타헤나라는 이름이 사랑스러운 여인의 이름처럼 다가온다. 빼어난 미인이 드레스까지 완벽하게 차려입고 "이래도 나를 사랑하지 않을 건가요?"라고 말을 거는 듯한 도시다.

눈앞의 골목에는 파인애플과 망고, 수박을 담은 큰 양푼을 앞에 놓고 앉아 있는 여인이 있다. 진한 초콜릿색 피부의 그녀는 색이 화려하고 풍성한 아프리카풍의 옷을 차려입었다. 머리에는 붉은 두건을 두르고, 노랑과 연두, 빨강이 섞인 폭넓은 치마에 맞춘 듯 비슷한 색의 앞치마를 둘렀다. 그녀가 앉은 파란 플라스틱 의자도, 그녀의 배경이 되는 색 바랜 노란 담장도, 그녀 옆의 붉은 소화전까지 색의 향연이다. 이 앞에 당장 하셀블라드 카메라가 놓이고 패션잡지 촬영이 시작된다 해도 어색하지 않을 것 같다. 검은 피부의 이들이 이 도시의 화려한 풍경에 묘한 긴장감을 불어넣는다. 게다가 여기는 마차 광장이다. 아프리카에서 끌려온 노예들이 중남미 각지로 팔려가곤 했던 슬픈 역사가 서린 광장이다. 피부가 검다는 이유만으로 상품이 되어 팔려갔던 사람들이 자유 시민이 되어 이 광장에 서기까지는 얼마나 긴 세월이 필요했는지. 아니, 노예 신분에서 벗어난 후에도 그들은 오랫동안 이등 시민으로 살아야 했다. 동등한 인간으로 인정받기까지 그들이 거쳐야 했던 지난한 시간을 생각해보면 인간의 진보란 너무 큰 희생을 양분으로 터무니없이 느리게 진행되는 게 아닐까 싶다.

내 발길은 시민들의 휴식처인 볼리바르 광장을 거쳐 종교재판소 건물로 향한다. 식민지 시절, 유대교도나 원주민 여성을 마녀로 몰아 고문하고 화형시키던 장소다. 그 시절에는 아프리카 노예뿐 아니라 원주민 전체가 신의 이름으로 휘두른 권력의 칼날에 쓰러졌다. 마녀로 몰려 항변의 기회조차 갖지 못한 채 화형을 당했을 여자들의 운명을 생각하니 가슴이 답답하다. 손톱과 발톱을 뽑거나 사지를 잡아당겨 늘이는 기

구, 팔이나 다리에 끼워 못이 살을 파고들어가게끔 만든 틀, 목을 자르는 교수대…… 바라보는 것만으로도 이렇게 우울해지는데 고문을 당하는 이는 도대체 얼마나 깊은 내상을 입게 될까.

인간의 육체와 정신을 회복하기 어려울 정도로 파괴해버리는 고문이 과거의 일이라고, 인류사의 암흑기에나 있었던 일이라고 말하기는 어려울 것이다. 우리 역시 얼마 전까지도 버젓이 고문이 자행되던 곳이었으니. 이제 대부분의 나라에서는 인간을 고문하는 행위는 있어서는 안 된다고 여기게끔 되었다. 이로써 인류의 역사가 진보를 이루었다고 말할 수 있을까. 지금 우리가 당연하게 여기는 것 중에서 백 년쯤 세월이 흐른 후 후손들이 경악할 일은 없을까. 성적 소수자들에게 '동성애 회복자 모임'에 들기를 강요하는 일부 개신교 신자들, 잘못을 저지른 이의 목숨을 빼앗는 사형제도, 비좁은 공간에 가두어놓은 탓에 극심한 스트레스를 받아 서로의 부리를 쪼아대는 닭에게 알만 낳기를 강요하는 공장식 축산, 종교적 신념과 양심에 따라 군대를 거부하는 청년들을 감옥에 보내는 정부, 이른 아침부터 늦은 밤까지 아이들을 교실과 학원에 붙잡아놓고 명문대에 들어가기를 강요하는 교육 시스템, 독한 지역감정에 선거만 치르면 홍동청서로 양분되는 나라, 열 손가락을 다 꼽아도 부족할 것 같다. 우리가 가야 할 길은 얼마나 멀고도 아득한가.

내가 진보와 보수를 나누는 기준은 간단하다. '여기까지 왔으니 충분해, 지금 가진 것만 지켜나가면 돼.' 이렇게 생각하는 이라면 보수. '아니, 아직은 부족해. 더 많은 민주주의, 더 많은 인권, 더 많은 자유와 평등, 정의가 이루어져야 해'라고 믿는다면 진보. 그러니 나는 마지막 순간까지 진보의 편에 서고 싶다. 이 정도면 괜찮은 거라고 믿기보다는 여전히 아직 이루지 못한 것들을 갈망하며 살아가고 싶다. 이곳에도 나처럼 생각하는 이들이 많지 않을까. 아직도 끝나지 않은 마약과의 전쟁, 테러와 납치로 어지러운 이 나라에도 정의와 평등을 위해 싸우는 이들이 있을 것이다. 어두운 종교재판소의 감옥 창살 앞에서 나는 그들을 생각해본다. 이 좁은 감옥 안에서 빛과 자유를 그리워하며 눈물 흘렸을 누군가의 얼굴을 상상해본다. 당신이 바친 목숨 덕분에 여기까지 올 수 있었다고, 조용히 인사를 전한다.

종교재판소 건물을 나오니 축복처럼 햇살이 쏟아진다. 바로 맞은편에 위치한 황금 박물관이 보인다. 의도하지는 않았겠지만 이토록 상징적인 배치라니. 스페인 침략 당시 가톨릭 교회 또한 황금에 눈이 멀어 온갖 악행을 자행했는데, 종교재판소야말로 권력과 부에 대한 탐욕으로 유지된 공간이었을 테니 말이다. 황금 박물관은 콜롬비아 북부 지역에 번성한 시누Sinú 문화를 비롯한 원주민 문화를 보여주는 박물관이다. 원주민들의 직물과 토기, 장식품 등도 전시되어 있지만 역시 황금 세공품이 전시된 방이 가장 인기 있다. 번쩍번쩍 빛나는 황금 마스크와 황금 목걸이 등 온갖 물건이 황금으로 만들어져 있다. 이렇게 거대한 황금 장신구로 가득한 신전을 본다면 탐욕에서 자유롭기는 힘들었으리라. 더구나 피부색이 다르다는 이유로 인간을 노예로 부릴 수 있던 시절이었으니 자신의 탐욕을 정당화하기도 쉬웠을 것이다.

내가 감탄하는 카르타헤나의 아름다움 역시 그 탐욕과 착취에 기반해 세워질 수 있었던 것이다. 생각해보면 인류의 유산이라고 부르는 것

중에 가난한 이들의 희생에 기대지 않고 만들어진 것이 있기나 할까. 이집트의 피라미드도, 캄보디아의 앙코르 와트도, 인도의 타지마할도, 유럽 각국의 성당도…… 언젠가 "유럽인으로 살아간다는 것은 제3세계에 빚진 존재임을 자각하는 것"이라는 글을 읽은 적이 있다. 아시아의 힘없는 변방 국가에서 태어나 자랐기에 그런 부채감이 없는 걸 다행으로 여겨야 하는 걸까. 인류가 만들어낸 모든 경이로운 것들은 어쩌면 수많은 이들의 눈물과 피로 이루어진 슬픈 아름다움인지도 모른다. 그 슬픈 아름다움 앞에서 나는 지금껏 충분히 존중을 표해왔을까. 이 황금 마스크를 '갖기' 위해 이곳으로 몰려왔던 스페인 정복자와 이 마스크를 '보기' 위해 이곳에 찾아온 나 사이에 어떤 차이가 있는 걸까. 탐욕스러운 열정과 호기심이라는 면에서는 마찬가지인 게 아닐까. 그 시절 백인들은 원주민보다 우월한 존재라고 믿었기에 그들의 것을 빼앗아 갖는 건 죄가 아니라고 여겼을 것이다. 그들이 칼과 총을 들고 몰려왔다

면 21세기의 여행자라는 유목민은 카메라와 노트북, 아이폰과 같은 신기술로 무장했다. 그 무기들로 이곳에 사는 사람들의 일상을 멋대로 훔치고, 파헤치고, 찍어댄다. 그쪽이나 이쪽이나 제멋대로이긴 마찬가지인 듯하다. 그리고 나는 그렇게 동의 없이 훔쳐낸 이야기들을 엮어 책을 써서 밥을 번다. 누군가 나에게 무슨 일을 하느냐고 물을 때마다 가끔씩 대답하기가 머뭇거려진다. 나이가 들수록 그 망설임은 점점 커진다. 여행자로서의 내 모습이 예의도 배려도 없는 침략자와 다름없을까봐 두려워진다.

이렇게 카르타헤나는 나에게 다양한 방식으로 말을 걸어온다. 하지만 이 도시에 머물수록 탈출하고픈 욕망도 커져만 간다. 지독한 더위 때문이다. 이른 아침에도 거리를 나서기만 하면 얼굴에서 분수가 솟구치듯 땀이 흘러내린다. 중남미를 여행하는 동안 추위 때문에 고생한 적은 많았어도 더위로 힘들었던 적은 없는데 이곳에서 카리브의 태양의 위력을 제대로 맛보는 셈이다.

더위를 좀 피해볼까 싶은 마음에 호주 처녀 알렉스와 함께 섬 투어에 나선다. 카르타헤나 남서쪽의 로사리오 섬을 찾아가는 투어다. 항구를 출발한 지 한 시간쯤 지나니 코발트블루의 푸른 바다가 펼쳐진다. 로사리오 섬에 내리니 수족관을 구경하거나 스노클링을 하거나 둘 중 하나다. 알렉스와 나는 어느 것도 내키지 않는다. 이 지독한 더위 아래 바다에 엎어져 스노클링을 하다가는 잘 구워진 단팥빵 같은 피부색을 지니게 될 테니. 우리는 나무 그늘 아래에서 책을 읽으며 시간을 보낸다. 그런 우리가 아니꼽다는 듯 지나가던 새가 똥을 찍 쏟아내고 간다. 그것도 두 번씩이나. 다시 배를 타고 한 시간을 가니 플라야블랑카, 하얀 해변이란 이름처럼 새하얀 백사장이 기다린다. 이곳에서 생선튀김으로 소박한 점심을 먹고 나니 자유시간이다. 파라솔과 의자를 빌려 야자나무 그늘 아래 자리를 잡는다. 긴 의자에 드러누워 나는 책을 읽고 알렉스는 낮잠을 즐기는 오후. 개발에 망가지지 않은 해변은 자연 그대로의 모습을 간직하고 있다. 하지만 물빛은 내가 기대했던 만큼은 아니다. 이곳에 누워 카리브 해를 바라보자니 콜롬비아에서 가장 아름답다는 바다의 물빛이 궁금해진다. 타이로나 국립공원에 가볼까. 슬슬 이 도시를 떠나 움직여볼까.

닷새 만에 카르타헤나를 탈출한다. 다음에 이 도시에 올 때는 여름을 피하겠다고 다짐하면서. 짐을 꾸린 나는 산타마르타로 향한다. 산타마르타는 콜롬비아에서 가장 오래된 도시다. 하지만 10년 전만 해도 이 역사적인 도시는 게릴라 단체가 장악해 마약과 매춘으로 악명 높았다. 콜롬비아 정부가 행정력을 되찾고서야 관광과 경제의 중심지로 떠오르기 시작한 곳이다. 중남미의 독립 영웅 시몬 볼리바르가 말년을 보낸 이 도시는 이제 콜롬비아 서민들이 즐겨 찾는 카리브 해의 대표적인 항구도시가 되었다. 무엇보다 이곳은 카르타헤나보다 습도도 낮고, 덜 뜨겁다고 한다. 피서를 가는 기분으로 이곳을 찾아왔지만 웬걸. 이 도시도 통째로 뜨거운 불판에 올라간 것 같다. 호스텔의 도미토리는 밤에만 에어컨을 틀어주니 무용지물에 가깝고, 바깥으로 나가면 숨이 턱턱 막히고…… 더위라는 촘촘한 그물이 내 몸을 옥죄는 것만 같다. 잠시

시내를 걸어볼까 하고 나갔다가 한 시간을 못 넘기고 숙소로 돌아오고 만다.

결국 다음날 콜렉티보를 타고 밍카로 향한다. 해변의 더위를 피해 산으로 가는 길. 밍카는 해발고도 6백 미터인데다 시에라네바다 산군에 둘러싸여 한결 시원하다. 가이라 강이 흘러든 계곡을 찾아가는데 때마침 비까지 시원하게 쏟아진다. 길가의 어느 집 처마 밑에서 비가 긋기를 기다린다. 잠시 후 집안에서 한 남자가 나온다. 말랐지만 강단 있어 보이는 몸에 햇볕에 탄 얼굴을 한 중년 남자다. 집으로 들어오란다. 망설임이 앞선다. 마약, 매춘, 고문과 인신매매. 한때 콜롬비아에 넘치고 넘치던 단어가 눈앞에 떠다닌다. 동동동. 괜찮다고 사양하는데 그의 눈매가 선하다. 게다가 여긴 작은 시골 마을 아닌가. 옆집 숟가락 개수까지 다 알고 있을 마을이니 무슨 일이든 일어나면 온 동네 사람들이 다 알게 될 것이다. 나는 그의 선해 보이는 눈과 나름 치밀한 계산 끝에 내린 결론을 믿고 따라 들어간다. 그가 해먹이 걸려 있고 등나무 의자가 놓인 곳으로 나를 데려가더니 쉬었다 가란다. 비가 그칠 때까지 편히 쉬라면서 커피까지 내준다. 순식간에 긴장이 누그러진다. 커피를 재배하는 농가인 이곳은 여행자를 위한 숙소까지 겸한다. 하지만 여기까지 찾아오는 손님이 있을까 싶어 물어보니 여름 한철에 주로 콜롬비아 사람들이 찾아온단다. 해먹에 누워 빗소리를 들으며 갓 내린 커피를 마시는 기분이라니…… 아, 이대로 오후가 다 흘러가도 괜찮지 않을까.

하지만 종일 남의 집 해먹에서 보낼 수는 없는 법. 빗줄기가 약해진

틈을 타 포소아술로 향한다. 뭐 대단한 거라도 있을 줄 알았더니 자그마한 폭포가 흘러내리는 곳의 웅덩이만한 소가 전부다. 그래도 주변의 무성한 나무들이 그늘을 드리워 제법 운치가 있다. 지난 며칠간 사냥감의 목에 박힌 사자의 이빨처럼 온몸에 달라붙어 있던 더위가 떨어져나가는 것 같다. 계곡에 발을 담그고 서늘한 물의 기운을 흠뻑 빨아들인다. 탁족을 마치고 일어서니 또 비가 쏟아진다. 비 내리는 젖은 숲을 걸어 마을로 돌아온다. 전망 좋은 카페에서 레모네이드로 '파워 업' 하고 조금 더 길을 따라 걸어가본다. 초가지붕으로 지어진 근사한 오두막을 구경하고, 이어진 길을 따라 계속 걸어간다. 점점 좁아지던 길이 숲으로 향한다. 한낮의 숲은 적막에 싸여 있다. 두려움이 밀려들어 결국 도중에 돌아 나온다. 오늘의 모험은 여기까지.

04

책과 음악으로 번갈아 깊어가던 곳

산타마르타

태양을 피해 이곳까지 왔건만 점점 태양의 흑점 속으로 들어가는 것 같다. 콜롬비아에서 가장 인기 있는 국립공원이라는 타이로나 국립공원을 찾아온 오늘. 아침부터 태양은 나를 상대로 전쟁이라도 치를 기세다. 야자나무를 비롯한 온갖 나무가 무성하게 우거진 숲을 걷는다고 좋아한 것도 잠시, 햇살은 나뭇잎 사이를 뚫고 독침처럼 내리꽂힌다. 한 시간도 안 걸었는데 온몸이 땀으로 젖는다. 펄펄 끓는 찜통에서 쪄지는 만두의 심정(이라는 게 있다면)을 알 것 같다. 머리가 지끈거리고 몸에서는 쉰내가 난다. 날파리까지 꼬이기 시작한다. 눈앞에서 윙윙거리는 날파리를 쫓느라 더 정신이 없다. 숲을 빠져나오니 바다가 보이고 노천카페가 서 있다. 도저히 그냥 갈 수는 없을 거라는 걸 다 안다는 듯이. 나는 포로수용소로 끌려온 패잔병 같은 몰골로 주저앉으며 "레몬주스!"를 외친다. 얼음이 듬뿍 담긴 레몬주스를 들이켜며 잠시 고민한다. 이 날씨에 더 걸을 것인지, 그냥 포기하고 저 바다로 뛰어들 것인지. 수영복을 가져오지 않았다는 핑계를 대며 다시 일어나 걷는다. 태양 때문에 내 머리가 이상해진 게 틀림없다고 생각하면서.

이곳에서부터 길은 해변을 따라 이어진다. 모래사장을 걸으려니 발이 푹푹 빠져 힘이 배로 든다. 게다가 이제는 나무 그늘조차 없다. 얼굴에서 줄줄줄 흘러내리는 땀을 받으면 국이라도 끓일 수 있을 것 같다. 그래도 아직 풍경이 눈에 들어오는구나. 모래사장 여기저기에 놓인 거대한 바위를 보며 감탄하는 걸 보니. 거인들이 공놀이라도 하다가 던져두고 떠난 걸까. 저 바위를 숭배했다는 원주민들이 이해된다. 모래사장 너머로는 야자나무와 울창한 숲이 따라온다.

아라니야 해변과 피시나 해변을 지난다. 수영을 하거나 백사장에 드러누워 일광욕을 하는 이들이 보인다. 나도 저러고 있어야 하는 건데…… 길은 다시 숲으로 이어진다. 두 시간쯤 걸었을까. 드디어 카보 산후안데라기아다. 듣던 대로 아름다운 해변이다. 두 개의 해변이 나란히 붙어 있다. 나무로 지어진 전망대를 오르니 빼어난 전망이 눈에 들어온다. 옥색으로 빛나는 바다, 부드러운 선을 그리며 휘어진 백사장, 그 안쪽 깊이 펼쳐지는 야자나무 무성한 숲. 이 전망대에 앉아 해가 지고 떠오르는 모습을 보고 싶다. 하지만 방갈로는 이미 예약이 끝났고, 남은 자리는 전망대의 해먹뿐이라고 한다. 별은 실컷 보겠구나. 저녁노을과 해 뜨는 모습도 지척에서 보겠구나. 하룻밤 머물고 싶다. 하지만 밤새 비명을 질러댈 허리를 생각하니 도저히 해먹에서 밤을 보낼 용기가 생기지 않는다. 결국 전망대에서 쉬다가 다시 일어난다. 이곳에서 한 시간 반을 더 걸으면 원주민 유적지가 있는 푸에블리토. 더 걸을까 말까 망설인다. 오늘은 여기까지만 걷기로 하자. 이 더위에 계속 걷다가는 콜롬비아의 원귀가 될지도 모르니까. 불에 덴 듯 뜨겁게 달아오른

몸상태가 심상치 않다.

역시나 숙소로 돌아오니 몸에서 열이 펄펄 나고 설사까지 시작된다. 비몽사몽인 상태로 로비의 소파에 앉아 있는데 한국말이 들려온다.

"만나서 반갑습니다."

일사병 때문에 환청이 들리는 건가. 두리번거리니 파란 눈에 갈색 머리 청년이 건너편에서 웃고 있다. 영국인 게리는 호주에서 한국인 여자친구와 2년째 살고 있단다. 그는 6개월 전 잠시 한국을 여행하기도 했단다. 그저 의례적으로 한국여행이 어땠느냐고 물어본다. 그도 의례적으로 좋았다고 답하겠지. 이게 웬걸. 게리는 나를 배신한다. 기다렸다는 듯 온갖 부정적인 이야기를 풀어놓는다. 한국인은 인종차별 의식이 강하다는 이야기부터 시작하더니 여자친구의 남동생에게 받은 충격을 털어놓는다. 꿈이 뭐냐고 물었는데 "좋은 직장에 취직하는 거"라고 답해서 어이가 없었다나. "너를 행복하게 만드는 게 뭔데?"라고 재차 물어도 답하지 못했다면서. 누구나 회사를 그만두고 여행을 할 수 있는데도 그런 삶을 부러워만 할 뿐, 미래를 위해 저축만 하며 살아가는 모습도 마음 아팠다고 한다. 슬프고 안타까운 우리의 자화상이다. 하지만 꿈이 없는 대학생을, 저축만 하며 살아가는 직장인을, 그저 탓할 수만 있을까. 그런 삶을 개인의 선택으로 돌리기에는 우리 사회는 너무나 경직되어 있지 않은가. 지독한 경쟁사회인데다, 사회보장제도는 후진국 수준이니. 미래를 스스로의 힘만으로 일구어나가야 하는 삶에 대한 부담을 그가 알까. 일사병과 설사로 탈진상태에 이른 나는 게리와 이야기를 나눌 여력도 없다. 그저 그의 말을 들어줄 뿐.

하지만 나는 그의 시선이 불편하다. 게리는 자신들이 누리는 복지제도를 비롯한 여유 있는 삶의 근간이 어디에서 시작되었는지에 대해 성찰하지 못한다. 그러니 아시아의 현실에 대한 사려 깊은 시선이 따라올 수도 없다. 게리의 모국인 영국은 인도를 비롯한 식민지를 착취해 쌓은 부로 산업혁명을 이룬 나라다. 그들 역시 한때 우리가 살고 있는 야만의 시절을 통과했을 것이다.

여행을 한다는 것은 결국 자신이 쌓아온 '생각의 성'에 균열을 만들어냄으로써 더 큰 세계를 만들어가는 과정인데, 여행자로서 게리의 시선은 여전히 성안에 머물러 있는 게 아닐까. 가장 높은 산을 오르고, 가장 깊은 숲을 걷고, 가장 넓은 바다를 건넜다고 해서 한 사람의 영혼이 그만큼씩 성장하는 것은 아니다. 이스라엘 청년이 중동을 여행한다고 친팔레스타인으로 쉽게 변하지도 않으며, 기독교 원리주의자가 여행을 통해 동성애를 이해하게 되는 것도 아니다. 어떠한 질문도 없이 다니는 여행은 그저 여권에 도장 하나를 늘려가는 일일 뿐이다. 우리의 여행은 사유를 동반하는 여행이어야 한다. 내내 고민하고 질문하고 자신의 세계를 의심하는 여행이어야 한다. 그러니 어쩌면 좋은 여행의 걸음이란 열정이나 해방감, 자유, 이런 것들로 달려가는 발걸음이 아니라 망설이고, 주저하고, 조심스럽게 내딛는 걸음일지도 모른다.

하지만 나 또한 게리와 같은 시선에서 완전히 자유롭다고 자신할 수 있을까? 내가 이해할 수 없는 삶의 방식이라 해도 그렇게 살아갈 수밖에 없는 그 나름의 이유가 있을 거라고 이해하고 받아들였던가. 한국을 바라보는 게리의 시선은 내가 지금보다 젊고 혈기 넘치던 시절에 가난한 나라를 바라보던 시선과 크게 어긋나지 않을 것이다.

잠시 지나가는 여행자의 시선, 그것은 순간적이고 표피적인 것만 포착할 뿐이다. 그리고 나는 그렇게 본 것으로 이야기를 만드는 사람이다. 여행을 통해 단련된 섬세한 시선과 함부로 판단하지 않는 조심스러운 태도와 그들의 처지를 먼저 헤아리는 배려가 나에게 충분히 있을까. 여행하는 내내 나는 얼마나 많은 질문을 스스로에게 던지고 있는 걸까.

다른 여행자와 이야기를 나누고 있는 게리의 뒷모습을 본다. 게리, 나도 젊을 때는 너처럼 생각했어. 나에게 부럽다고 말하며 떠나지 못하는 이들을 볼 때면 용기가 없어서 그러는 거라고 생각하곤 했어. 하지만 한자리를 지키고 있는 것도 때로는 훌쩍 떠나는 것만큼의 용기를 필요로 하는 일이라는 걸 알게 되었어. 게리, 인간은 꿈을 꿀 수 있는 존재여서 여기까지 올 수 있었지만, 꿈이 없이도 평생을 살아가기도 한다는 것을 알게 되었어. 꿈이 없는 한 개인을 탓하기 전에 그가 어떤 사회적 배경에서 나고 자랐는지를 먼저 들여다봐야 한다는 것도 알게 되었어. 꿈과는 상관없이 세상의 모든 사람들이 살아남기 위해 저마다의 방식으로 애쓰고 있다는 것을, 꿈을 지닌다는 것 자체가 어떤 이들에게는 가장 어려운 일일 수도 있다는 것도. 게리, 오늘 난 네 덕분에 여행자로서의 나를 돌아볼 수 있게 되었어. 고마워.

일사병 때문에 꼬박 이틀을 앓았는데도 나는 아직 산타마르타를 떠날 결심을 못하고 있다. '잃어버린 도시' 트레킹 때문이다. 잃어버린 도시 트레킹은 타이로나 원주민 유적을 찾아가는 5박 6일간의 정글 트레킹이다. '콜롬비아의 마추픽추'라 불리며 이 나라를 대표하는 트레킹이라 꼭 하고 싶지만 더위 때문에 죽다 살아나 망설이고만 있다. 그러다 오늘 그 트레킹에서 막 돌아온 영국인 커플과 숙소에서 마주쳤다. 어땠냐고 물으니 잠시 대답을 망설인다.

"생각보다 너무 힘들었어. 독뱀이 출몰하고, 벌레에 물리고, 길은 진창이라 엄청 미끄럽고…… 무엇보다 끈적거리는 습도와 더위…… 상상 이상이었어. 이 계절에는 권하고 싶지 않아."

"고마워. 덕분에 미련을 싹 버리게 되었어."

주룩주룩 비 내리는 정글에서 독벌레들과 함께 뒹굴고 싶을 정도의 의욕은 없으니. 언젠가 콜롬비아로 돌아와야 할 이유를 남겨놓는 거라고 생각하자. 여행은 목표 지점을 향해 달려가 정해진 시간에 돌아와야 하는 마라톤 대회가 아니다. 천천히 갈 수도 있고, 가다가 돌아올 수도 있고, 아예 출발조차 하지 않을 수도 있는 것이니까.

대신 나는 지금 내 몸이 요구하는 좀더 편안한 여행지를 선택한다. 타이로나 국립공원에서 동쪽으로 한 시간 거리인 팔로미노. 배낭여행자들이 많이 찾는 타강가 해변보다는 고즈넉한 곳으로 가고 싶은 욕심에 이곳을 선택했다. 버스에서 내려 모토 택시에 올라탄다. 좁은 비포장길을 달려온 오토바이가 해변가의 숙소에 멈춰 선다. 엘아마투이. 간판도 없는 이곳이 내가 사흘간 머물 곳이다. 내가 찾는 모든 것이 이곳에 다 있다. 바다에서 불어오는 서늘한 바람. 텅 빈 해변의 고요함. 야자나뭇잎으로 지붕을 올린 넓고 쾌적한 숙소. 설사와 일사병은 바이바이. 시끄러운 도미토리도 당분간 안녕. 세 끼 식사비를 포함한 방갈로 가격은 하루에 6만 원. 결코 싸지 않은 가격이지만 잠시 호사를 부리기로 한다. 경비를 아끼는 것 못지않게 잘 쓰는 것도 때로는 중요하니까.

인적 없는 해변의 야자나무숲 사이에 자리잡은 방갈로에는 전기가 들어오지 않는다. 해변을 따라 죽 늘어선 다른 고급 숙소들은 전부 에어컨이나 수영장 같은 시설을 갖추었지만 이곳은 일부러 전기를 설치하지 않았다. 자연주의자들을 위한 곳이랄까. 하지만 수영장이 왜 필요할까. 몇 발짝만 걸으면 카리브 해가 펼쳐지는데. 콘크리트가 아닌 야자나무로 지어진 방갈로는 선풍기조차 필요없다. 오후 내내 해먹에 누워 책을 읽는다. 파도 소리를 자장가 삼아 낮잠을 자기도 한다. 어둠이 내린 후에는 촛불 아래서 저녁식사. 신선한 해산물로 만든 요리는 그릇을 두 번 비울 만큼 맛있다. 지나가는 빗소리. 멀리서 개 짖는 소리. 밀려오는 파도 소리. 자연의 소리만이 가득한 이른 저녁. 사위는 온통 검은 장막을 두르고 있다. 나는 촛불이 켜진 방에서 전자책으로『죽은 왕녀를 위한 파반느』를 읽는다. 책 속의 세계는 춥고 눈 내리는 겨울 저녁. 책 바깥의 세계는 별빛이 파도 위로 부서져내리는 카리브 해의 여름이다. 핸드폰의 불빛에 눈이 아파지면 음악을 듣는다. 이 책을 소재로 만든 이한철의 노래 〈죽은 왕녀를 위한 파반느〉. 책과 음악으로 번갈아 깊어가는 밤이다.

새벽 무렵, 비가 내린다. 야자나뭇잎으로 덮인 지붕을 두드리는 빗소리가 듣기에 좋다. 일찍 일어나 책을 읽고, 아침을 먹고, 바닷가를 산책한다. 해변은 오늘도 텅 비어 있다. 해변을 따라 한 시간을 걷는 동안 마주친 사람은 파라솔 아래 누워 책을 읽는 한 커플이 전부다. 산책에

서 돌아온 후에는 다시 그늘막이 드리운 해먹에 눕는다. 눈부시게 환한 햇살로 바다가 달궈지는 동안 나는 책을 읽는다. 낮에 읽는 종이책은 요네하라 마리의 『대단한 책』. 그녀의 유머 감각 덕분에 킬킬거리며 읽어간다. 어느새 점심시간. 이곳의 부엌에서는 모든 음식을 장작불에 요리한다. 로즈메리를 뿌려 감자와 함께 볶은 새우, 샐러드와 구운 바나나까지 남김없이 먹는다. 너무 맛있어서 부엌으로 달려가 조리법까지 묻는다.

오후 들어 하늘이 흐려지더니 다시 천둥 번개를 동반한 비가 쏟아진다. 빗소리에 파도 소리가 희미하게 지워진다. 마을에서 충전해다 준 휴대전화로 음악을 듣거나 전자책을 읽는다. 그사이 조금씩 어둠이 짙어지고, 비가 그치고, 파도 소리가 살아나고, 풀벌레 울음소리가 들려온다. 다시 고요한 밤이 찾아왔다. 툭, 코코넛 열매 떨어지는 소리. 야자나뭇잎이 바람에 몸을 비비는 소리. 달도 없는 밤의 어둠 속에 혼자 앉아 모기장만 둘러진 삼면의 창을 바라본다. 누군가 저 모기장을 뜯고 침입하면 어쩌지. 갑자기 이곳의 적막이 두려워진다. 하지만 두려움은 잠시. 나는 곧 잠에 빠진다. 꿈도 없는 깊은 잠 속으로.

풍경보다 아름다운 시간의 결

바리차라 / 비야데레이바

내가 들고 다니는 가이드북은 이 마을에 대해 이렇게 정리해놓았다. "콜롬비아에서 제일 예쁜 마을." 도대체 제일 예쁜 마을이 몇 개나 있는 거냐고 따지고 싶다. 이 마을 다음에 건너갈 마을도 그렇게 똑같이 표현해놓았으니. 여기는 바리차라. 스페인 식민지로 건설된 마을로 25년에 걸친 복구 작업을 통해 옛 모습을 살려낸 곳이다. 어디, 얼마나 예쁜지 보자구. 조금 삐딱해진 내 마음은 순식간에 무장해제된다. 소문대로, 아니 소문을 뛰어넘어 어쩌면 이렇게 예쁜지! 흰 벽에 주홍색 기와지붕이야 스페인 식민지 마을이라면 어디나 있는 거지만, 복원하면서 슬쩍슬쩍 남겨놓은 원래 모습과 새로 다듬은 모습이 빚어내는 조화가 신선하다. 무너진 담장을 새로 쌓아올리면서 옛 돌의 일부를 활용한다던지, 대문 옆 전기계량기 함을 전통적인 스페인 집 모양으로 앙증맞게 만드는 식이다. 흰 벽이 지루해지려고 하면 초록색이나 파란색으로 칠해진 창문이 통통 튀듯 나타난다. 골목의 전선줄마저 깔끔하게 정리되어 있다. 물건은 몇 개 없지만 인테리어는 놀랄 만큼 감각적인 가게가 골목마다 넘쳐난다. 마을 분위기가 마치 값나가는 패물을 잔뜩 들고 시골로 시집온 도시 처녀 같달까. 게다가 마을 사람들은 느긋하면서도 친절하기까지 하다. 콜롬비아는 어쩌면 이렇게 빛나는 보물들을 숨기고 있는 걸까. 낮에 몰려들었던 관광객들이 빠져나간 저녁, 나는 어둠 속으로 고요히 잠겨가는 마을의 골목을 거닌다. 이 마을에 예정보다 오래 머물게 될 것을 예감하며.

화창하게 갠 아침. 옛길 '카미노 레알'을 걷기 위해 나선다. 아침부터 푹푹 찐다. 그래도 카리브 해의 태양에 비하면 양호하다. 여긴 그저 콧잔등에 땀방울이 맺히는 정도니. 바리차라와 이웃 마을 구아네를 잇는 이 길은 150년 된 돌길이다. 도로가 뚫린 후 잊혀가던 옛길이 1996년에 복원되었고, 이제는 여행자들이 즐겨 걷는 길이 되었다. 지난밤 내린 비에 젖은 돌길이 미끄럽다. 조심조심 발을 옮긴다. 어쩌다 여행자 한두 명과 마주칠 뿐 길은 고즈넉하다. 현무암 돌담을 끼고 걷는 길. 반갑다는 듯 지저귀는 새. 팔랑거리며 날아가는 몇 마리의 나비. 정수리를 데우는 태양. 뭉게구름이 걸린 파란 하늘. 풍경을 즐기며 느릿느릿 두 시간을 걸으니 구아네 마을이다. 끝에서 반대쪽 끝까지 십여 분이면 다 둘러보는 작은 마을. 손바닥만한 고생물학 박물관에서 화석도 구경하고 이 마을 특산품이라는 염소젖 요구르트도 마셔본다. 단맛이 강해서인지 염소젖 특유의 노린내는 나지 않는다. 동네 카페에서 마라쿠야 주스를 마시며 잠시 더위를 식히고 바리차라로 돌아온다.

오늘 저녁은 이 동네의 유명한 피자집 그린링고스에서 주문한 피자. 주인 하비에르와 이곳에 머무는 미국인 벤과 함께 먹는다. 코스타리카

에서 1년 넘게 일했던 벤은 2년 반 예정으로 중남미를 자전거로 종단중이다. 대중교통으로 다니기도 힘든 이 대륙을 자전거로 넘는다니. 세상에는 몸뚱아리 하나 믿고 어마어마한 일을 거뜬하게 해내는 사람들이 있다.

다음날은 새벽 여섯시에 일어나 마을 산책을 나선다. 한낮의 열기를 피하기 위해 이 시간에 일어났건만 태양은 인정사정 봐주지 않는다. 벌써부터 뜨끈뜨끈 열기를 내뿜는다. 바리차라는 둘러볼수록 예쁜 마을이다. 소박하면서도 섬세한 감각이 건물마다 배어 있다. 현대식으로 복원된 집들은 원래의 모습을 잃지 않아 마을을 둘러싼 자연과도 조화를 이룬다. 붉은 부겐빌레아가 흐드러지게 피어난 골목을 거닐다 돌아와 숙소에서 책을 읽으며 오전을 보낸다. 해가 중천에 떠오르니 슬슬 배가 고파진다. 점심을 뭘 먹을까 고민하는 내게 주인 하비에르가 이 마을의 명물인 개미 요리를 먹어보란다.

"나, 채식주의자인데……"

"개미는 고기 아니잖아. 넌 해물은 먹는다면서?"

하비에르 추천대로 뚱뚱한 붉은 개미 요리는 이곳의 명물이다. 엄지손가락의 삼분의 일쯤 되는 크기의 이 개미는 5월 무렵에 들판에 나타난다. 개미가 나오는 시기가 되면 아이들은 학교도 가지 않고 산으로 들로 개미 사냥을 나선다. 온 가족이 개미 사냥에 매달릴 만큼 이들에게는 중요한 수입원이기 때문이다. 소금과 함께 볶은 개미 요리는 고소한 단백질 영양식으로 비싸게 팔리며, 마을에는 개미 소스를 뿌린 안심 스테이크로 유명한 식당도 있다. 올해는 비가 많이 내린 탓에 개미가 적게 잡혀 가격이 엄청나게 뛰었다고 한다.

가난한 채식주의자인 나는 개미 요리 대신 어느새 단골 식당이 된 만다라로 향한다. 젊은 부부 디에고와 크리스탈이 꾸려가는 이 작은 식당에는 매일 한 가지 메뉴만 나온다. 식당 이름에서 눈치챌 수 있듯 채식 식당인데도 음식이 다 맛있다. '지구를 위해 채식하는 거니까 음식 맛에 관해 이러쿵저러쿵하지는 않겠지'라는 듯 성의도 없고, 맛도 없는 채식 요리를 내놓는 식당과는 다르다. 오늘의 메뉴는 렌즈콩 수프에 현미밥, 치즈를 얹어 구운 가지, 검은 올리브가 들어간 샐러드. 역시나 맛있다. 인공 조미료도 쓰지 않고, 건강한 식재료를 사용해 만든 요리에는 크리스탈의 마음이 담겨 있다. 화려한 모양새나 자극적인 맛처럼 과한 욕심을 부리지 않고 재료의 성질을 충분히 이해한 이가 만들어낸 소박한 음식이다. 한입 넣으면 크리스탈이 불어넣은 기운이 내 몸 안으로 전해진다. 허기를 채우는 게 아니라 생기를 채우는 것 같다. 좋은 재료로 마음을 담아 만든 음식은 사람을 행복하게 만든다. 디에고와 크리스탈은 부부가 모두 채식주의자인데다 불교와 요가에 빠져 있다. 그래서 내가 인도에 몇 번 가봤다고 하니 몹시 부러워한다. 이들의 꿈은 돈을 모아 언젠가 인도에 가보는 거다. 본고장에서 요가와 명상을 직접 배워보고 싶다나. 콜롬비아에서 나누는 인도 이야기라니, 가톨릭의 땅에서 불교에 심취한 이들과 만나다니, 어쩐지 신기하다. 콜롬비아와 인도 사이의 물리적 거리를 생각해보면 얼마나 아득한가. 부디 콜롬비아가 성실히 일하는 시민의 이런 꿈 정도는 이루게 하는 나라이기를. 바리차라는 내게 이 공간 만다라로 기억될 것 같다. 크리스탈과 디에고의 이름으로.

'콜롬비아에서 가장 예쁜 마을' 바리차라에서 며칠을 보낸 나는 '콜롬비아에서 가장 예쁜 또다른 마을' 비야데레이바로 넘어간다. 이곳에 들어서니 마치 열대에서 한대로 건너온 것 같다. 도시의 고도는 2144미터에 이르는데 비까지 내리고 있어 으슬으슬 추위가 밀려든다. 하지만 궂은 날씨조차 비야데레이바의 풍경을 퇴색시키지 못한다. 산으로 둘러싸인 마을은 초록을 배경으로 하얀 건물이 늘어섰다. 포석이 깔린 골목마다 식당과 카페와 기념품 가게가 가득하다. 스페인 식민지 건축의 백미라고 불리는 곳답다. 바리차라보다 세련됐지만 카르타헤나보다는 소박하달까. 콜롬비아의 예술가나 은퇴한 부자들이 가장 살고 싶어하는 동네라 집값이 카르타헤나 다음으로 비싸단다. 다양한 색채와 화려한 장식으로 대번에 시선을 끄는 카르타헤나는 도시의 부잣집 미녀, 소박하면서도 자연스러운 우아함이 넘치는 바리차라는 시골로 시집온 도시 처녀 같다면 하얗게 채색된 고급 주택이 즐비한 비야데레이바는 젊었을 때 꽤나 날리는 미인이었던 도시 아줌마 같다고나 할까. 아무튼 세 곳 모두 우열을 가릴 수 없이 저마다 개성과 매력이 넘친다.

비 내리는 겨울 아침. 며칠 전까지 카리브 해의 태양에 불타오르던 나는 이곳에서 초겨울 추위에 떨고 있다. 뜨거운 초콜릿 한 잔과 바삭하고 촉촉한 크루아상으로 아침을 먹는다. 조금 더 욕심을 내어 애플타르트까지 주문한다. 프랑스인이 하는 프렌치 베이커리. 이름값을 하는구나. 모양만 반달인 퍽퍽하고 눅눅한 크루아상이 아니라 버터의 고소함과 부드러움이 살아 있는 진짜 크루아상을 먹게 되었으니. 오후가 되니 비가 그친다. 햇살을 받은 마을이 환하게 살아난다. 전망대에 올라가니 마을이 한눈에 들어온다. 나지막한 구릉에 둘러싸인 분지 같다. 초록의 나무들 사이 온통 하얗게 칠해진 집들. 붉은 대지와 푸른 하늘. 이탈리아 토스카나의 풍경을 떠올리게 한다. 예술가와 외국인들이 이곳으로 몰려드는 이유를 알 것 같다. 하지만 어쩐지 조금 삭막한 기분이 든다. 깨끗하고 안전한 무균의 마을 같다고나 할까. 이곳에는 메데인의 도심에 존재하는 가난한 이웃이 보이지 않는다. 콜롬비아는 사유지의 52퍼센트를 전체 인구의 1.15퍼센트가 차지하는 빈부차를 지닌데다가 실업률은 중남미 최고다. 그런 문제가 이 마을에서는 조금도 느껴지지 않는다. 어쩌면 콜롬비아의 어두운 현실을 보고 싶지 않은 이들이 이곳을 찾는 것이 아닐까. 이 예쁜 마을에 마구 빠져들어가다가 잠시 머뭇거리고 있다.

비야데레이바에서 나는 만날 사람이 있다. 내 일본인 친구 쓰지 신이치 선생님이 콜롬비아인 벤하민을 소개해줬고, 벤하민은 내게 이곳

에 사는 어머니의 전화번호를 알려줬다. 오전에 한 번, 오후에 한 번, 전화를 해보지만 연결이 되지 않는다. 결국 포기하고 마을을 둘러보다가 과일 가게에 들어선다. 아보카도 1킬로그램을 달라 하니 주인 아저씨는 파파야를 고른다.

"아니, 파파야 말고 아보카도요."

"아, 저 파파야는 내 거예요."

옆에 서 있던 인상 좋은 중년 부인이 영어로 답한다. 나를 유심히 바라보던 그녀가 내게 묻는다.

"여기 언제 도착했어요?"

좀 이상한 질문이다.

"어제 왔는데요."

"혹시, 일본에서 왔어요?"

"아니, 한국이요."

"아, 미안해요. 우리 아들이 일본인 친구가 있는데, 그 친구의 친구가 지금 이 마을에 있다고……"

"혹시 당신이 알바?"

"네가 남희?"

우리는 비명을 지르고 끌어안으며 야채 가게를 떠들썩하게 만든다. 어떻게 이런 인연이 다 있을까.

그날부터 알바는 며칠간 나를 데리고 다니며 구경을 시켜주었다. 원주민 치브차족이 만든 천문 관측소 무이스카 유적부터 시작해 1억 2천만 년 전의 거대한 해양 파충류의 화석이 있는 화석 박물관, 근교의 와이너리와 산아구스틴 수도원을 비롯한 몇 곳의 수도원, 도자기 마을 라키라까지, 차가 없이는 다니기 힘든 곳곳으로 나를 안내했다.

알바가 데리고 다닌 그 모든 곳보다 더 내 마음을 끄는 곳은 알바의 집이다. 어느 날 오후, 알바는 점심을 먹자며 집으로 나를 초대했다. 시내에서 조금 떨어진 알바의 집은 일자형의 단층집이다. 흰색 벽에 주황색 타일을 얹은 전형적인 스페인풍 집이다. 이 집을 지을 때 알바는 정원의 바위를 그냥 두었다는데 검은 현무암 바위가 일부러 갖다놓은 것처럼 근사하다. 집안에는 꼭 필요한 것 외에는 별다른 세간이나 장식품도 없다. 그러면서도 소품 하나하나가 예사롭지 않다. 깔끔하면서도 세련된 실내 분위기는 알바의 취향을 그대로 드러낸다. 문득 궁금해져서 묻는다.

"알바, 도대체 무슨 일을 했기에 집이 이렇게 예뻐요?"

그녀가 수줍은 미소를 띠며 말한다.

“실은, 가구 수입상을 했었어.”

올해 예순을 넘긴 그녀는 보고타에서 아시안 모던 가구를 수입해 판매하는 일을 했다. 번잡하고 정신없는 삶을 그만두고 조용한 곳에서 단순한 삶을 살겠다며 5년 전 이곳으로 이주했다. 내가 집과 정원을 둘러보는 사이 알바는 아히아코 보고타노라는 전통 요리로 점심을 준비한다. 콜롬비아를 대표하는 이 감자수프는 세 가지 종류의 감자와 콩, 옥수수와 닭을 넣고 만든다. 뜨겁게 끓인 수프에 생크림과 케이퍼, 아보카도를 넣어 먹는 수프는 영혼까지 따뜻하게 데워주는 것 같다. 알바의 집에는 지금 그녀의 오랜 친구 후안이 머물고 있다. 후안은 지난 며칠간 우리와 함께 다니며 운전을 해줬다. 알바가 보고타에서 회사를 운영할 때 그녀의 직원이었다는 후안은 이제는 가족과 같은 존재가 되어 손이 필요할 때마다 와서 도와준다. 그녀의 집에 몇 가지 공사를 마무리해야 할 일이 있어 내려와 있던 참이다. 그녀는 이 집에 가끔씩 오는 아들, 딸의 가족을 위해 두 개의 방을 더 마련해놓았다. 하지만 그 방은 기껏해야 한 달에 한두 번 채워질 것이다. 그 나머지의 시간을 작지 않은 이 집에서 혼자 보낼 그녀의 일상을 생각해본다. 나는 그녀에게 남편은 어디 있는지 묻지 않는다. 꽤 오랫동안 혼자 살아온 것 같은 그녀지만 그녀에게도 나처럼 외로운 순간이 종종 찾아올 것이다. 그러니 모레 후안이 떠나고 나면 좀 쓸쓸해질 거라는 말을 하는 것이리라.

다음날, 우리는 알바의 친구 클라라의 집을 찾아간다. 이과케 산이 바라보이는 전망 좋은 곳에 자리잡은 클라라의 집은 지금껏 내가 본 집 중에서 가장 독특하다. 건축가인 클라라가 직접 지은 이 집의 주재료

는 진흙과 대나무, 황마다. 재료만 친환경적인 게 아니라 태양열 에너지로 온수를 데우고, 빗물을 모으는 시스템까지 갖췄다. 집안 곳곳에는 오래 써서 윤이 나는 물건이 가득하고, 거실에는 실내 정원도 있다. 커튼도 없는 안방의 창밖 풍경은 온통 녹음이다. 아, 이렇게 집주인의 개성이 흠뻑 묻어나는 집이라니. 클라라의 집에서 50미터쯤 떨어진 곳에는 그녀의 미국인 친구 캐롤리나가 산다. 역시 클라라가 디자인한 집이다. 올해 일흔인 캐롤리나의 집은 아프리카에서 봉사활동을 하던 시절에 모은 소파와 침대, 물건 들로 이국적 분위기가 넘친다. 일흔 살 할머니의 방이 아니라 스무 살 인디밴드 보컬의 방 같다. 스물여덟 살에 콜롬비아에 수녀로 온 캐롤리나는 환속한 후 콜롬비아 남자와 두 번 결혼하고 두 번 다 이혼했다. 클라라 말에 의하면 수녀였다는 게 믿기지 않을 만큼 남자를 좋아한단다. 일흔이 되어서도 남자 없이는 절대 못 사는 친구라나. 캐롤리나는 이 집의 아래층에서 동네 주민들에게 무료로 마사지를 해준다고 한다. 마사지를 받은 동네 사람들은 계란이나 채소 같이 직접 농사지은 것들로 답례를 한다. 이 화끈한 할머니를 너무나 만나고 싶은데 아쉽게도 지금 미국에 가 있단다. 그녀는 어쩌다 미국과 아프리카를 지나 이곳 콜롬비아의 시골에서 노년을 보내게 되었을까. 나름대로 지난한 내 여행 경로보다 더 역동적인 인생 여정이다. 마흔을 넘겨서도 떠돌고 있는 나는 어느 곳에서 늙은 나와 조우하게 될까.

우리는 테라스에 앉아 클라라가 텃밭에서 뽑아온 레몬그라스로 끓인 차를 마시며 이야기를 나눈다. 언제든 다시 와서 글을 쓰며 지내라고 말해주는 클라라의 마음이 고맙다. 수도 보고타에서 바쁘게 살아가던 그들은 돈 대신 여유로운 삶을 선택해 이곳으로 내려왔다. 그리고 삶의 속도를 늦추고 소박하고 간결한 일상을 살아간다. 알바도, 클라라도 자기들 인생에는 남자가 없어서 삶이 평온하다며, 더이상 남자는 필요없다며 깔깔거린다. 그 순간, 나는 함께 웃으면서도 코끝이 찡해진다. 그런 말을 하며 웃게 될 때까지 그들이 거쳐왔을 쉽지 않은 삶의 길이 보이는 듯해서다. 오랜 내전으로 혼돈의 시기를 겪고 있는 보수적인 가톨릭 국가에서 여성 건축가와 사업가로 살기 위해 얼마나 많은 고비를 넘어야 했을까. 어쩌면 구조화된 차별 그리고 뿌리 깊은 편견과 평생 싸우며 걸어온 길이었을지도 모른다. 개 두 마리와 함께 살아가는 클라라도, 마찬가지로 개 한 마리와 살아가는 알바도 인생의 수많은 길목에서 혼자 울었으리라. 그들이 이곳에서 누리고 있는 안락한 일상은 어쩌면 인생의 후반기에 접어들어서야 겨우 일구어낸 평화일지도 모른다.

나는 문득 인연에 쓰는 한자어가 인할 인因이라는 걸 떠올린다. 인하여 맺어진 끈. 지금 나와 클라라의 인연은 알바로 인해 만들어졌고, 알바와는 벤하민으로 인해, 벤하민은 쓰지 신이치 선생님과의 연으로 맺어졌다. 하나의 점으로 제각기 존재하던 나와 신이치 선생님이 선이 되고, 선이 모여 그물을 이룬다. 나는 이 그물망 안에서 안심하고, 위안을 얻는다. 조금 쓸쓸하지만 나는 이것으로 충분하다. 하지만 어떤 이는 이런 느슨하고 약한 그물망이 아니라 촘촘하고 강한 철선으로 이어져 있어야 안도한다. 그래서 가족을 꾸려 살아간다. 우리 모두는 필연적으로 결핍감을 가지고 있기에 다른 사람과의 관계를 필요로 한다. 내가 맺고 있는 관계의 그물망은 약하기 때문에 쉬이 끊어질지 모른다.

다른 선이 새로 만들어지겠지만 나이들수록 선이 생성되는 속도보다 소멸하는 속도가 빨라질 것이다. 그렇게 그물망이 하나둘 끊어지고, 끝내는 독거노인으로 남을지도 모른다. 어떤 이들은 나처럼 헐겁고 일시적인 관계의 그물망이 아닌, 보다 튼튼하고 영구적인 그물망을 원한다. 그런 이들은 결혼을 하고 아이를 낳아 가족이라는 이름의 강력한 철선을 제 몸에 두른다. 그렇게 이어진 선은 인장력이 워낙 강해 어떤 선 하나가 끊어지면 자신까지도 완전히 흔들려버릴 것이다. 결국 우리는 자신이 선택한 관계의 무게를 저마다 짊어지고 사는 셈이다. 알바와 클라라 또한 자신이 선택한 관계로 인해 갈등하고 화해한 후에야 지금과 같은 평화로운 삶이 가능해졌을 것이다.

집을 나설 때 텃밭의 채소와 과일을 알바에게 한아름 안겨주는 클라라의 모습이 정답다. 알바도, 클라라도 혼자 살아가지만 가까이에 마음을 나누는 벗이 있어 큰 위안이 되리라. 나도 이렇게 늙어가고 싶다. 홀로 늙어갈지라도 가까이에 친구가 있다면 견딜 만할 것이다. 나는 이곳에서 내 마음을 짓누르던 불안감이 조금씩 가시는 것을 느낀다. 미래에 대해 불안해하지 마. 지금까지 그랬듯 마음을 다해 하루하루를 살면 되는 거야. 어려울 때엔 친구들이 힘이 되어줄 거야.

나에게 비야데레이바는 잊을 수 없는 마을로 남을 것이다. 마을의 빼어난 아름다움보다 이곳에서 알바와 함께 보낸 시간 덕분에. 어떤 곳을 아름답게 만드는 것은 결국 풍경이 아닌, 그곳에서 채워낸 시간의 결이리라. 고마운 알바. 언젠가 그녀의 환대에 보답할 수 있는 날이 꼭 오기를.

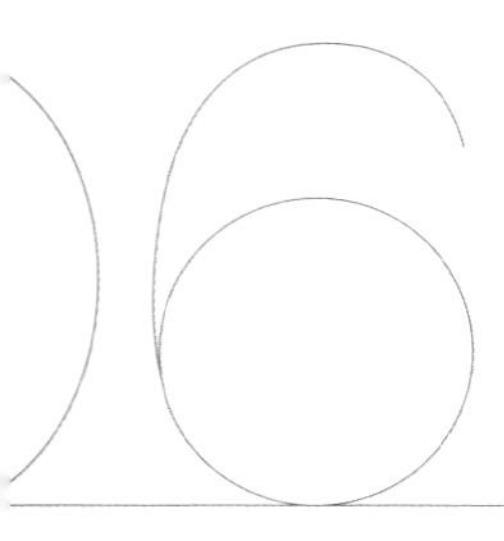

도시의 어둠에서 빛을 나누는 사람들

보고타

비야데레이바를 떠나 콜롬비아의 수도 보고타로 향한다. 보고타가 가까워질수록 도로변의 풍경이 빠르게 변해간다. 들판을 밀어낸 자리에 콘크리트 건물로 뒤덮인 풍경이 들어선다. 예술적 감성으로 충만한 작은 마을에 머물다 보고타로 넘어오니 도시의 미관이 새삼 충격적이다. 난개발로 마구 뒤엉킨 도로와 그저 솟구치기만 한 멋대가리 없는 건물로 둘러싸인 도심에는 비까지 추적추적 내리고 있다. 보고타에서는 도저히 더 살 수가 없어 비야데레이바로 이사했다던 알바의 말이 생각난다. 무거운 배낭을 둘러멘 나는 서글픈 기분으로 보고타의 도심을 향해 걸어간다. 쏟아지는 빗물과 추위가 환영이라도 하듯 온몸에 달라붙는다.

해발고도 2천 6백 미터의 분지에 자리잡은 보고타는 한때 여행자들이 무조건 피해야 했던 도시였다. 무장 게릴라의 테러와 지저분한 도심 때문에 더럽고 위험한 도시로 악명 높았다. 하지만 치안이 강화되고, 도심 정리 사업을 지속적으로 펼친 덕분에 보고타는 중남미의 새로운 관광지로 떠올랐다. 우아한 교회들, 화려한 밤문화, 최고 수준의 박물관들을 갖춘 곳으로. 하지만 여전히 밤에는 위험한 곳이 많아 긴장을 늦출 수는 없다. 한밤에 보고타의 도심에서 차를 운전할 때는 절대 멈추지 말고 계속 달려야 한다는 말이 들릴 정도니.

숙소가 있는 곳은 센트로의 라칸델라리아. 보고타 역사지구의 중심지로, 스페인 식민지 시대에 만들어진 돌길이 깔린 이곳에는 카페와 식당, 역사적인 건축물이 몰려 있다. 하지만 비가 내리는 탓인지 거리는 음울하게만 보인다. 으슬으슬 몸이 떨려온다. 고도 때문에 스웨터가 필요하다더니, 잠바까지 필요한 날씨다. 제일 두꺼운 옷을 꺼내 입고 식당을 찾아 나선다. 어제까지 한적한 마을의 독방에 머무르며 프렌치 베이커리에서 아침을 즐기는 일상이었는데, 오늘은 시끄럽고 위험한 도심 한가운데 있는 15인실 도미토리에 머물며 비싸고 맛없는 샌드위치로 때우는 신세다. 보고타의 대학생들이 즐겨 찾는 카페라는데 어쩌면 이렇게 엉망일까. 시들시들한 야채와 흐물흐물한 계란이 뒤섞인 이 샌드위치를 맛있게 먹으려면 사흘은 굶고 와야 할 거 같다. 알바가 그랬지. 보고타의 물가는 미쳤다고.

카페에서 일어난 나는 구시가의 볼리바르 광장을 찾아간다. 한낮에도 카메라를 빼앗기는 일이 종종 일어나는 곳이라 자꾸 가방을 몸 안쪽으로 당기며 걷게 된다. 광장에 들어서니 웅장하면서도 딱딱한 분위기가 감돈다. 공산주의 국가의 대중 집회가 열리는 광장 같달까. 반듯한 돌이 깔린 광장의 중앙에는 중남미의 독립 영웅 시몬 볼리바르의 동상이 서 있다. 주변에는 시청과 국회의사당과 대법원 같은 이 도시의 가장 중요한 건물이 모여 있다. 광장 서쪽이 인간의 공간이라면 동쪽은

신의 공간이라고나 할까. 장엄한 분위기의 대성당과 가톨릭 교회 건물이 죽 늘어서 있으니. 콜롬비아의 혼란이 극에 달했던 시기에 이 광장은 폭탄 테러의 주요 대상지였다. 그중 가장 큰 사건은 1985년 무장 게릴라들이 대법원을 점거한 뒤 열한 명의 대법원 판사를 비롯한 백여 명의 사상자를 냈던 일이다. 메데인이 그랬듯 보고타의 광장 또한 테러의 기억에서 자유롭지 못하다. 나는 지구 반대편 서울의 광장을 떠올린다. 나에게도 광장은 오랫동안 공포를 불러일으키는 공간이었다. 성인이 되어 내가 접한 광장의 모습은 늘 연좌와 함성과 깃발, 그리고 마침내 밟히고 쫓기는 진압으로 끝났기 때문일 것이다. 내가 처음 광장에 대해 다른 시선을 갖게 된 건 내 또래의 많은 이들처럼 2002년 월드컵을 통해서였다. 광장이 축제와 열정의 공간일 수도 있음을 그제야 보았다. 이 도시의 시민들은 광장을 둘러싼 과거의 상흔을 이미 잊었을까. 거대한 크리스마스 트리가 서 있고, 시민들이 자전거를 타고 지나가는 지금의 분위기는 과거의 혼란을 떠올리게 하지 않는다. 하지만 아직은 아닐 것이다. 1990년대에 연 3천 건에 달하던 납치가 2000년대에는 연 2백여 건으로 줄었을 뿐, 여전히 콜롬비아에서는 내전이 계속되고 있다. 정부는 반군과 평화 협상을 계속하고 있지만 아직도 해결된 것은 없다. 그러니 이 광장은 과거에도 현재에도 상처를 계속 덧입고 있는 공간일 것이다. 광장에 면한 건물을 대충 둘러보는 데만도 서너 시간이 금세 지나간다.

다음날은 박물관 투어. 보고타는 '박물관의 도시'라더니 정말 다양한 박물관과 미술관, 도서관이 산재해 있다. 보테로 박물관을 시작으로 식민지 미술 박물관과 황금 박물관을 둘러본다. 세계에서 가장 중요한

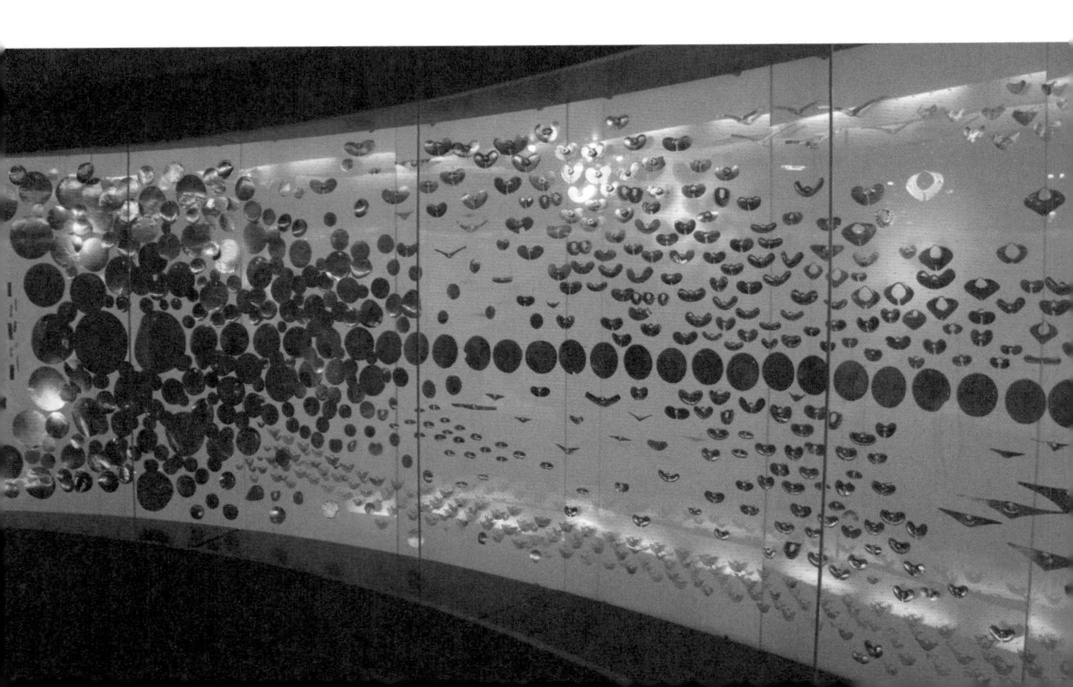

황금 박물관이라는 자랑이 빈말이 아니었다. 스페인이 침략하기 전 콜롬비아에 번성했던 주요 문명의 황금 세공품이 무려 3만 4천 점이나 전시되어 있으니. 특히나 음악과 빛과 어둠을 이용해 하나의 스토리를 만들어 황금 세공품을 보여주는 입체영상관의 영상은 경이로울 정도다. '엘도라도', 황금의 땅에 관한 전설이 시작된 곳이 콜롬비아라더니 이제야 수긍이 간다. 하지만 제일 재밌게 본 박물관은 국립 박물관이다. 예전에 형무소였다는 국립 박물관은 요새처럼 견고한 외관부터 인상적이다. 일층은 콜롬비아 전역에 흩어져 있던 원주민의 문화와 유물을 소개하고 이층은 콜롬비아의 역사를 그림, 무기, 편지 같은 다양한 자료를 통해 설명한다. 이곳 역시 최신 기술을 이용한 화려한 영상 자료가 곳곳에서 상영되어 지루함을 느낄 새가 없다.

며칠간 박물관 위주로 돌아다니다보니 이 도시에서 살아가는 사람의 목소리가 궁금해진다. 다행히 보고타에는 내 연락을 기다리는 친구가 있다. 바로 비야데레이바에서 신세를 졌던 알바의 아들이자, 신이치 선생님의 친구인 벤하민이다. 보고타 북부의 우사켄으로 벤하민을 만나러 가는 길. 북부 지역은 경제의 중심지이자 고급 주택가가 모인 곳이라더니 동네의 분위기가 내가 머무는 구시가지와는 완전히 다르다. 서울의 강남 분위기랄까. 그가 운영하는 레스토랑 웍wok에 들어서니 점심시간이라 빈자리도 없이 붐빈다. 정원을 이용해 반 오픈 형태로 이루어진 식당의 인테리어는 한눈에도 고급스럽다. 이곳을 채운 손님들도 대부분 정장을 차려입은 직장인들이다. 아시안 퀴진을 선보이는 식당

웍은 보고타에만 열 개의 지점을 두고 5백 명의 직원이 일하는 큰 회사다. 벤하민은 웍의 창업자이자 대표이사다.

어려서부터 요리를 즐겨했던 벤하민은 런던에서 요리를 공부한 후 태국을 비롯한 아시아 여러 나라에서 요리 실습을 했다. 그중에는 인도의 반세계화 운동가로 유명한 반다나 쉬바의 농장도 있다. 벤하민은 그곳에서 6개월간 자원봉사를 하며 머물렀다. 내가 스승으로 모시는 일본의 환경운동가 쓰지 신이치와 그가 처음 만난 곳은 영국의 생태교육센터인 슈마허 칼리지. 그곳에서 벤하민은 전인과학 석사과정을 마쳤다. 벤하민이 돈벌이에만 정신을 쏟는 흔한 사업가와 다른 지점이다.

웍은 생태와 환경에 관한 그의 오랜 관심이 총체적으로 구현된 곳이다. 식재료의 많은 부분을 유기농 로컬 푸드로 쓰는 것은 기본이다. 무엇보다 식재료를 공급하는 농어민과의 관계를 중요시해 그들의 마을에 지속적으로 투자한다. 마을 아이들의 교육비를 지원하고, 농어민 생태교육을 실시하는 등 다양한 방식으로 지속가능한 농업을 고민한다.

오늘은 마침 새 메뉴판을 만드는 작업중이었는데, 메뉴판의 사진 모델이 바로 식재료를 생산하는 농어민들이다. 식사중이신 그분들에게 벤하민이 나를 소개한다. 활짝 웃는 얼굴이 모두들 밝고 환하다. 이분들은 아마도 오늘 가장 좋은 옷을 입고 오셨을 것이다. 어쩌면 이발소에 들러 머리도 손질했을 것이다. 자신이 땀흘려 생산한 농작물, 파도와 싸우며 바다에서 얻어낸 해산물이 음식으로 만들어지는 과정을 직접 들여다보고 맛보는 하루를 위해. 그리고 이 식당에서 만드는 음식의 가치를 보증하는 증거로 메뉴판에 한 분 한 분의 얼굴이 올라갈 것이다. 평생 농사를 짓고 고기를 낚으며 살아온 이분들에게는 분명 특별한 경험일 것이다.

자본주의가 발달할수록 물건을 만든 사람과 사는 사람의 삶은 유리된다. 마트에서 사는 농산물은 누가 언제 생산한 건지 알 수 없다. 공장에서 만들어져 팔리는 가구 또한 그걸 만든 목수의 노고도, 그의 이름도 알 수 없다. 분업은 효율성의 이름으로 생산자를 자신이 생산하는 물건으로부터 철저히 배제한다. 벤하민은 이런 시스템에 반기를 든다. 그들에게 노동의 기쁨과 자부심을 되살려준다. 물질적 보상에 더해 보람이라는 비물질적 보상을 줌으로써 그들의 노동을 더 가치 있게 만든다. 저 농부와 어부의 얼굴에 어린 여유와 부드러운 자신감은 자신들이 힘들여 키운 재료가 사람들에게 어떻게 전달되는지 알고 있는 얼굴이다.

벤하민은 인상부터가 선하고 소박하다. 게다가 느릿느릿 조용하게 말하는 태도가 경영자보다는 구도자에 가까워 보인다. 자신이 하는 일에 대해 자랑하거나 으스대지도 않는다. 그저 좋아하는 일과 의미 있는 일을 함께할 수 있어 운이 좋다며 웃을 뿐. 그는 '문도 웍'이라는 이름의 환경 관련 신문도 발간하고 있다. 더 나아가 보고타의 명동이라 할 수 있는 소나로사 지역에 위치한 웍의 한 층을 통째로 환경교육을 위한 공간으로 만들고 있다. 공사가 끝나는 다음달이면, 슈마허 칼리지의 스테판 하딩 교수(제임스 러브록과 함께 지구를 살아 있는 유기체로 보는 가이아 이론을 창안한 과학자)를 초빙해 환경주간을 열 것이라고 한다.

나는 문득 벤하민이 웍을 시작할 돈을 어떻게 마련했는지 궁금해진다. 콜롬비아처럼 극단적인 빈부 격차를 지닌 나라에서 단지 실력만으로 이런 식당을 시작할 수는 없을 것이다. 부모에게 기대었을까? 은행에서 융자를 받았을까? 아니면 벤하민의 아이디어와 실력을 믿은 출자자가 모여들었던 걸까. 벤하민은 출자자를 모아 시작했다는데 운좋게 좋은 사람들을 만났다고 말한다. 개발도상국인 이 나라에서 환경 문제에 관심을 갖는 기업가는 드물 것이다. 어떻게 벤하민은 이런 사업체를 구상하게 되었을까. 그가 받은 고등교육, 환경 문제가 중요한 이슈로 자리잡은 영국에서 공부한 경험, 절박한 생존의 문제가 아닌 다양한 분야로 눈을 돌릴 수 있게 해주는 여유로운 가정환경. 여러 가지 복합적인 배경이 있었을 것이다.

자신이 좋아하는 일로 생계를 유지하면서 생태적이고 문화적인 프로그램을 다양하게 꾸려가는 그를 보니 존경심과 부러움이 함께 밀려든다. 나에게도 이런 꿈이 있다. 물 맑고 공기 좋은 곳에서 아이들을 위해, 혹은 외국인을 위해 여행학교를 꾸리는 꿈. 하지만 나는 여전히 꿈만 꾸고 있는데 나보다 어린 벤하민은 이미 그 꿈을 현실로 만들고 있다. 자신의 꿈을 현실화할 수 있는 자본이 있다는 건 삶을 얼마나 생기있게 만들까. 아니, 자본이 있어야만 꿈을 현실로 만들 수 있는 건 아닐 것이다. 평범한 이들이 저마다의 그릇 안에 작은 꿈을 담고 그것을 현실화하며 살아갈 때, 그 작은 꿈과 삶이 모여 결국 우리의 현실이 변화하는 게 아닐까.

뭐니 나를 가장 감동시키는 건 무엇보다 음식이다. 식당의 경영 철학이 아무리 고상한들 음식이 맛없다면 좋은 식당이라 하기엔 좀 부족하지 않은가. 벤하민이 시켜준 메뉴는 하나하나가 깜짝 놀랄 정도로 맛있다! 콜롬비아에서 이렇게 맛있는 아시아 요리를 먹게 될 줄이야! 캄보디안 스타일의 버섯과 생선을 넣은 버미첼리 볶음, 그린 파파야 샐러드, 열대과일이 올라간 캘리포니아롤, 아마존 베리로 만든 주스…… 모두 재료의 신선함이 살아 있다. 메뉴판의 모든 메뉴를 하나씩 먹어보고 싶어진다. 아, 보고타에 머무는 동안 웍의 단골손님이 될 것만 같다. 하지만 문제는 가격이다. 그렇지 않아도 물가가 비싼 보고타인데 웍의 음식은 가난한 여행자인 나에게는 부담스럽다. 한 끼에 만 원은 기본이니. 만 원짜리 식사를 할 처지도 못 되는 처지에 이곳에서 벤하민이 이룬 것에 정신없이 취해 있다니…… 나뿐 아니라 보고타에 사는 많은 이들이 이곳에 와서 외식을 하기는 어려울 것이다. 내 머릿속이 이렇게 엉켜버리는 건 여기가 보고타이기 때문인가보다. 내가 머무는 구시가와 이 동네의 풍경이 너무 다르기 때문인가.

벤하민을 만나고 온 다음날. 볼리바르 광장 근처의 산토도밍고 예술학교를 찾아간다. 목공예품에 관심이 많은 나를 위해 벤하민이 추천한 곳이다. 나무와 가죽을 재료로 수공예품을 만드는 기술학교인데 건물부터 눈길을 끈다. 식민지 시대의 오래된 건물을 현대적으로 개조했다. 이런 학교라면 절로 배움의 의지가 불타오를 것만 같다. 가이드북에는 나오지 않는 근처의 요리학교와 목공학교도 둘러보다보니 어느새 오전이 다 갔다.

오후에는 벤하민의 집에서 점심을 먹는다. 멕시코인 아내 프리실라와 7개월 된 아들 마티아스와 인사한다. 벤하민이 직접 요리한 점심 메뉴는 케일, 시금치, 물냉이를 갈아 만든 그린 소스를 뿌린 두부 요리, 아보카도와 무, 고수와 고추가 들어간 샐러드. 의외로 아보카도와 저민 무가 잘 어울린다. 그리고 단호박찜에 얹은 키누아. 동양과 서양, 중남미까지 뒤섞인 요리는 시각적으로도, 영양학적으로도 빼어나다. 맛은? 음, 한마디로 뭐라 설명하기 어려운 독특한 맛이라고나 할까. 인테리어 디자이너인 프리실라가 디자인한 집은 넓고 쾌적하다. 거실 곳곳에 놓인 최신 아이폰과 아이패드, 두 대의 맥북, 최고급 유모차, 이들이 타고 다니는 고급 차. 예상은 했지만 그의 집은 콜롬비아 상류층의 삶을 보여준다. 보고타 시내의 혼잡과 지저분함과는 거리가 먼 일상이다.

돌아오는 길, 퇴근시간이 가까워 콩나물시루인 버스에 오른다. 일을 마치고 집으로 가는 고단한 얼굴들이 버스 안에 가득하다. 이 버스에 탄 사람들은 아마 평생을 일해도 벤하민의 집 같은 곳에서 살 수 없겠지. 서울의 내가 그렇듯. 내가 벤하민에게 매료된 이유는 아마도 내 안의 결핍 때문일 것이다. 같은 꿈을 꾸고 있지만 나는 아무것도 이룬 것이 없는데 그 꿈을 근사하게 이루고 살아가는 이에 대한 부러움 말이다. 그리고 나도 이렇게 살고 싶다는 욕망. 좋은 일을 하며 경제적 윤택함도 누릴 수 있기를 바라는 욕망이 내 안에 있었을 것이다. 숙소에 도착할 무렵, 주변 사람들이 내게 내려야 할 곳이라고 다투듯 알려준다. 숙소로 향하는 칸델라리아의 골목에는 오늘도 휴대전화를 빌려주는 사람들이 분당 가격이 적힌 팻말을 들고 서 있다. 저이들은 무슨 꿈을 꾸며 하루를 견뎌갈까.

$100
MINUTOS
$100
A TODO OPERADOR

오늘은 작가 마르케스의 이름을 딴 문화센터에 가서 사진전을 보는 일로 하루를 시작한다. 건너편 도서관 앞 광장에는 앉아서 책을 읽는 이들이 보인다. 근처의 우체국으로 걸어가 서울로 엽서를 보낸다. 콜롬비아의 물가는 이곳에서도 나를 경악하게 한다. 엽서에 붙이는 우표가 한 장에 4천 원이라니, 여기가 유럽인가.

국립 박물관 옆에 위치한 웍에서 점심을 먹으며 매니저 탄지와 이야기를 나눈다. 브라질에서 자란 영국인인 그녀는 미국에서 오래 살았다는데 콜롬비아에서 옷이나 신발 같은 공산품은 절대 사지 않고, 다 미국에서 들고 온단다. 이곳 공산품이나 수입품은 가격이 터무니없어 아무것도 살 수가 없다면서. 그녀도 콜롬비아는 세계에서 빈부차가 가장 큰 나라라고 소리 높인다. 그녀는 동종 업계 다른 곳에 비하면 웍은 대우가 좋은 직장이라고 말한다. 급료 외의 근무환경이나 복지제도도 다른 회사에 비해 꽤 좋은 편이라며 만족한다. 나는 안도한다. 조금은 서글픈 안도다. 철학이 있는 식당을 운영하며 직원들을 인간적으로 대하는 사장 벤하민. '착한 경영'이라는 다소 이물감 있는 단어의 실체를 벤하민에게서 본다. 그의 철학은 벤하민이라는 지극히 개인적인 자질에 기인한 것일까. 아니면 그가 속한 사회의 배경 때문일까. 그의 철학과 그의 부, 둘 사이의 선후가 있다면 무엇이 먼저였던 것일까. 벤하민의 착한 경영은 이 사회에서 계속 살아남을 수 있을까. 여러가지 생각이 밀려든다.

보고타에서의 마지막날이다. 내 여행의 역사에서 빙하기가 끝나고 온난화가 시작되는 날이다. 지난밤, 한국에서 감자씨가 날아왔다. 앞으로 남은 두 달의 여행은 더이상 혼자가 아니다. 나도 이제 매일 얼굴을 마주보며 이야기를 나누고, 밥을 같이 먹고, 아름다운 것을 보며 감동을 함께 나눌 사람이 생겼다. 스물다섯 시간의 비행에 녹초가 되어 잠든 감자씨를 내려다본다. 안쓰러움은 잠시, 나는 시차 적응도 안 된 그를 깨운다.

일찍부터 서둘러 찾아가는 곳은 보고타 외곽의 동굴이다. 소금 성당 시파키라. 먼 옛날 바다였던 곳이 지각변동으로 육지가 되었고, 땅속에 묻힌 소금을 캐기 위해 지하로 내려간 광부들이 동굴 곳곳에 교회와 기도소를 만들었다. 가장 위험한 일을 해야만 했기에 가장 절실히 신의 보호를 갈구했을 광부들이었으리라. 그들이 안전을 기원하기 위해 만든 교회는 단순하면서도 엄숙한 분위기를 자아낸다. 조명 시스템까지 갖춰 매 순간 색이 변하며 기도소에 신비로움을 더한다. 이곳은 단순한 관광지가 아닌, 절로 무릎을 꿇게 만드는 경건함이 서린 공간이다. 나는 무릎을 꿇고 기도한다. 이 어둡고 추운 공간에서 소금을 캐며 매일 매일의 밥을 벌었을 광부들을 생각해본다. 마약과 테러와 극심한 빈부차로 혼란스러운 이 도시에서 하루하루 살아가는 이들을 떠올려본다. 벤하민과 알바와 클라라와 디에고와 크리스탈, 내가 이 나라에서 만난 모든 이들의 이름을 나지막이 불러본다. 이 나라에 평화가 깃들기를.

보고타는 다른 모든 도시가 그렇듯 선과 악 두 개의 얼굴을 지닌 곳이다. 상처와 영광을 동시에 지닌 도시다. 극단적인 빈부차, 문화와 범죄, 영광과 굴욕의 역사가 혼재된 도시다. 세상 어디에나 있는 도시다.

하지만 벤하민과 같은 사람이 있어 이 도시는 조금 더 나아지지 않을까. 도시의 어둠에 굴하지 않고, 자신이 가진 희미한 빛을 조금씩 나눠주는 사람. 그 보잘것없는 노력이 모여 결국 세상을 바꾸는 큰 빛이 될 것이다. 나는 이제 정든 이 도시를 떠나 새로운 도시로 나간다. 익숙했던 여행이 아닌 낯선 여행, 둘이서 하는 여행이 기다린다. 내 성벽에 또 하나의 새로운 금이 갈 수 있을까.

3장

베네수엘라

UELA
카라카스
리오카리베
산타페
앙헬 폭포

01

지구에서 가장 긴 폭포의 굉음 속으로

앙헬 폭포

이 별의 모든 것은 여기서 시작되었다

베네수엘라 ⟶

오늘부터 새로운 여행의 시작이다. 아니, 모험의 시작이라고 하는 편이 나을 것 같다. 늘 혼자 다니던 내가 누군가와 24시간을 함께 보내는 여행을 하게 되었으니. 게다가 우리는 서로에 대해 잘 모른다. 타국에서 우연히 만나 여럿이 어울리며 보름간 함께 지냈을 뿐이다. 그후 그는 집으로 돌아가고, 나는 여행을 계속했다. 지난 몇 달간 수십 통의 메일과 전화를 주고받으며 이야기를 나누긴 했지만 그것만으로 서로를 잘 안다고 할 수는 없다. 서로에게 호감은 있지만 잘은 모르는 두 사람이 함께하는 이 모험에 나는 적응할 수 있을까. 게다가 이 남자 감자씨는 여행에 대해선 백치나 다름없다. 해외여행이라고는 해본 적이 없는 남자와 여행으로 밥을 버는 여행가의 동반여행이라니. 그에게나 나에게나 모험이 아닐 수 없다. 두 달간의 여행이 끝날 무렵 우리의 관계는 어떻게 변할까. 서로의 바닥을 드러내고 도중에 제 갈 길 가며 끝나지는 않을까. 도무지 예측조차 할 수 없는 미래에 대한 설렘과 불안을 끌어안고 우리는 지금 베네수엘라의 카라카스 공항에 서 있다.

치안과 관련해서는 중남미 어느 나라도 안전하지 못할 것이다. 하지만 그중에서도 가장 치안이 나쁜 나라를 꼽으라면 베네수엘라가 일등이 아닐까. 특히나 수도인 카라카스는 '세계에서 가장 위험한 도시' 이런 조사에서 늘 상위를 차지할 만큼 치안이 불안하다. 지난 10개월 동안 중남미에서 일어난 사고만으로도 이미 파란만장 그 자체인데 혼자서 호랑이 굴에 제 발로 들어가야 하는 걸까. 아무리 고민해도 베네수엘라 여행에 결심이 서지 않았다. 그러던 차에 감자씨가 중남미로 날아온다는 희소식이 들려왔다. 그에게 카라카스로 오겠느냐고 운을 띄워봤다. 이 남자, 카라카스가 도대체 어디 있는 도시인지부터 검색을 해봤단다. "살인의 도시"라고 연관 검색어가 떠서 경악했다나. 이런 위험한 곳으로 자기를 불러들이는 이유가 뭔지 고민까지 하면서. 결국 그가 혼자서 카라카스를 상대하기는 무리라고 판단하고, 콜롬비아에서 만나 함께 카라카스로 날아가기로 정했다.

그렇게 위험한 곳을 왜 가느냐 하면 폭포 때문이다. 고작 폭포 하나 보겠다고? 우리가 보러 가는 폭포는 그렇고 그런 폭포가 아니다. 그 이름부터 예사롭지 않은 천사 폭포, 살토앙헬Salto Angel은 지구에서 가장 긴 폭포다. 그 웅장한 규모 못지않게 진입 장벽이 높기로도 유명하다. 앙헬 폭포를 찾아가는 방법은 이렇다. 우선 카라카스에서 비행기(한 시간 40분)나 버스(열 시간)로 시우다드볼리바르까지 간다. 그곳에서 경비행기로 갈아타고 도로가 끝나는 카나이마까지 다시 날아간다. 카나이마에서는 쪽배에 쪼그리고 앉아 엉덩이의 근력을 시험하며 네 시간을 간 뒤 배에서 내려 다시 산을 한 시간 남짓 올라야 앙헬 폭포를 볼 수 있는 전망대에 다다른다. 비행기와 배와 두 다리를 골고루 써가며 2박 3일

을 꼬박 투자해야 하는 폭포니 일단 모험심을 자극하는 면에서도 급이 다르다고나 할까.

우리는 카라카스 관광은 건너뛰고 공항에서 바로 시우다드볼리바르로 넘어가기로 한다. 석유가 가져온 부에 기대어 급속한 도시화의 과정을 겪은 카라카스는 식민지가 남긴 정취 같은 것도 없는 도시로 유명하다. 건너뛰어도 아쉬울 게 별로 없다. 카라카스 공항에서 우연히 만난 한국인은 그런 우리의 선택이 탁월했음을 입증했다. 카라카스에 주재원으로 온 그분은 지난 1년 사이에 식당에서 권총 강도를 네 번 당했다고 한다. 치안 때문에 마음대로 돌아다니지 못해 이곳으로 발령이 나는 주재원은 다들 귀양살이 오는 심정이라는 이야기도 들려준다. 미국에 맞장뜨는 배짱으로 칭송받던 차베스도 치안은 제대로 해결하지 못했나보다.

카라카스 공항에 내리니 예상치 못한 시련이 줄줄이 우리를 기다린다. 공항에서 짐을 찾고보니 감자씨 배낭이 뜯어져 멜 수 없게 되어버렸다. 새 배낭인데 이렇게 어이없이 뜯긴 걸 보면 어딘가에 걸렸던 것 같다. 감자씨는 앞으로 저 무거운 배낭을 팔에 안고 다니게 생겼다. 두 번째 시련은 더 나쁘다. 시우다드볼리바르행 비행기가 만석이란다. 하긴 공항에서 당일 표를 구하려 했으니 베네수엘라를 얕본 벌이라 해도 할말이 없다. 온몸으로 내뿜는 좌절의 검은 기운이 주변을 물들였는지, 카운터의 직원이 우리를 부른다. 푸에르토오르다스라는 듣도 보도 못한 도시로 날아가란다. 그곳에서 택시를 타고 30분만 가면 시우다드볼리바르라면서. 찬밥 더운밥 가릴 처지가 아닌 우리는 그저 감사히 푸에르토오르다스행 비행기에 오른다. 공항에 내리니 이미 어둠이 내리고 있다. 불안이 밀려든다. '베네수엘라는 위험 국가'라고 철저히 입력된 탓이다. 택시를 잡아타고 불안함 속에 휑한 도로를 30분 남짓 달리니 시우다드볼리바르. 숙소에 들어서니 그제야 피로와 안도감이 동시에 몰려온다.

새벽 여섯시 반. 고단할 게 분명한 하루의 시작이다. 오늘부터 우리는 앙헬 폭포를 향한다. 여행사에서 나온 차를 타고 공항으로 가 그곳에서 계약서를 작성한다. 여행사에서 준비해준 아침을 먹으며 일행과 인사를 나눈다. 독일에서 온 간호사 이사벨과 플레이모빌 엔지니어 로

이, 러시아계 오스트리아인 커플 옐레나와 알렉스가 우리의 일행이다. 20인승 경비행기는 우리를 싣고 40분쯤 날아 카나이마에 착륙한다. 카라오 강 연안의 작은 마을 카나이마는 인구 천 명도 되지 않는 페몬족의 마을이다. 드디어 기아나 고지에 들어왔다. 베네수엘라, 브라질, 기아나의 3개국에 걸쳐 있는 기아나 고지의 면적은 한국의 여덟 배. 이 드넓은 땅 어딘가에 앙헬 폭포가 있을 것이다. 이곳이 유명해진 건 셜록 홈스의 작가 코난 도일의 소설『잃어버린 세계』에 이곳이 소개되면서부터다. 이곳에서 다시 픽업 나온 차를 타고 숙소로 이동한다. 당장 오늘부터 야생에 던져지는 줄 알았는데 아직은 문명 세계에 속한다. 샤워도 가능하고, 침대도 있는 숙소니.

짐을 풀어놓고 감자씨와 산책을 나선다. 호숫가에 다다르니 상상도 못한 풍경이 기다리고 있다. 푸른 호수의 한쪽에 거대한 폭포가 열을 지어 서 있고, 물속에서 야자나무가 자라고 있다. 누군가 깎아놓은 듯

평평한 산정 너머로 흰구름이 떠간다. 나도 모르게 감자씨의 손을 꼭 잡는다. 아름다운 풍경 속에 누군가와 함께 서 있는 게 얼마나 오랜만인지. 호수로 떨어지는 거대한 폭포보다 더 내 눈을 끄는 건 테푸이tepui라 불리는 정상이 평평한 테이블처럼 생긴 산이다. 기아나 고지에는 이런 테푸이가 백 개 이상 서 있다. 지상으로부터 수직으로 뻗은 산의 기울기는 고도차 1천 미터의 외벽을 만들어 마치 육지에 떠 있는 거대한 책상처럼 보인다. 기아나 고지의 지질은 지구상에서 가장 오래된 종류의 암석인데 긴 세월 동안 바람과 비에 암석의 부드러운 흙이 제거되고 단단한 암반만이 남아 지금의 모양이 되었다고 한다.

점심을 먹고난 오후에 우리는 보트를 타고 아나톨리 섬으로 간다. 카나이마 호수에 떠 있는 아나톨리 섬의 폭포 엘사포를 찾아가는 것이다. 이곳은 흘러내리는 폭포의 안쪽을 걸어서 가로지르는 길로 유명하다. 폭포의 입구에 선 순간, 온몸이 굳는다. 쏟아지는 폭포가 만드는 굉

음과 거친 물보라, 물줄기에 가려 앞이 보이지 않는 길. 물에 젖은 바위로 가득한 바닥은 미끄러워 한 발을 떼기가 조심스럽다. 겁이 많은 나는 들어가지 않겠다고, 돌아가겠다며 꼼짝 않는다. 가이드가 그런 나를 어이없다는 듯 바라본다. 감자씨도 이런 내가 당혹스러울 것이다. 갑자기 창피해진 나는 무서워서 못 간다고 소리를 지르며 울고 만다. 이게 무슨 망신이람. 감자씨 앞에서 우아하게 굴지는 못할망정 찜해둔 꿀통을 빼앗긴 곰처럼 울부짖다니. 이 남자는 그런 내가 어이없을 텐데도 다정하게 다독이며 내가 이성을 찾을 때까지 기다려준다. 결국 그의 팔을 잡고, 그의 눈을 의지해 장님처럼 더듬거리며 귀를 뚫을 듯 울려대는 폭포의 굉음 속으로 들어간다. 나는 이토록 겁쟁이구나. 멀리서 자연의 아름다움을 바라보며 감동할 줄이나 알지 그 야생성을 만나기라도 하면 이렇게 무기력해지다니. 쏟아지는 폭포를 빠져나오니 드넓게 펼쳐진 산야가 시야를 채운다. 이우는 저녁 햇살을 받은 푸른 초원이 끝없이 펼쳐진다. 성난 폭포는 그 기운을 죽이고 대지로 스며들어 부드럽게 흘러간다. 그 너머로는 거대한 테푸이가 솟구치듯 서 있다. 좀 전의 부끄러운 소동은 어느새 잊어버리고 이 풍경 앞에서 금세 마음이 젖어든다. 그와 함께 나란히 앉아 이 풍경을 바라보는 지금, 시간이 여기서 멈추어도 괜찮을 것 같다.

다음날 우리는 앙헬 폭포를 만나러 간다. 금광을 찾아 비행중이던 미국인 비행사 지미 엔젤이 발견해 엔젤 폴이라고 불리기 시작했다는 폭포. 천사를 만나기 위해 이제부터는 작은 쪽배에 겸손한 자세로 쪼그리고 앉아 네 시간을 가야 한다. 배를 타고 20분쯤 갔을까. 강둑에 배를 대더니 내리란다. 걸어서 반대편 강둑으로 향한다. 고운 모래가 깔린 길이다. 슬리퍼를 벗어들고 맨발로 걷는다. 눈앞에는 테푸이가 솟아 있다. 그 너머 구름을 허리에 두른 푸른 하늘이 가없이 펼쳐진다. 반대편 강기슭에서 샌드위치로 점심을 먹는다. 다시 배에 오른다. 강 옆으로는 테푸이가 끝없이 따라온다. 하지만 아름다운 풍경도 허리의 고통을 줄여주지는 못한다. 허리가 끊어지기 직전에야 야영장에 내린다. 해가 넘어가기까지 시간이 얼마 남지 않아 서둘러 전망대를 향한다. 한 시간쯤 빠르게 걸어 전망대에 도착하니 거대한 폭포가 우리를 기다린다. 저토록 수직으로 곧게 뻗어내린 폭포는 처음이다. 낙차가 979미터라고 했던가. 폭포가 만들어내는 물보라에 몸이 젖기 시작한다. 지구에서 가장 긴 이 폭포의 밑에는 물웅덩이가 없다. 어마어마한 낙차로 흘러 떨어지는 물이 지표면에 닿기 전 운무로 변해 흩어지기 때문이다. 그래서 폭포 바로 밑에는 끝없는 운무가 흩뿌린다. 이런 곳에서는 기념사진을 안 찍을 수가 없지. 우리는 흠뻑 젖어가며 폭포 앞에서 사진을 찍는다.

주변을 둘러보니 어느새 하나둘 내려가고 전망대는 텅 비었다. 나는 감자씨가 곁에 있는데도 산에서 내려가다가 숲의 어둠에 갇힐까봐 두려움이 인다. 뛰다시피 내려오는 길, 발이 꼬이고, 마음도 얼어붙는다. 괜찮다고, 겁먹지 말라고 달래는 그에게 짜증을 내고 만다. 당신이 산의 무서움을 아느냐고 소리치면서. 도대체 나는 왜 이러는 걸까. 어제 폭포에서도 그렇고, 오늘 이곳에서도 왜 아무 잘못 없는 그에게 화를 내는 걸까. 그런 자신에게 화가 나 더 매몰차게 그를 대한다. 인적이

드문 곳에서 혼자 걸을 때면 대낮이라 해도 불안감에 휩싸여 걸음이 빨라지는 겁쟁이. 그런 주제에 호기심은 버리지 못해 늘 긴장과 두려움을 떠안고 다녀야 했다. 지난 10년간 내가 세계를 떠돌면서도 별 탈이 없었던 건 어쩌면 그런 타고난 두려움 덕분이었을 것이다. 언제나 최악을 상상하고 몸을 사리는 조심스러움이 내게는 뼛속 깊이 배어 있다. 그러니 남자가 곁에 있다고 낙관적으로 변해 긴장이 풀릴 리가 없다. 문제는 그 긴장의 폭발을 고스란히 곁에 있는 사람에게 드러낸다는 점이다. 아무것도 모르는 순진한 상대에게 말이다.

야영장에서 우리는 아무 말도 없이 저녁을 먹는다. 우리 주변에 드리운 이 딱딱한 공기로 만리장성도 쌓아올릴 기세다. 이곳에는 전기도, 샤워시설도 없다. 시설이라고는 야영장에 걸어놓은 수십 개의 그물 침대가 전부다. 오늘밤 잠들 수 있을까? 뒤척이다 어느새 잠이 들었나보다. 눈을 떠 시계를 보니 새벽 네시. 화장실을 가려고 일어난다. 옆에 누워 있던 감자씨가 몸을 일으켜 함께 가준다. 그리고 해먹 옆에서 내가 잠들 때까지 지켜봐준다. 사이코패스처럼 공격적이던 지난밤의 내 모습은 까맣게 잊은 듯.

"어제는 미안했어요."

부끄러움을 무릅쓰고 말을 건넨다.

"누나 말대로 저는 잘 몰라서 겁이 없을 수도 있어요. 그러니 누나의 두려움을 충분히 이해하지 못한 거겠죠. 미안해요. 앞으로 더 조심할 테니 패닉에 빠지지 말고 잘 이끌어주세요."

어떻게 이런 마음이 가능할까. 나로서는 도무지 다다를 수 없는 수준의 이해심이다.

"내가 그 난리를 치는데도 어떻게 그렇게 차분할 수 있었어요?"

"한국 대사관도 없는 베네수엘라에서 버림받기 싫어서 꾹 참았던 거예요."

내 손을 잡으며 그가 씩 웃는다. 이 여행 초짜, 의외로 생존본능이 뛰어난 건지도 모르겠다.

아침을 먹고 감자씨와 강변으로 나간다. 아무도 없는 강변에서 둘이 함께 폭포를 바라본다. 오늘 천사는 허리께에 구름을 두르고 있다. 베일을 쓴 신부처럼 다소곳이 서 있다. 오늘따라 곁에 서 있는 이 남자가 더없이 든든하다. 몰아치는 폭풍우에도 흔들림 없이 서 있는 한 그루의 느티나무 같다. 두 사람이 함께 여행을 한다는 건 서로 다른 환경, 서로 다른 인생의 여정 속에서 다르게 단련된 감각이 끝없이 충돌하는 과정일 것이다. 그 다른 감각을 조화시킬 수 있느냐에 우리가 어디까지 갈 수 있는지가 달려 있을 것이다. 지난 며칠을 돌아보면, 나만 잘하면 될 것 같다.

02

무인도에서 보내는 하루

산타페 / 리오카리베

테푸이에 둘러싸인 앙헬 폭포를 만난 후 우리는 지도를 펴놓고 한참을 고민한다. 원래 예정했던 로라이마 트레킹을 하기에는 시간이 부족하다. 몇 곳을 놓고 갈등하다가 결국 산타페로 정한다. 베네수엘라에서 가장 아름답다는 모치마 국립공원의 베이스캠프가 되는 마을이다. 중남미의 어지간한 나라마다 '산타페'라는 지명은 하나씩 다 있는 걸까. 멕시코, 콜롬비아, 쿠바, 에콰도르, 온두라스로도 모자라 여기 베네수엘라에도 있으니. 산타페라는 이름을 들으면 반사적으로 떠오르는 풍경이 있다. 눈부시게 하얀 모래사장과 코발트블루빛의 투명한 바다, 야자나무가 그늘을 드리우는 평화로운 마을 풍경. 하지만 우리가 찾은 바닷가 마을 산타페는 기대와는 딴판이다. 되는 대로 마구 지어올린 가건물 같은 집과 여기저기 파이고 뜯긴 도로. 골목은 쓰레기가 나뒹굴고, 어디선가 생선 썩는 냄새까지 바람에 실려 온다. 구멍가게 앞에는 일 없는 남자들이 대낮부터 맥주를 마시며 불쾌한 얼굴로 앉아 있다. 배낭을 메고 걸어가는 우리를 바라보는 눈빛은 '저 인간들은 뭘 하려고 여기까지 찾아온 거지?' 딱 이런 분위기다. 한마디로 마을 전체가 불량기

가득한 이십대 청년 같달까. 아무리 너그럽게 봐줘도 상상했던 휴양지의 풍경과는 너무 다르다. 나 혼자였다면 마을 분위기에 위축되어 도망쳤을 정도다. 하지만 듬직한 감자씨가 곁에 있으니 겁먹지 말자. 감자씨를 돌아보니 양손에는 뜯어진 자기 배낭을 끌어안고, 등에는 내 배낭을 짊어지고 낑낑대는 중이다. 여행 초보의 어설픈 분위기가 머리끝에서 발끝까지 흘러넘친다. 마을 남자들의 시선은 이렇게 말하고 있는 듯하다. '보아하니 중국 졸부 아줌마가 모자란 남편과 여행중이군.' 걸음이 급해진다.

해변의 모래사장을 가로질러 숙소를 찾아간다. 2백~3백 미터에 불과한 모래사장이 몇 킬로미터처럼 느껴진다. 이 모래사장에서 감자씨는 몸이 뒤집힌 무당벌레처럼 버둥거리고 있다. 앙헬 폭포에서 고장나버린 내 허리 때문에 자기 배낭보다 더 무거운 내 배낭까지 짊어졌으니 그럴 수밖에. 드디어 프랑스인 커플이 운영하는 숙소에 들어선다. '작은 정원'이라는 이름처럼 정원과 수영장이 딸린 아늑한 분위기의 숙소다. 주인 부부의 인상도 좋다. 짐을 풀자마자 정원에 딸린 부엌에서 밥을 짓고 미역국을 끓인다. 국간장이 없으니 진간장 투하. 그가 한국에서 사들고 온 무말랭이에 볶음김치로 저녁상을 차린다. 오늘은 감자씨의 생일이다. 케이크도 없고, 그가 좋아하는 고기반찬도 없는 초라한 생일상이지만 그는 기쁘게 받는다. "제가 태어나서 먹어본 가장 맛있는 미역국이에요." 이런 빈말도 잊지 않는다. 마을 분위기야 어떻든 이 작은 숙소 안은 평화롭기만 하다. 정원의 무성한 나무 위로 떨어지는 빗소리를 들으며 그는 노트북으로 일을 하고, 나는 책을 읽는다. 동네 산책을 나섰다가 거센 비를 만나 남의 집 처마 밑에 쪼그려 앉아 수다를 떨기도 한다. 맥주 몇 캔을 사들고 들어와 해먹에 누워 마시며 밤을 맞는다. 그사이 숙소 주인 시릴이 감자씨의 배낭을 달라고 찾아온다. 수선할 곳을 물어봤더니 자신이 직접 고쳐주겠다며 나선 거다. 어라, 마을의 인상이 조금씩 변하네. 불량기 가득한 청년이 뜻밖에 매력적인 미소를 짓는 것 같다.

다음날 우리는 스노클링 장비를 빌려 작은 배에 오른다. 프랑스인과 스페인인 커플이 오늘의 동행. 고요한 바다를 20분쯤 달려간 배가 작은 해변에 선다. 모래사장에 자리를 깔아놓고 스노클링을 즐긴다. 산호도 없고, 빛깔 고운 열대어도 없는 바다지만 감자씨와 함께하는 첫 스노클링이라 설렌다. 수영을 배웠지만 겁이 많아 구명조끼를 입고도 그의 손을 놓지 못하는 나에 비해, 수영도 못하는 그는 겁도 없이 바다를 떠다닌다. 여행이 처음인 감자씨는 모든 일에 열정적이고, 만사가 다 궁금하고, 눈앞에 보이는 모든 게 신기한 모양이다. 천지사방에 카메라를 들이대고, 온갖 것을 다 물어본다. 그 모습은 여행을 처음 다니던 무렵의 나를 떠올리게 한다. 한때 나도 저랬는데 어느새 나는 이토록 무디어졌구나. 이 남자가 쏟아내는 에너지의 파동에 나까지 조금씩 흔들린다. 그 영향이 싫지 않다.

잠시 후 해변의 유일한 식당으로 점심을 먹으러 간다. 아침에 아내에게 딴 남자가 생겼다는 선언이라도 들은 듯한 얼굴의 웨이터가 그릇을 던지듯 놓고 간다. 메뉴판의 가격은 지구에 마지막 남은 식당이라도 되는 듯 기고만장하다. 사실 이 식당이 해변의 유일한 식당이긴 하다.

다행히도 시에라라는 이름의 생선구이가 너무 맛있어 불만 제로의 상태가 되어버린다. 다시 배를 타고 라피시나로 간다. 바다 한가운데 배를 정박시키고 하는 두번째 스노클링. 이번에는 물살에 너울거리는 산호들이 보인다. 감자씨는 눈밭에 던져놓은 강아지 같다. 산호든 물고기든 눈앞에 뭐가 보이기만 하면 내 손을 흔든다. 구명조끼를 입은 두 성인이 푸른 바다에 버둥거리며 떠다닌다. 남들 눈에는 좀 웃기게 보이겠지만 무슨 상관이람. 중요한 건 지금 우리가 카리브 해에 떠 있다는 거다.

비가 그친 다음날은 카라카스 섬으로 놀러간다. 그저께 스노클링을 갔던 할아버지의 배를 하루종일 전세냈다. 스노클링 포인트는 할아버지가 알아서 데려다주기로 하고, 40분쯤 달려 베네도라는 곳에 배를 세운 뒤 오늘의 첫 스노클링을 시작한다. 거대한 산호가 일렁이는 물속 세상이 어제보다 더 매력적이다. 다음 포인트는 티그리요와 카누아. 이 망망대해에 물고기와 우리뿐이라니. 세 번쯤 스노클링을 하고 나니 어느새 뱃속 시계가 점심을 알린다. 타쿠아루모 무인도의 해변에 배를 세운다. 나무 그늘 아래 쉬고 있으니 할아버지가 숯불을 피워 흰 생선을 구워준다. 우리가 스노클링을 하는 동안 할아버지가 바다로 뛰어들어 작살로 잡은 펄펄 뛰는 생선은 아니고 바닷가의 어시장에서 사온 생선이다. 하지만 부드럽고 고소한 생선은 씹을 틈도 없이 스르르 녹는다. 감자씨는 '지금껏 먹은 최고의 생선구이'라며 엄지손가락을 세운다. 밀려오는 파도에 발을 담그며 모래사장을 따라 걷는다. 에메랄드빛 바다가 우리를 따라온다. 해변의 나무에 올라가 타잔 놀이도 한다. 섬에는

우리 말고는 아무도 없다. 오늘 하루 이 섬의 주인은 우리. 부자가 된 것 같다.

다른 포인트에서 마지막 스노클링을 하고 돌아오는 길, 할아버지가 “델피네스돌고래!”라고 외친다. 할아버지가 가리킨 곳을 보니 정말 십여 마리의 돌고래 무리가 헤엄치고 있다. 배를 돌려 따라간다. 우리를 발견한 돌고래 몇 마리가 몸을 돌려 우리 배를 향해 온다. 푸른 바다 밑으로 희고 검은 돌고래의 몸이 떠오른다. 손을 뻗으면 지느러미에 닿을 것만 같은 거리다. 다시 배의 방향을 트니 돌고래들도 방향을 바꾼다. 그렇게 몇 번씩 배를 돌려가며 돌고래들과 논다. 믿을 수 없이 행복한 시간이 흐른다. 뭍에 내려 들뜬 마음에 할아버지께 팁을 듬뿍 드렸다.

처음 이 마을에 들어섰을 때는 이토록 마법 같은 시간을 보내리라고는 상상도 못했다. 그저 별일 없이 머물다 떠나게 되기만을 바랐을 뿐. 불량기 넘치는 청년이 알고 보니 반전 매력 가득한 훈남이었던 셈이다. 고즈넉한 무인도도, 돌고래가 뛰어다니는 바다도, 우리를 위해 몇 번이고 배를 돌려주는 어부 할아버지도, 기대하지 않았던 선물이다.

무인도에서 보낸 오늘은 우리가 모치마 국립공원에서 보낸 최고의 시간이다. 하지만 이 아름다운 국립공원은 지금 이 나라에서 가장 위협받는 국립공원이 되었다. 푸에르토라크루스와 쿠마나 사이를 잇는 고속도로가 국립공원을 관통해 뚫린데다가, 고속도로 옆으로는 천연가스 수송관까지 건설되었다. 또 국립공원으로 지정되기 전부터 이곳에 살던 주민들과도 갈등이 심해지고 있다. 주민들이 광물 개발을 하거나 야생동물을 불법적으로 거래하기 때문이다. 게다가 주변 도시들은 유전 개발로 급속한 산업화를 겪고 있다. 이곳의 자연이 망가지는 것도 시간 문제라고 한다. 언젠가 다시 돌아오면 그때도 돌고래떼와 만날 수 있을까.

산타페에서 며칠을 뒹굴거린 우리는 다시 짐을 꾸린다. 여주인 안드레아가 나를 끌어안으며 말한다. "한국인을 손님으로 받을 수 있어서 정말 좋았어." 우리가 처음 이곳을 찾았던 날, 그녀는 한국에 관심이 많다고 하며 방값을 대폭 깎아주기까지 했었다. 우리가 뭔가를 요리해서 나눠주면 늘 신기해하며 맛있게 먹고는 했다. "처음 먹어보는 한국 요리야!"라고 말하며. 새벽마다 정원에서 일하던 감자씨에게 조용히 커피를 놓아두고 가던 그녀. 이 숙소를 만나지 못했더라면 더 일찍 산타페를 떠났을지도 모른다. 감자씨는 안드레아의 남편 시릴이 새로 철판을 대고 완벽하게 고쳐준 배낭을 멘다. "너희 숙소는 우리에게 오아시스 같은 곳이었어. 정말 고마워." 우리는 아쉬운 작별을 나눈다. 베네수엘라 사람들이 대부분의 투숙객인 이 시골 마을에서 시릴과 안드레아는 외롭지 않을까. 아무리 바다가 좋아도, 고즈넉한 삶이 좋아도 때로는 적적할 텐데. 나는 시릴과 안드레아의 모습에서 나의 미래를 본다. 어딘가 한적한 마을에서 게스트하우스를 운영하는 나의 미래. 정들었던 손님과 헤어지는 경험을 매번 해야 한다는 것. 가끔은 형벌처럼 느껴지지는 않을까. 나는 누군가 곁에 있다 해도 내 나라를 멀리 떠나서는 살아가지 못할 것 같은데…… 내가 스스로 선택한 이 길에서 빛과 그림자 모두를 끌어안듯 이들도 그렇게 살아가고 있으리라. 이곳을 몹시 좋아했던 감자씨의 떠나는 걸음이 느리다. 여행이 처음인 감자씨는 떠나고 헤어지는 일에 아직 익숙지 않다. 떠남이 일이 되어버린 나는 이제 예전보다 이별이 쉬워졌다. 여전히 헤어짐이 버겁지만, 그래도 눈물로 견뎌야 했던 시절에 비하면 지금의 나는 메말랐다고도 할 수 있을 것이다. 감자씨를 보며 나는 무뎌진 나를 느낀다. 이 무뎌짐이 슬프다고 말하니, 이 남자. 내 어깨를 안으며 이렇게 말한다. "참, 누나 인생도 힘들겠다." 어쩐지 울컥해진다.

산타페에서 버스에 오른 우리는 동쪽으로 달려 리오카리베로 넘어간다. 파리아 반도에 자리잡은 리오카리베는 산타페보다 훨씬 깨끗하게 정돈된 느낌이다. 주민들의 인상도 더 부드럽고 친절하다. 노점에서 중남미식 튀김만두 엠파나다를 사 먹고 초콜릿 농장을 찾아간다. 초콜릿의 원료인 카카오나무는 브라질의 아마존 강 유역과 베네수엘라의 오리노코 강 유역이 원산지로 알려져 있다. 베네수엘라의 카카오는 그 진한 맛과 향 때문에 최고의 카카오로 꼽혀왔다. 그래서 오랫동안 벨기에와 스위스의 초콜릿 원료로 사랑받았다. 베네수엘라 중에서도 덥고 기후가 습한 카리브 해 연안이 최상품 카카오 재배지로 꼽힌다. 카카오를 재배하기 위해서는 구름이 많아야 하고 습도가 높으며, 연중 기온은 섭씨 20도 이상, 강수량 2백 밀리미터 이상의 생장환경이 필요하다. 또 카카오나무는 다른 나무의 그늘 아래에서 잘 자라기 때문에 무성한 숲도 필수다.

우리가 찾아간 파리아 카카오 농장 입구에는 올해의 미스 베네수엘라가 이 집 딸임을 알리는 플래카드가 걸려 있다. 그러고 보니 베네수엘라라는 나라 이름도 미스 유니버스 같은 미인대회에서 처음 들었다. 베네수엘라는 옆 나라 콜롬비아와 함께 미인대회 상위 입상자가 많기로 유명하다. 하지만 엉덩이나 가슴 성형수술을 하다가 부작용으로 사망한다는 소식도 종종 들려온다. 미스 베네수엘라가 되는 일은 인생을 바꾸기도 하지만, 때로는 인생을 송두리째 빼앗기기도 하는 일인가보다. 감자씨는 베네수엘라에 들어선 이후 내내 투덜거리고 있다. 미녀의 나라라고 해서 잔뜩 기대했는데 전부 뚱뚱한 아줌마들뿐이라면서. "이 동네에서 누나가 제일 예뻐요"라며 손가락을 세워주는 이 남자, 귀엽다.

농장주의 딸은 미스 베네수엘라에 뽑힐 만큼 부와 미를 타고났는데 이곳 농장에서 일하는 농민들의 삶은 어떨까. 초콜릿은 커피와 함께 가

난한 이들이 만들고 부유층이 소비하는 사치품으로 꼽힌다. 대표적인 아동 노동 착취 산업이기도 하다. 카카오 농장에서 일하는 베네수엘라 농민들은 일당 5달러 정도의 저임금을 받는다고 한다. 그래서 카카오는 비극의 열매라고도 불린다. 카카오 재배자끼리의 경쟁도 심해 종종 폭력 사태를 부른다. 어쩐지 이제부터 다크 초콜릿을 먹을 때 쓴맛이 좀더 강하게 느껴질 것만 같다.

2천 7백 그루의 유기농 카카오나무를 재배하는 이 농장에서 만든 초콜릿은 파리아라는 브랜드로 판매된다. 농장의 카카오나무는 카카오 중 최고급 품질인 크리올로종. 전 세계 카카오 생산량 중 1프로 미만을 차지한다나. 우리는 이곳에서 초콜릿 제조과정을 구경하고, 카카오로 만든 술과 초콜릿을 잔뜩 사들고 돌아온다. 해변 근처의 식당에서 흑돔찜과 오징어튀김으로 저녁을 먹고, 공원의 벤치에 누워 수다를 떤다. 주변에는 우리처럼 저녁을 먹은 후에 산책을 나온 가족이 가득하다. 혼자 다닐 때는 상상도 못했던 일이 둘이 있으니 가능해진다.

다음날은 파리아 반도의 플라야메디나를 찾아간다. 픽업 트럭을 세 번 갈아타고 두 시간 만에 해변에 도착하니 고생을 보상해주는 풍경이 기다린다. 야자나무가 늘어선 무성한 숲이 바다를 향해 뻗어 있다. 바다와 키스하기 위해 몸을 한껏 내민 산 같다. 베네수엘라에서 가장 아름다운 해변이라더니 손대지 않은 자연 그대로의 모습이 남아 있다. 무성한 열대림과 부드러운 모래사장, 투명한 바다. 야자나뭇잎으로 지붕을 얹은 그늘막마저 인공미가 느껴지지 않는다. 해변의 노점에서 코코넛 주스를 파는 청년이 다가온다. 코코넛에 빨대를 꽂아서 마신 후, 껍

질 주변의 하얀 살을 발라먹는다. 코코넛을 먹고 나니 이번에는 바위에서 캔 싱싱한 굴을 파는 청년이 기다린다. 우리는 순식간에 스물네 개의 굴을 해치운다. 레몬을 뿌려 먹는 통통한 굴은 지금까지 먹어온 굴과는 전혀 다른 맛이다. 텅 빈 해변에서 보내는 천국과 같은 오후. 오늘은 베네수엘라에서 보내는 마지막날이다. 내일이면 우리는 파나마로 날아갈 예정이다. 슬슬 돌아가 짐을 싸야겠다고 생각하고 돌아가려니 차가 없단다. 아니, 이게 무슨 말이지? 돌아가는 차는 이미 끊긴 지 오래란다. 좀 있으면 배가 한 척 들어오니 그 배를 타고 가란다. 높은 파도에 기우뚱거리는 배는 곧 뒤집힐 것만 같다. 멀미에 시달리며 숙소로 돌아와 카라카스로 가는 야간버스에 오른다.

눈을 붙이려는 찰나, 똥 마려운 강아지처럼 안절부절이던 이 남자, 사고를 쳤다고 고백한다. 낮에 해변에서 복대를 허리에 차고 바다에 들어간 덕분에 그 안의 지폐가 몽땅 젖어버렸다나. 그런데 버스에 타면서 그 젖은 돈을 배낭에 넣고 짐칸에 실어버렸단다. 머리에서 김이 모락모락 나는 것 같다. 나는 잔소리 대마왕으로 재빠르게 변신한다. 여행 경험이 없는 감자씨는 중남미의 치안에 대한 감도 당연히 없다. 그런데도 나는 감자씨가 조심성이 없다고 짜증을 낸다. 감자씨는 계속 미안하다며 나를 달랜다. 있는 힘껏 잔소리를 퍼붓고 나니 되려 내가 미안해진다.

다음날 아침, 카라카스 공항에서 파나마시티로 가는 비행기를 기다리는 도중에 공항이 정전되는 초유의 사태를 만난다. 캄캄한 어둠 속에서 비행기가 뜨기나 할지 불안해하며 30분을 보냈는데, 겨우 올라탄 비행기는 에어컨 고장이란다. 에어컨이 안 나오는 비행기는 바로 사우나가 되어버린다. 마지막까지 쉬운 게 하나도 없구나, 베네수엘라는. 이 정도면 무사히 베네수엘라를 빠져나온 거라며 우리는 이륙을 자축한다. 열심히 서로에게 부채질을 해주며 달콤한 무드에 젖어드는 우리 두 사람. 우리를 기다리고 있는 아수라장은 상상도 못한 채 눈을 감는다.

CUBA

4장

쿠바

아바나
비냘레스
산타클라라
트리니다드
Transtur

01

남루한 일상마저 예술이 되는 도시

아바나

비행기가 거대한 날개를 대지에 묻으며 내려앉는다. 짐을 찾은 나는 혼자 택시에 오른다. 가로등이 드문드문 켜진 어두운 거리를 달려온 택시가 골목에 나를 내려놓는다. 뜨거운 물에 몸을 씻고 나니 밤의 적막이 밀려든다. 둘이서 낯선 도시의 첫인상을 두런두런 풀어놓으며 다음 날의 일정을 짜던 밤이 그립다. 그의 부재를 견딜 수 있을까. 지난 11개월 동안 혼자 다녔는데 이제 와 새삼 이렇게 마음이 약해지면 어쩌나. 나는 베개에 얼굴을 묻고 울고 만다. 아바나에서의 첫 밤을 눈물로 맞는다. 그리고 다음날. 찬란한 햇살에 눈을 뜬 나는 그 햇살에 이끌려 거리로 나선다. 잔뜩 구겨진 얼굴로 거리로 나선 내 앞에 심장이 멎을 것 같은 풍경이 펼쳐진다.

어떻게 이 도시를 사랑하지 않을 수 있을까. 이토록 아름답게 낡은 도시를, 과거의 영광만으로 여전히 빛나는 공간을, 카메라를 들이대는 곳마다 그림이 되는 골목을, 어두운 독재의 그림자를 지워버리는 강렬한 태양을. 숙소에서 플라자비에하를 향해 걸어가는 동안 나는 흥분으로 들뜬다. 지난밤까지 나를 사로잡았던 우울함은 사라진 지 오래. 자

HFR561

책과 후회로 괴로워하던 밤은 빛나는 태양이 지워버렸다. 페인트칠이 벗겨진 건물이 늘어선 골목, 1950년대 클래식 차량이 마차나 인력거와 뒤섞인 도로. 이곳에서는 낡은 혁명의 구호조차 근사한 배경이 된다. 뜨겁게 내리쬐는 카리브 해의 햇살과 바람. 원색의 옷을 차려입은 날렵한 몸매의 사람들. 어디에서나 들려오는 부에나비스타소셜클럽의 노래. 어째서 아바나를 사랑하느냐 묻는다면 이렇게밖에 말할 수 없을 것이다. 와서 느껴보라고. 당신도 어쩔 수 없이 매혹될 거라고. 아바나는 그런 곳이다. 치명적인 매력을 지닌 도시. 이 도시와 사랑에 빠지지 않는다면 돌의 심장을 지닌 이가 아닐까. 지상에서 5센티미터 정도 몸이 떠오른 채 걷고 있는 것 같다. 갑자기 그의 부재가 실감난다. 이곳에 함께였다면 그도 이 도시의 매력에 흠뻑 젖어들었을 텐데. 이 도시의 모든 풍경이 두 배쯤 더 아름답게 느껴졌을 텐데. 하지만 내가 혼자 서 있는 곳이 아바나라니 얼마나 다행인가. 이 도시가 아니었다면 나는 그의 부재를 견디기 더 힘들었을 것이다.

이틀 전, 감자씨의 외할머니가 뇌일혈로 쓰러지셨다. 고령에 이미 세번째라 더이상의 연명치료는 하지 않기로 한 터였다. 외국에 나가 있는 손자들이 다 모이는 대로 호흡기를 떼겠다는 연락이 왔다. 그때부터 나는 정신줄을 놓기 시작했다. 그는 장례를 치른 후 다시 오겠다고 약속했지만 나는 그 말이 믿기지 않았다. 평생에 한 번 오기도 힘든 지구 반대편까지 또다시 날아온다는 말을 어떻게 믿을 수 있을까. 가족의 죽음 앞에 경황이 없는 그를 두고 나는 다시 혼자가 되어 여행을 계속해야 한다는 사실이 두려울 뿐이었다. 그가 "천진한 이기주의"라 부르던 내 이기심은 그 순간 바닥을 드러냈다. 같은 순간, 그는 나와는 차원이 다른 이타성을 보여주었다. 그런 상황에서 나만 생각하는 나를 그는 달래고 또 달랬다. 믿고 기다려달라고, 반드시 다시 올 테니까 조금만 견디라고. 새벽이 되어서야 나는 겨우 정신을 차렸다. 밤을 새우다시피 짐을 꾸려 우리는 파나마 공항으로 향했다.

애틋한 이별을 하려는 찰나, 두번째 시련이 들이닥쳤다. 첫 시련이 강진이었다면 이번에는 초특급 쓰나미였다. 그가 쿠바여행 경비로 준비해온 캐나다 달러가 전부 사라진 거다. 떨리는 목소리로 묻는다.

"어…… 얼만데요?"

"4백만 원쯤 될 걸요."

"뭐라구요?"

머리 위에다 누가 폭탄이라도 터트린 것 같다. 더 어이가 없는 건 이 남자, 언제, 어디서 잃어버렸는지도 모른다는 거다. 공항 바닥에 배낭을 풀어놓고 속옷까지 뒤집어보던 감자씨. 숙소로 돌아가서 방을 확인해보자는 내게 머뭇거리며 털어놓는다.

"실은…… 베네수엘라에서 파나마시티로 넘어온 날, 공항에서 배낭을 찾았을 때 비닐이 좀 뜯겨 있었어요. 근데 별일 아니겠거니 하고 그냥 넘겼었어요."

카라카스 공항은 짐이 분실되는 사고로 악명이 높다. 그래서 그날 우리는 일부러 돈을 내고 비닐로 배낭을 꽁꽁 싸매고 체크인을 한 터였다.

"도대체 그 이야기를 왜 이제야 해요? 아니, 잠깐만요. 현금을 배낭에 넣고 비행기에 실었다는 거예요? 그런 정신 나간 짓을 했어요? 그냥 가져가라고 내놓은 거잖아요?"

우리는 훌리오나 마리오 같은 카라카스 공항 직원에게 4백만 원을 자진 상납한 셈이다. 엑스레이에 찍힌 돈다발을 보고 그는 얼마나 흥분했을까. 그날 밤 벌일 파티를 상상하며 심장이 폭발할 듯 뛰었을 것이다. 돈 관리 문제로 몇 번 옥신각신했는데 끝내 내 말을 듣지 않고 배낭에 돈을 두다니. 40만 원도 아니고 4백만 원이다. 쿠바에서 3주, 캐나다에서 며칠간 여유롭게 쓰고도 남을 돈이다. 그렇게 큰돈을 실수로 날려버린 그가 실망스럽다. 분노조절장애라도 겪는 듯 나는 그에게 매정한 말을 속사포로 쏟아낸다.

"혹시 파나마시티의 숙소에서 도난당한 건지도 모르잖아요? 그러니까 숙소로 돌아가 확인해봐요."

"돈은 문제가 아니예요."

아니, 지금 돈이 문제가 아니면 뭐가 문제인데? 짐짓 대범한 척하는 그 태도가 더 나를 화나게 만든다.

"어떻게 돈이 문제가 안 될 수가 있어요? 아무리 당신 돈이라도 그게 말이 되나요?"

그의 귀국 항공권을 바꾼 후에도 내 마음은 싸늘하게 가라앉아 있다. 세번째 시련이 기다린다는 건 상상도 못한 채. 남아 있는 미국 달러를 캐나다 달러로 바꾸려 하니 공항 환전소에서는 캐나다 달러를 살 수 없단다. 시내의 환전소에서만 가능하단다. 쿠바에서는 미국 달러가 환율이 너무 나빠 유로나 캐나다 달러를 이용해야만 한다. 쿠바에서는 현금인출기에서 돈을 빼거나 카드를 쓰는 일도 불가능하다. 지금 파나마 시티 시내에 나갔다 오면 비행기 시간을 맞출 수 있을까. 정신이 아득해진 우리는 서둘러 택시를 타고 시내로 나간다. 좀 전까지의 냉전은 까맣게 잊고 다시 연합전선을 꾸린다. 하늘은 우리를 어디까지 시험하는 걸까. 멀쩡하던 하늘이 어두워지더니 갑자기 엄청난 폭우가 쏟아진다. 도로는 금세 물바다로 변한다. 곧 차들이 엉망으로 뒤엉켜 주차장이 된다. 우리가 급하다는 걸 아는 택시기사가 미친듯이 경적을 울려대며 요리조리 잘도 빠져나간다 싶었는데 그가 갑자기 차를 세운다. 폭우를 뚫고 나갔다 온 택시기사 왈, 타이어가 펑크났단다. 어제오늘 우리가 뭘 잘못했기에 이렇게 신의 노여움을 사는 거람. 결국 쏟아지는 빗속에서 다른 택시를 잡아타고 시내 환전소로 향한다. 돈을 바꾸고 나니 시간은 이미 두시를 넘겼다. 두시 반이 보딩 타임인데 그 안에 공항까지 돌아갈 수 있을까. 여기저기 물웅덩이가 생긴 도로를 지그재그로 가로지르며 달려온 택시가 파나마 공항 앞에 선다. 두시 사십분. 이륙시간까지는 10분 남짓 남았다. 보안검색대를 거쳐 게이트까지 뛰고 또 뛴다. 작별의 정을 나눌 틈도 없이 비행기 안으로 달려들어간다. 멀리서 "사랑해요"라고 외치는 그에게 답도 제대로 못 한 채.

자리에 앉고 나니 그제야 감자씨가 생각난다. 그는 이 공항에서 혼자 밤 아홉시까지 기다린 후에 멕시코시티로 날아가 다시 여덟 시간을 기다려 토론토행 비행기로 갈아타고, 토론토에서 다시 밴쿠버로 날아가야 서울행 비행기를 탈 수 있다. 스페인어는커녕 영어도 못하는 그가 이 모든 과정을 잘해낼 수 있을까. 밤을 새우다시피 했는데 잠에 빠져 갈아타야 하는 비행기를 놓치는 건 아닐까. 그를 혼자 두고 아바나행 비행기에 오르다니…… 다정한 위로 한마디 안 해주고 모질게만 굴다니…… 지난밤부터 지금까지의 일들이 하나둘 떠오르며 후회가 밀려든다. 이번에도 쓰나미급이다. 눈물이 걷잡을 수 없이 쏟아진다. 울고 있는 내게 스튜어디스가 다가온다. 위로는 필요 없는데…… 그녀가 묻는다.

"당신이 킴인가요?"

"네. 그런데요."

"밖에 당신 남편이 기다리고 있어요."

"남편요?"

"곧 이륙하니까 빨리 돌아와야 해요."

반신반의하며 게이트로 나가니 감자씨다. 서둘러 체크인을 하고 올라와 나를 불러달라고 부탁했단다. 영어 한마디 못하는 남자가 어떻게 이런 용기를 다 냈을까. 좀 전까지의 사고뭉치 어리바리한 바보 온달은 사라졌다.

"아바나로 꼭 날아올 테니 아무 걱정 말고 여행 잘하고 있어야 해요."

도대체 이 남자는 어디에 있다가 이제야 내 인생에 나타난 걸까. 겨우 1~2분의 선물 같은 시간을 보내고 기내로 돌아온다. 마음이 한결 편해진다. 웃는 모습으로 헤어졌으니 얼마나 다행인지. 설혹 두 번 다시 만나지 못한다 해도 서로가 기억하는 마지막 모습이 웃는 얼굴이라는 것만으로 위안이 될 테니. 하지만 그가 정말 돌아올까? 나와의 약속을 지키기 위해 어마어마한 돈과 시간을 써서 다시 이곳으로 날아올까? 그 약속에 기댔다가 다시 마음을 다치면 어떻게 하나. 섣부른 기대와 희망을 품지 말라고 내 안의 또다른 내가 속삭인다. 불안과 의심 속에 거리를 걷고 있는 나를 위로하듯 햇살이 쏟아진다. 『이방인』의 뫼르소가 태양 때문에 살인을 했다면, 나는 태양 때문에 조금씩 마음의 그늘을 걷어낸다.

아바나의 거리에서 가장 먼저 느껴지는 건 카리브 해의 강렬한 햇살이다. 어두운 삶의 습기마저도 다 말려버릴 듯 햇살은 찬연하게 퍼지고 달아오른다. 독한 슬픔에 혼자 몸을 떨며 울다가도 햇살 속으로 한 발 디디면 눈물은 마르고, 가장 깊은 마음의 주름마저도 팽팽하게 펴진다. 모든 것이 부족한 도시의 일상에 햇빛만큼은 아낌없이 쏟아진다. 내일의 태양이 언제나 어김없이 떠오르는 곳. 이 도시에 산다는 것은 이토록 넘치는 빛의 축제에 매일매일 온몸이 젖어든다는 것이다. 태양은 골목 구석구석까지 내리쪼이며 낡아 스러질 것 같은 풍경에 음영을 만들어 이곳을 입체적으로 되살려낸다. 가장 남루한 일상의 풍경마저도 예술 작품처럼 보이게 만든다.

햇살에 이끌려 거리로 나서면 그곳에는 음악이 있다. 골목의 어디에나 봉고와 반도네온과 기타의 선율이 흐른다. 세계를 뒤흔들었던 콤파이 세군도나 루벤 곤살레스, 이브라임 페레르는 골목마다 살아 있다. 〈관타나메라Guantanamera〉나 〈찬찬Chan Chan〉이 거리에서 울려퍼질 때 어찌 걸음을 멈추지 않을 수 있을까. 낡은 건물의 발코니를 올려다보면

빨래를 널다가, 담배를 피우다가 음악에 몸을 맡기는 여인의 육감적인 몸이 시야를 채운다. 세계는 빔 벤더스와 라이 쿠더가 영화로 이들을 부활시켰다고 열광했지만 이들은 재발견됐을 뿐이다. 가장 엄혹하던 시절에도 음악을 향한 열정을 잃지 않았던 이들이었다. 이들은 구두를 닦고, 거리를 청소하고, 복권을 팔면서도 건반을 두드리고 기타의 현을 더듬던 손을 기억하고 있었다. 손과 룸바, 살사와 맘보와 차차차, 재즈에 이르기까지 세상의 모든 음악은 이곳에서 새롭게 태어났다.

아바나의 거리에서 음악을 연주하는 이들은 대부분 나이가 지긋하다. 이들의 음악이 사람들을 매료시키는 것은 그들의 연주가 빼어나기 때문만은 아니다. 고단했지만 꺾이지 않은 삶 자체가 그들의 음악과 고스란히 어우러지기 때문일 것이다. 그래서 기교를 부리지 않아도, 화려한 선율에 기대지 않아도 노래는 그 자체로 이미 깊고 유장하다. 방송을 위해 정교하게 다듬어진 요즘 어린 가수들의 노래에게서는 느낄 수 없는 삶의 기품이 담겨 있다. 밝은 노랫말에도 담백한 슬픔이 묻어나고, 서글픈 선율에도 삶을 향한 긍정이 배어난다.

삶이 몰고 오는 그 모든 굴욕을 견뎌왔다는 이유만으로도 노인은 아름답다. 그 안에 오랜 세월에 걸쳐 쌓인 이해와 관용이 깃들었다면 더 빛나는 존재가 된다. 낭비한 청춘에 대한 아쉬움, 사랑과 젊음이 지나간 후에야 그 값어치를 알게 된 안타까움, 폭풍처럼 생채기를 내놓고 가버린 일에 대한 뒤늦은 이해, 삶 자체가 가장 고귀한 선물임을 인생의 끝자락에서야 깨닫게 되는 어리석음. 그 모든 삶의 굴곡을 고스란히 받아들인 이의 겸허한 태도가 이들의 노래에는 스며 있다.

카리브 해의 물빛과 강렬한 태양이 이 도시의 육체라면 음악과 춤은 이 도시의 영혼이다. 이곳에서는 가난도, 그 어떤 구호도 햇살과 음악을 이기지 못한다. 종교도 없이 이들이 살아남을 수 있었던 것은 저 태양과 노래 때문이 아니었을까. 아프리카의 리듬과 카리브 해의 열정이 녹아든 음악은 그들에게 가장 큰 무기이자 삶의 위안이었을 것이다. 어떤 상황에서도 삶을 포기한 적이 없는 이들의 음악을 나는 지금 듣고 있다. 어떤 상황에서도 음악을 포기한 적이 없는 이들의 삶을 나는 지금 보고 있다.

햇살과 음악에 이미 절반쯤 취한 나를 완전히 쓰러트리는 것은 아바나의 거리 풍경이다. 낡은 건물과 박물관에나 가야 할 것 같은 클래식

차량이 어우러져 빚어내는 풍경은 세계 그 어느 곳에도 없다. 5백 년의 세월을 품은 아바나는 16세기 말에 지어진 성부터 현대식 고층 건물에 이르기까지 다양한 건축물을 보여준다. 앓고 있는 짐승처럼 납작 엎드린, 건들면 바스러져내릴 것만 같은 집들. 색색의 페인트칠이 벗겨진 건물이 가득한 도심은 영광의 절정에서 그대로 성장을 멈춰버린 것만 같다. 제각기 다른 스타일의 건축물이 뒤섞여 어우러진 이 도시는 여러 개의 얼굴을 품었다. 카테드랄 광장의 대성당은 쿠바 바로크 스타일, 베다도 지역은 신고전주의 양식으로 지어진 건물의 집결지, 1950년대 유흥과 도박의 중심지였던 호텔 나시오날은 아르데코 양식, 아바나 중앙역과 혁명 박물관은 절충주의 건축. 이런 식으로 골목마다, 광장마

다, 저마다의 향기를 뽐내듯 드러낸다.

하지만 이 도시의 매력을 완성시키는 것은 역시 사람들이다. 당당하고, 에너지가 넘치고, 친절하며, 잘 웃는 이 도시의 시민들. 어두운 독재의 그림자를 지워버리는 강렬한 원색의 옷을 걸친 검은 피부의 사람들. 바다를 따라 이어진 방파제 말레콘에 앉아 저녁해를 바라보는 것만으로도 하루의 시름을 모두 잊어버리는 사람들. 이 도시의 소년들은 야구공이 없다고 울지 않는다. 그들은 직접 깎은 나무방망이를 들고 공

대신 병뚜껑을 던지며 좁은 골목을 장악한다. 내가 머무는 숙소의 주인 에벌리는 이렇게 말한다.

"물론 사는 건 어렵지. 문제는 끝이 없고. 하지만 오늘 난 빛나는 햇살을 받으며 건강한 몸으로 깨어났잖아. 그것만으로도 얼마나 감사한 일이야?"

성형외과 의사이면서도 월급은 3만 원에 불과해 좁은 집의 방 한 칸을 세놓는 에벌리. 그가 쿠바의 만성적인 물자 부족을 풍자하는 농담을 들려준다. 어느 외국인 집에 초대받은 쿠바 여인. 식전 음료로 뭐를 마시겠냐고 주인이 물으니 "코카콜라 여덟 병"이라고 하더란다. 있을 때 먹어둬야 해서라나. 생필품을 구하기 위해 몇 시간씩 줄을 서야 하는 상황에서도 이들은 스스로를 제물 삼아 웃는다.

어떤 도시의 공기는 글이나 사진으로 전해지지 않는다. 그저 직접 거리를 걸으며 느끼는 수밖에 없다. 나는 서울에 간 감자씨에게 편지를 쓴다.

"쿠바는 말이에요, 삶이 아무리 누추해도 살아야 한다고, 그것도 이왕이면 축제처럼 살아내야 한다고, 온몸으로 말하는 곳이에요. 여기선 사람들이 살아 있는 것처럼 살아요. 죽은 것 같은 표정으로 돌아다니는 사람은 없어요. 어디서나 음악 소리가 들려오고, 사람들은 아무데서나 춤을 춰요. 가만히 바라보노라면 나도 모르게 어깨가 들썩거려요. 이토록 공기가 다른 도시는 이제껏 본 적이 없어요. 더이상 이곳에 혼자 서 있기가 힘들어요. 어서 날아와 함께 즐겨요, 이 도시를."

02

거리마다 혁명이 춤을 권하다

아바나

이 별의 모든 것은 여기서 시작되었다

1년에 1백만 명이 넘는 사람들이 해마다 아바나를 찾는다. 그들은 입이라도 맞춘 듯 이렇게 말한다. "아바나는 이제 예전 같지 않아. 사람들은 돈맛을 알았고, 사기꾼이 넘쳐나고, 바가지가 극성이지. 그래도 아바나는 여전히 사랑스러워. 아바나를 싫어하는 일은 불가능해."

관광지라면 어디나 그렇듯 아바나에도 두 개의 얼굴이 존재한다. 관광객에게 한 푼이라도 더 뜯어내려는 자본주의의 얼굴. 돈에 빼앗기지 않은 온기를 지닌 사람의 얼굴. 그 양극단을 오가며 쿠바 사람들은 살고 있다. 너무 많은 것이 모순투성이라 어리둥절하게 만드는 나라다, 여기는.

지난 며칠간 이곳에서 내가 겪은 두 개의 얼굴을 소개하자면 이렇다. 시내버스를 타려고 기다리던 어느 오후, 옆에 서 있던 쿠바 여인이 다가와 내 손에 버스비만큼의 동전을 쥐여주고 돌아선다. 내가 가지고 있는 지폐를 내면 버스에서는 거스름돈을 주지 않는다면서. 센트로의 골목에서 감자를 사기 위해 가게를 찾아다니던 저녁, 대부분의 가게가 이미 문을 닫은 후였다. 가게를 찾는 나를 동네 여자들이 집안으로 불러들였다. 감자와 양파를 두 팔 가득 안기며 더 필요한 게 없냐고 물었다. 돈을 내미는 내 손을 뿌리치고 언제든 도움이 필요하면 찾아오라며 그들은 다정하게 웃었다. 반면 종종 돈과 비누와 옷을 구걸하는 여인들과도 마주쳤다. 집도 있고 나라에서 생필품도 주는데 왜 구걸을 하느냐 물으면 "우린 너무 가난해. 외국인인 너희는 돈이 많잖아"라며 당당하다. 택시를 잡으려던 어느 오후에는 이런 일도 있었다. 현지인은 보통 1쿡, 관광객은 3쿡 정도를 내야 하는 거리였다. 15쿡을 부르는 기사에게 3쿡에 가자 하니 코웃음을 치며 딴 데 가서 알아보란다. 그는 이미 알고 있었다. 이 도시에는 어리숙한 관광객이 넘쳐난다는 사실을. 나 같으면 3쿡 받고 다섯 번 오갈 텐데, 그는 더운 나라 사람답게 한 방을 노리며 그늘에서 계속 놀고 있었다. 매일 택시기사와 실랑이를 하면서도 아바나를 향한 내 애정은 점점 자라만 간다. 도대체 이게 어찌된 일이람.

스페인의 중남미 침략을 위한 거점도시로 건설된 아바나는 중남미와 유럽을 오가는 스페인 배들의 중간 기착지로 번성했다. 20세기 초에서 1958년까지, 이 도시는 라스베이거스보다 더 많은 세금을 거두는 카리브 해 최고의 환락도시였다. 중남미 최대의 중산층이 살던 아바나에는 호텔과 카지노와 나이트클럽이 즐비했고, 카레이싱과 뮤지컬 쇼가 매일 화려하게 펼쳐졌다. 혁명이 일어나기 한 해 전인 1958년, 미국의 앞마당이었던 이 도시를 찾은 미국인만 30만 명에 이를 정도였다. 바티스타 독재 정권을 무너뜨린 1959년의 혁명 이후 쿠바는 소련의 지원으로 미국의 경제 봉쇄를 견뎌왔다. 가진 거라고는 사탕수수와 담배뿐인 가난한 나라가 소련의 지원이 중단된 후 어떤 고행을 겪었을지는 짐작이 간다. 쿠바는 그 고난을 도시 농업이나 무동력 운송수단의 개발과 같은 방식으로 극복해왔고, 아무리 어려운 상황에서도 교육과 의료에 대한 국가의 전면적인 지원을 포기하지 않았다. 이 때문에 2006년 세계자연보호기금WWF은 지구에서 지속가능한 나라 1위로 쿠바를 꼽았다. 국민 일인당 배출하는 탄소 발자국과 의료와 교육 등의 복지를 토대로 한 인간개발지수를 기준으로 삼는 조사에서 쿠바는 그 두 조건을 모두 만족시키는 유일한 나라였다.

하지만 현실의 쿠바는 온갖 말도 안 되는 일이 다 일어나는 요지경 같은 곳이다. 세계 최고의 의료 수준을 자랑하지만 에벌리가 들려주는 쿠바 의료계의 실상은 이렇다. 성형외과 의사인 그가 한 달에 받는 월급은 25쿡. 3만 원 남짓이다. 그 돈으로는 생존 자체가 불가능하다. 그래서 쿠바의 의사들은 다양한 부업을 가진다. 식당에서 웨이터로 일하거나 민박을 치거나 호텔에서 청소를 하기도 한다. 에벌리는 환자들이 진료비 대신 가져다주는 쌀과 과일 등이 생계에 큰 도움이 된다고 한다. 최근에는 그가 수술했던 환자 덕분에 새 냉장고를 구입했단다. 새 냉장고의 가격은 천 쿡이 넘었는데 에벌리가 모은 돈은 고작 절반 남짓. 그의 환자 가운데 전자제품 판매점의 매니저가 있는데 그가 매장의 냉장고 하나가 불량이라는 가짜 보고서를 작성해 상부에 올렸다. 그렇게 고장난 냉장고로 둔갑한 멀쩡한 냉장고를 에벌리는 반값에 사들였다. 쿠바에서는 매사가 그런 식으로 흘러간다. 식당에서 요리사는

5인분 재료비로 10인분 요리를 만들어 팔고 그 이익을 제 주머니에 넣는다. 박물관에서 일하는 이는 방문객 숫자를 줄여서 신고하고 입장료를 착복한다. "정부가 큰 실수를 한 거지. 모든 걸 다 통제하려 했지만 당연히 불가능한 일이지. 쿠바 사람들은 모두 인생의 창조자들이야. 다들 말도 안 되는 급여를 받으면서도 어떻게든 살아가거든." 에벌리는 이렇게 말하며 씁쓸하게 웃는다.

국제 사회에서 각광받는 쿠바 의료계의 현실에 대해서도 에벌리는 다른 이야기를 들려준다. 쿠바 의사가 실력이 뛰어난 이유는 너무나 열악한 시설 속에서 일하기 때문이라면서. 미국의 오랜 경제 봉쇄로 적절한 장비나 의약품이 없는 경우가 태반이라 늘 대안을 찾아야 하고, 다른 조치를 취해야만 하다보니 기술이 늘지 않을 수가 없단다. 메스나 장갑 같은 기본 수술 도구는 중국에서 들여오는데 수술중 칼이 안 들어 몇 번씩 바꾸는 경우도 다반사. 쿠바가 자랑하는 해외 의료봉사단 파견(쿠바는 인구 대비 의사를 해외에 가장 많이 파견하는 나라다)에도 어두운 이면이 있다. 에벌리와 같은 집에 사는 동료 의사 레오. 그는 지금 남아공에 자원봉사 나가 있는데 한 달 월급이 2백 달러에 불과하다. 숙소는 제공되지만 음식은 그 돈으로 해결해야 하다보니 가족에게 달러를 보내기 위해 식비를 줄인다고 한다. 그러다가 영양실조에 걸리는 의사도 많단다.

"우리의 혁명은 실패한 혁명이야. 쿠바는 카스트로의 개인 소유가 되어버렸지. 혁명을 통해 우린 평등한 나라를 만들었어. 모두가 평등하게 가난한 나라 말이야." 그렇게 단언하는 에벌리에게 물었다.

"우리에겐 소위 말하는 선택의 자유가 있어. 직업을 선택할 자유,

대학에 갈 자유, 해외여행을 할 자유. 좋은 의료 혜택을 받을 자유. 단 돈을 가졌을 때만 그 자유가 따라와. 돈이 없다면 선택의 자유는커녕 당장 생존 자체가 위험해져. 하지만 너희는 적어도 돈이 없어서 병원에서 치료를 못 받는 경우는 없잖아. 돈이 없어서 대학을 못 가는 경우도 없지. 집도, 생필품도 나라에서 무료로 주잖아. 어느 쪽이 더 나은 걸까? 만약 선택할 수 있다면 어디를 고를래?"

망설이던 에빌리가 말한다.

"어렵네. 어느 체제든 장단점이 있으니."

에벌리는 늘 외국에서 살게 되기를 꿈꾸었다고 했다. 에벌리에게 체제를 선택할 수 있는 자유가 주어진다면 자본주의 체제를 선택할 것임을 나는 안다. 그는 냉혹한 자본주의 체제에서도 살아남을 수 있는 전문적인 기술과 영어 구사능력을 갖췄기 때문이다. 자신의 의지대로 살아갈 수 있는 자유가 필수 조건인 나 또한 대한민국을 선택할 것이다. 하지만 쿠바를 선택할 이도 있지 않을까. 모두가 가난하지만 거리에서 굶어 죽거나 병원비가 없어 죽는 일은 없는 이 나라를.

하지만 세상에 변하지 않는 것은 없다고, 쿠바도 빠르게 변하고 있다. 쿠바는 몇 년 전, 혁명 이후 50여 년 만에 부동산 임대와 외국인의 자본 투자를 허가했다. 자영업을 허용했고, 자동차 수입금지가 해제되었다. 평등하게 가난한 이 나라의 미래가 어찌될지는 알 수 없다. 어쩌면 대부분의 자본주의 사회가 그렇듯 쿠바에도 엄청난 빈부차가 생길지도 모른다. 쿠바는 혁명의 이상과 현실의 괴리를 어떻게 극복해갈까. 이 나라가 걸어갈 길이 궁금하다.

며칠 후 크리스마스 무렵 나는 아바나의 다른 숙소에 머물고 있었다. 숙소 주인인 마르타와 카를로 부부가 크리스마스에도 나갈 곳이 없는 나를 저녁식사에 초대했다. 쿠바의 생필품 부족을 생각하면 식탁은 놀랄 만큼 풍성했다. 돼지넓적다리 구이, 옥수수를 넣고 찐 타말, 과일이 들어간 파스타, 야채 샐러드, 각종 튀김과 와인에 샴페인까지 한상 가득 음식이 차려졌다. 이웃에 사는 야넷과 카롤라 가족도 함께했다. 대학 1학년인 카롤라는 영문학 전공이어서 영어를 잘했다. 그녀도, 그녀의 언니 야넷(쿠바 라디오의 아나운서)도 아이폰을 갖고 있었다. 쿠바와 아이폰이라니 얼마나 어울리지 않는 조합인가. 5성급 호텔 몇 곳에서 시간당 만 원을 내야 와이파이를 겨우 쓸 수 있는 나라인데.

"피델과 혁명에 대해 어떻게 생각해?"라고 야넷에게 묻자 망설임도 없이 그녀가 답한다.

"우린 피델과 라울을 좋아하지 않아. 그들은 과거에만 집착하니까. 새로운 거나 변화는 무조건 싫어하거든. 인터넷, 위성 텔레비전 같은 것들. 근데 우린 이미 암시장에서 아이폰도 사고, 미국 텔레비전도 보면서 살아. 난 벌써 페이스북에 친구가 5백 명이야. 우리나라는 많은 게 금지되어 있지만 어떻게든 불법으로 다 할 수 있어. 물론 무료로 교육을 받을 수 있고, 병원도 공짜인 건 정말 좋아. 하지만 대학교수도(우리 과 교수님은 정말 훌륭한 분인데 매일 새벽에 식당 청소를 하셔), 의사도 웨이터를 해야 살 수 있다니 너무 끔찍해. 난 겨우 한 달에 3만 원을 벌기 위해 그렇게 살고 싶진 않아. 태국이나 아이슬란드 같은 곳에 여행도 가고 싶은데…… 초청장이 없으면 우린 여행도 못 해."

속사포 쏘듯 불만을 늘어놓던 그녀가 활짝 웃으며 이렇게 덧붙인다. "그렇지만 난 우리나라 사람들이 좋아. 이렇게 따뜻한 사람들은 어디에도 없을걸. 아침에 만났는데 저녁이면 이미 친한 친구가 되니까."

야넷의 말에 안주인 마르타도 말을 보탠다. "난 부모님이 스페인 사람이어서 스페인에도 가봤고, 마이애미에서 5년, 멕시코에서 12년을 살았어. 하지만 정 많은 이 나라 사람들이 그리워 돌아왔어. 게다가 쿠바에서의 일상은 너무나 안전하고 평화롭거든."

안전에 대해 말하자면 정말 그런 것 같다. 중남미를 여행하던 지난 1년 동안 나는 아바나만큼 치안이 좋은 도시를 보지 못했다. 이곳에서는 밤에 여자 혼자 돌아다녀도 괜찮다고 할 정도로 소매치기나 강도가 적다. 소문에 의하면 외국인을 상대로 범죄를 저질렀다가는 평생을 감옥에서 썩을 정도로 형량이 엄청나게 높다나.

이 나라에는 극심한 가난의 흔적이 보이지 않는다. 쿠바 정부는 혁명 이후 누구에게나 집을 제공했고, 국가에서 생필품과 식량도 일부 나눠준다. 중남미 대부분의 나라에서 볼 수 있는 극빈층을 이곳에서는 볼 수 없다. 카스트로의 독재가 적어도 제 백성을 헐벗고 굶주리게는 하지 않는 것 같다. 혁명의 순정이 소문만큼 짓밟힌 건 아닌지도 모른다. 쿠바 사람들은 카스트로를 욕하지만 그 안에 극렬한 증오나 미움 같은 감정은 보이지 않는다. 야넷이 이런 말을 한다. "우린 한참 카스트로 욕을 하다가도 텔레비전에서 그가 연설을 하는 모습에 박수를 치곤 해." 그 말에 다들 까르르 웃으며 고개를 끄덕인다.

생필품도 없어 비참하게 산다는 이 나라에 관한 이야기는 악의적인 헛소문이었던 걸까. 물론 가게에 가면 정말 살 만한 물건이 없다. 때로는 비누나 화장지 같은 물건을 사기 위해 몇 시간씩 줄을 서기도 한단다. 나였다면 그런 상황에 스트레스를 받고, 삶이 고단하다고 한탄이나 늘어놓았을 것 같다. 하지만 이 나라 사람들은 타고난 낙관주의로 헤쳐나간다. 음악과 태양에 기대어 삶의 긍정적인 면을 놓치지 않으면서.

게다가 기본적인 생필품은 놀랄 만큼 저렴하다. 버스비는 0.2모네다니까 우리 돈 10원. 카페에서 서서 마시는 에스프레소 한 잔도 1모네다(50원). 박물관 입장료도 외국인이 2쿡(2천 4백 원)을 낼 때 현지인은 2모네다(백 원)를 내는 식이다. 페소 피자라 불리는 길거리 피자가 10모네다(5백 원). 석유가 부족하기 때문이지만 마차 마을버스나 자전거 택시 같은 무동력 운송수단이 많은 것도 마음에 든다. 외국인에게 지나친 가격을 책정하는 것 같아 가끔 화도 나지만 그럼에도 외국인이 몰려들고 있으니 쿠바 정부만 탓할 수는 없다. 미국의 경제 제재로 인해 아껴 쓰고, 고쳐 쓰고, 나눠 쓰고, 바꿔 쓰는 삶이 일상이 된 곳이다, 여기는.

어느 날 오후, 아바나의 정치적인 얼굴을 보기 위해 나는 혁명 광장을 찾아간다. 카스트로가 연설을 할 때면 150만 명의 군중이 모인다는 이곳은 20차선 도로가 지나간다. 이곳의 내무성 벽에 그 유명한 체 게바라의 조각이 걸려 있다. 알베르토 코르다의 사진을 모델로 만든 세련된 부조. 이곳에는 쿠바가 사랑하는 시인이자 독립운동가 호세 마르티의 거대한 기념비와 조각도 서 있다. 그는 쿠바인이 가장 사랑하는 노래 〈관타나메라〉의 노랫말을 쓴 시인이자 교육자, 혁명가였다. 1929년에 지어진 이 노래는 지금도 아바나 거리에서 쉽게 들려올 정도로 인기를

누린다. 기념관의 전망대에 오른다. 내무성과 정보통신부 건물 너머 바다까지 아바나의 전망이 한눈에 들어올 정도로 탁 트였다. 단지 유리창 너머라는 게 아쉬울 뿐. 광장은 텅 비어 있다. 몇 마리의 독수리만이 상공을 맴돈다. 혁명의 열기로 달아오르고, 수십만 명의 시민들이 지르는 함성으로 요란했을 광장을 상상해본다. 감자씨가 돌아와 이곳을 다시 찾는 날에는 혹 정치집회로 북적이는 모습을 볼 수 있을까.

감자씨의 약속에 기대어 하루하루를 보내는 요즘, 나는 가혹한 희망 고문을 견디는 중이다. 이곳에서는 인터넷도 어렵기 때문에 자주 연락을 하며 떼를 쓸 수도 없다. 오지 않는다 해도 그를 탓할 수는 없다. 그저 초조와 불안을 누르며 묵묵히 기다리는 수밖에. 단절로 인해 고립감은 날마다 커진다. 그럼에도 불구하고 나는 기다림이 주는 숨막히는 긴장감에 짓눌리지 않고 아바나를 즐긴다. 무참히 끊어질지 모르는 가냘픈 희망의 줄을 부여잡고 하루하루를 웃으며 보낸다. 이 도시의 사람들 덕분이다. 내가 감자씨의 막연한 약속을 믿고 기다리는 것처럼 이 도시의 시민들도 체와 카스트로의 그 핑크빛 약속을 믿었을 것이다. 혁명의 약속을 믿었던 그들에게 카스트로는 무엇을 준 걸까. 내일도 생필품은 부족할 테고, 내일도 카스트로의 독재는 이어질 것이다. 그런데도 내일은 오늘보다 괜찮을 거야. 내일은 내일의 태양이 떠오를 거야. 그 막연한 희망을 붙들고 이들은 웃고 춤추고 노래한다. 주어지지 않는 것을 욕망하기보다는 지금 가진 것에 몰입할 줄 아는 사람들. 아니, 아직도 그들은 기다리고 있는 것이 아닐까. 삶이 계속되는 한 희망은 있어야만 하기에. 고단한 오늘을 견디게 하는 내일의 약속이 있어야만 하기에.

혁명 광장을 빠져나와 아바나의 거리를 걸어 숙소로 돌아온다. 어느새 거리에 어둠이 내린다. 나는 말레콘을 따라 걷는다. 평범한 방파제에 불과한 말레콘이야말로 아바나 시민의 가장 가까운 벗이 아닐까. 밤이 내리면 연인과 함께, 아이들끼리, 노부부가, 저마다 말레콘 위에 주저앉아 아바나의 풍경을 만든다. 한낮의 더위를 식히며 하루 동안의 일을 이야기하는 시간. 그래도 사는 게 꽤 괜찮은 거라고 서로의 어깨를 두드리며 격려하는 시간. 어쩌다 파도가 밀려와 포말이 말레콘을 때리며 솟구쳐올라 부서진다. 말레콘은 그들 인생의 당산나무가 아닐까. 소년에서 남자로, 소녀에서 여자로, 마침내 노인으로 늙어가는 모습을 지켜보는 당산나무. 나는 말레콘 앞에 서서 〈라팔로마〉의 곡조를 흥얼거린다. "배를 타고 아바나를 떠날 때 나의 마음 슬퍼 눈물이 흘렀네." 나 역시 오랫동안 그리워하게 될 것이다, 이 도시를.

혁명이 끝나도 삶은 계속된다

산타클라라 / 트리니다드

한때 우리는 누구나 혁명을 꿈꾸었다. 아직 삶의 그물에 포박되지 않았던 시절, 우리는 세계의 변화와 발전을 염원했다. 그리고 믿었다. 변하지 않을 열정과 순수함으로 살아갈 것이라고. 그 시절로부터 나는 얼마나 멀리 와 있는 걸까. 쿠바가 그동안 잊고 살았던 혁명이라는 단어를 되살려냈다면, 이 도시 산타클라라는 그 뜨거웠던 시절로 나를 데리고 간다. 이곳에 묻힌 한 사람 때문이다. 인류가 낳은 가장 순정했던 인간 체. 그의 무덤이 해마다 수십만 명의 사람을 이 도시로 불러들인다. 누군들 이곳에서 젊은 날의 자신과 마주하지 않을 수 있을까.

산타클라라는 쿠바 혁명 당시 마지막 격전지였다. 1956년 겨울, 멕시코 항을 출항한 요트 그란마 호가 여든두 명의 청년을 태우고 쿠바에 상륙했을 때, 새 세상을 꿈꾸던 청년들 중 살아남은 이는 고작 열두 명이었다. 시에라네바다 산맥의 정글로 숨어든 그 열두 명의 게릴라로부터 쿠바 혁명은 시작되었다. 그들은 조금씩 세를 불려나갔고 2년 후인 1958년 12월 31일, 마침내 대도시인 산타클라라를 향해 진격했다. 카밀로 시엔푸에고스와 체 게바라가 이끄는 두 개의 부대였다. 체의 부대는 불도저를 이용해 열차의 선로를 뜯어내고 바티스타 정권의 무기와 군인을 실은 열차를 전복시켰다. 동시에 시엔푸에고스의 부대는 도시 수비대를 격퇴했다. 이들이 산타클라라를 공격한 지 열두 시간이 지나지 않아 독재자 바티스타는 해외로 도피했다. 체의 부대가 이끈 이 승리는 쿠바 혁명에 있어서 결정적이었다. 다음날인 1959년 1월 1일, 그들은 아바나로 입성한다. 그래서 쿠바에서는 지금도 1월 1일이 되는 순간, '새해'가 아닌 '혁명기념일'을 축하한다.

이런 역사적 배경 때문이었을 것이다. 이 도시에 체 게바라와 그의 동료들의 유골이 안치된 것은. 체 기념관에 들어서니 입구에서부터 보안 검색이 엄격하다. 가방을 맡겨야 하고, 지갑과 휴대전화를 넣은 작은 파우치조차 들고 들어갈 수 없다. 미국이 보낸 테러리스트가 잠입할 수 있기 때문이라나. 먼저 기념관으로 향한다. 쿠바에서 가본 그 어떤 박물관보다 관람객이 많다. 단체 관광 온 시골 어르신들부터 현장 학습을 온 듯한 초등학생들까지, 기념관은 인파로 넘쳐난다.

이곳에는 체의 어린 시절 사진부터 그가 즐겨 듣던 라디오, 수첩과 책 같은 그의 소지품이 전시되어 있다. 그의 군복과 별이 붙은 베레모. 그가 들었던 총과 만년필. 의사 가운과 왕진 가방. 그리고 '체'라는 사인만이 겨우 읽히는 흘려 쓴 편지들. 나는 체의 흔적을 천천히 좇아간다. 알베르토 코르다가 찍은 사진 속의 체는 여전히 젊고 매력적이다. 게릴라 활동을 펼치던 시절의 야성미 넘치는 사진부터 쿠바 혁명정부에서 중앙은행 총재를 하던 시절의 세련된 사진까지. 군복이 이렇게 어울리는 남자가 또 있을까. 밀림의 어둠 속에서도 책을 손에서 놓지 않았고,

작전 회의를 하면서도 시를 읊던 로맨티스트. 인품 좋고 머리 좋은 이 혁명가는 잘생기기까지 해 죽어서도 전 세계 여성의 마음을 흔들었다.

에르네스토 체 게바라. 20세기 혁명의 아이돌이 되어버린 이 남자의 자취를 들여다보며 그의 삶을 생각해본다. 아르헨티나 부에노스아이레스에서 중산층의 자녀로 태어나 의사를 꿈꾸던 청년. 낡은 오토바이 한 대에 올라타 중남미를 여행하며 비참한 현실을 목격하고 혁명의 길로 접어들었던 그. 멕시코에서 피델 카스트로를 만나 쿠바 혁명을 완수하고 중앙은행 총재와 장관을 역임하며 혁명정부의 브레인 역할을 했던 남자. 안락한 삶을 거부하고, 콩고 혁명에 가담한 후 볼리비아로 넘어가 게릴라 활동을 벌이다 총살당한 혁명가. "우리 모두 리얼리스트가 되자. 그러나 가슴속에는 불가능한 꿈을 간직하자"던 이상가.

30년의 세월이 흐른 후에야 그의 시신은 아르헨티나와 쿠바의 합동 조사단에 의해 발굴되어 이곳 산타클라라에 묻혔다. 서른아홉의 나이에 생을 마쳤지만 쿠바 국민들의 가슴속에 그는 아직도 살아 있다. 더 이상 혁명 같은 것은 믿지 않게 되어버린 나 같은 사람조차 설레게 만드는 남자다. 그가 걸어간 길의 궤적은 내게 예수나 부처의 그것만큼이나 놀랍다. 그래서 사르트르마저 그를 '20세기의 가장 완전한 인간'이라 불렀던 걸까.

소란스럽던 기념관을 떠나 추모관으로 들어서니 어둠 속에 침묵이 감돌고 있다. 이곳에는 체를 비롯해 볼리비아 게릴라전에서 전사한 이들이 잠들어 있다. 체와 함께 볼리비아로 떠났던 이들 중 여섯 명의 시

신은 끝내 찾지 못했고, 두 명의 시신은 볼리비아인 가족들의 반대로 오지 못했다. 이곳에는 서른한 명의 동료가 함께 있다. 벽면에는 체를 비롯한 그들의 얼굴이 부조로 박혀 있다. 작은 화로에는 카스트로가 하사했다는 꺼지지 않는 불꽃이 일렁인다. 이 추모관 안의 화초와 나무, 돌까지 전부 볼리비아의 밀림에서 가져왔다고 했던가.

체의 무덤 앞에서 묵념을 올린다. 열정적이고 따뜻했던 한 위대한 인간 앞에 겸손히 고개를 숙인다. 문득 나는 체에게 되묻고 싶어진다. 당신이 일구어낸 이 나라 혁명정부의 모습에 만족하는지를. 모든 혁명은 완수되는 순간 제 스스로를 향한 배신을 시작한다고 했던가. 카스트로의 장기 집권과 언론 통제, 정부 관료들의 부패, 심각한 물자 부족과 같은 쿠바의 현실을 체는 어떤 얼굴로 바라볼까. 어둡고 고요한 추모관을 벗어나 드넓은 광장으로 나서니 카리브 해의 강렬한 햇살이 쏟아진다. "체와 같이 되기를……"이라고 적힌 거대한 선전판이 보인다. "영원한 승리의 그날까지Hasta la victoria siempre"라고 적힌 돌 위에 체의 청동 조각이 우뚝 서 있다. 조각 앞에서 쿠바인 가족이 웃으며 기념사진을 찍고 있다.

쿠바에 온 이후 나를 사로잡고 있던 정체 모를 슬픔이 이곳에 오니 더 깊어진다. 도시에 가득한 정치적인 구호와 체의 얼굴 때문인가. 혁명의 아이콘에서 체제 유지에 이용당하는 소비의 아이콘이 되어버린 체. 부인할 수 없는 분명한 사실은 쿠바 국민들이 그를 누구보다도 사랑한다는 점이다. 내가 만난 쿠바인들마다 한 치의 망설임 없이 체를 가장 존경하고 사랑한다고 했다. 쿠바 국민의 그를 향한 순정한 사랑을 가장 잘 이용하는 건 카스트로가 아닐까. 누군가의 말처럼 혁명이 끝나고, 사회주의가 몰락한 뒤에도 혼자서 살아남은 남자, 체. 그가 이렇게 살아남을 수 있었던 건 일찍 죽었기 때문인지도 모른다. 살아 있었다면 그 또한 카스트로처럼 되었을지도 모른다. 체는 영웅인 동시에 실패한 혁명가였다. 순정한 마음으로 세상에 맞섰으나 끝내 실패해버린 한 인간의 삶의 궤적은 누구도 그런 운명에서 벗어날 수 없음을 증명하는 것만 같다.

우리는 모두 한때 우리 삶의 혁명가였다. 내 삶의 진짜 혁명은 거리에서 민주화를 외치던 대학 시절이 아니라 이혼을 하고, 회사에 사표를 쓰고, 전세금을 빼들고 세계일주를 떠나던 그날 시작되었다. 더 넓은 세상을 보겠다고, 그래서 나만의 세계를 지어올리겠다고 호기롭게 떠났던 내 혁명의 결과물은 무엇인가. 10년이 흐른 지금, 몇 번의 상처투성이 연애가 그사이로 지나갔고, 이제는 골골거리는 몸을 끌고 다니는 쓸쓸하고 고달픈 길에 서 있다. 내 인생만 그런 것은 아니리라. 누구나 저마다의 꿈을 품고 세상에 도전하지만 끝내 우리는 실패한다. 나보다 거대한 꿈을 꾸었던 체 또한 실패했다. 그래서 체의 실패는 나를 위로한다. 이 남자조차 실패했는데, 괜찮아. 어쩔 수 없는 거야. 내 능력이 모자라서, 내 열정이 식어서 실패한 게 아니야. 그게 인생이야. 나는 체를 보며 이렇게 위안을 얻는다. 인생의 어느 한 시기에 혁명적 영웅이었던 우리는 대부분 실패한 혁명가가 된다. 그와 다른 점이 있다면 우리는 오래 살아남아 체보다 오욕칠정을 더 맛본다는 것뿐. 결국 체에게서 내가 보는 것은 내 삶의 길이다.

달력과 엽서와 티셔츠와 모자, 책과 비디오로 팔리는 남자. 그의 현재가 서글프게 느껴지는 나는, 엽서 한 장을 사는 것도 망설여진다. 그를 욕되게 하는 것만 같아서. 그리고 그 욕됨은 곧 나 자신을 향하는 것만 같다. 체처럼 소비되고 싶지 않다는 나의 무의식적인 욕망. 좋아하는 일을 함으로써 끝까지 나 자신으로 남고 싶어서 내가 감행했던 그 혁명의 여정이 돈을 벌기 위한 수단으로 보이고 싶지 않다는 나의 욕망 말이다. 비록 혁명은 실패하더라도 그 순정한 마음만은 이해되기를 바라기 때문이다. 하지만 결국에는 나도 그의 사진이 담긴 몇 장의 엽서나 달력을 사들고 이 나라를 뜨게 되리라.

체 기념관에서 나온 나는 혁명 당시의 격전지로 걸음을 옮긴다. 그 시절 체 부대가 전복시켰던 기차를 전시한 공원이다. 쿠바의 현재가 시작된 과거의 공간은 고요한 정적에 잠겨 있다. 개성 없는 기념비 뒤로 붉은 기차 한 량이 쓸쓸히 서 있을 뿐. 모든 혁명은 기념하려는 순간 그때의 영광과 열기는 사라지고 초라한 흔적만 남기는 걸까. 젊은 날 우리가 꿈꾸고 시도했던 저마다의 혁명이 실패로 끝난 후, 누구나 마음에 이렇게 쓸쓸한 풍경을 하나씩 품고 살아간다. 산다는 일은 이렇게 예기치 않은 곳에서 옛 열정이 타고 남은 차가운 재와 마주치는 일일 것이다.

불현듯 허기가 몰려온다. 마음의 허기인지 육체의 공복인지 알 수 없다. 나는 늦은 점심을 먹기 위해 공원 근처의 피자집에 들어간다. 식당은 이름부터 완벽하게 이탈리아 분위기다. '피제리아 토스카나.' 하지만 10모네다(5백 원)짜리 피자는 재앙 수준이다. 찜통에 찐 것처럼 두

툼하고 퍼석퍼석한 빵 위에 고무의 맛과 감촉을 지닌 치즈(로 보이는 허연 덩어리)를 소스도 없이 올린 게 전부다. 갑자기 이 나라 사람들에 대한 안쓰러움이 밀려든다. 이걸 피자로 알고 살다니…… 혁명의 아이콘 체의 무덤에서 나온 지 얼마 되지 않아 고작 피자맛 때문에 불평불만이 가득한 반혁명분자가 되어버리는구나.

산타클라라를 벗어난 나는 트리니다드로 향한다. 터미널에 내리니 듣던 대로 호객꾼과 숙소에서 픽업 나온 이들로 인산인해다. 숭고한 혁명의 도시에서 세속의 도시로 갑작스레 내려온 기분이다. 내 이름이 적힌 종이를 든 이의 자전거에 올라타고 숙소를 찾아간다. 짐을 풀어놓고 바로 마요르 광장으로 걸어간다. 이 도시의 숨길 수 없는 아름다움이 드러난다. 색색으로 칠해진 단층집. 돌이 깔린 좁은 골목길. 앙증맞은 교회와 마요르 광장은 영화 세트장에라도 들어온 것 같다. 좀 전에 떠나온 산타클라라와도, 아바나와도 전혀 다른 느낌의 도시다. 아직 소녀티를 벗지 못한 귀여운 처녀 같은 마을이다. 하지만 순진한 소녀를 기대한 내 희망은 도착하자마자 산산이 짓밟힌다.

엄청나게 상업화된 동네라더니 호객하는 청년들의 수준이 다르다. 어디 가냐고 묻기에 파웰 집에 간다고 하니 "거기가 우리집이야"라며 천연덕스레 잡아끄는 놈이 있질 않나, 도둑 스케치한 그림을 내밀며 돈을 달라고 하는 애교스러운 녀석도 있다. 사진만 찍으면 기본적으로 모두 돈을 요구하는데, 사진을 찍히려고 작정하고 수탉을 머리에 얹고 앉아 있는 남자까지 있다. 그 모든 일들이 밉지 않은 건 이들의 태도가 너

무 능청스럽고 태연하기 때문일까. 이 나라 사람들이 숨기지 못하는 활력과 에너지가 나는 참 좋다. 물론 멀쩡하게 차려입은 동네 여자가 비누나 돈을 달라거나, 민박집 주인이 노골적으로 탐욕을 부릴 때면 실망스럽기도 하지만 이들의 넘치는 활기는 나까지 밝은 기운으로 물들인다.

마요르 광장 앞에서 사진을 찍던 나는 혼자 여행하는 한국 여자와 마주친다. 눈이 반짝반짝 빛나는 아리따운 아가씨다. 그녀도 혼자인 것 같아 말을 걸어본다. 다행히 그녀는 말을 거는 내가 귀찮지 않은 듯하다. 다니던 회사를 그만두고 1년간 세계일주를 하고 있다고 자신을 소개한다. 그녀 상미와 숙소도 함께 쓰기로 했다. 오늘부터 나에게도 여행 친구가 생겼다. 게다가 상미가 만난 폴란드인 친구들 라파엘, 루카스까지 함께 어울리게 되니 갑자기 로또라도 맞은 것 같다. 아일랜드에서 일한다는 라파엘과 루카스는 거의 쿠바의 국민 호구 대접을 받으며 다니는 중이다. 착하고 순한 성정 때문에 바가지란 바가지는 몽땅 이 친구들 차지다. 상미가 라파엘을 만났을 때 그는 아바나의 말레콘 앞에서 군것질을 하고 있었다. 1모네다짜리 길거리 과자를 25배에 해당하는 1쿡을 내고 사 먹고 있었단다. 오늘도 광장에서 코코넛을 파는 아저씨의 사진을 찍다가 상미와 루카스가 눈 밝은 그에게 걸리고 말았다. 울며 겨자 먹기로 코코넛을 사 먹게 된 우리. 나와 상미는 제일 먼저 코코넛을 받아서 나눠 먹었다. 루카스와 라파엘이 받은 코코넛은 깨는 족족 상해 있어 결국 포기하고 만다. 둘은 그런 일이 아무렇지도 않다는 듯 "우리가 하는 일이 이렇지 뭐" 하며 웃는다. 심지어 민박집 아줌마가 십대 후반인 딸들을 그들 방에 밀어넣으며 노골적인 연애 행각을 조장하는 일까지 당했단다. 압권은 상미와 그 둘이 함께 레메디오스라는 작은 마을의 축제에 갔을 때 일어났다. 상미가 카메라를 여러 대 들고 다니는 상황이라 그녀의 짐을 지켜주겠다며 둘이 양쪽에서 호위를 해줬단다. 그런데 정작 축제가 끝난 후 확인해보니 상미는 아무것도 잃은 게 없는데 라파엘과 루카스는 주머니에 넣어둔 휴대전화와 돈은 물론 담배까지 몽땅 털렸다나. 그런데도 둘은 그저 허허 웃으며 그 모든 일을 재미있는 웃음거리로 만든다. 이들의 이런 낙관적이고 느긋한 태도가 부럽다. 그래서 매번 자잘한 사기를 당하는 거겠지만. 어쨌든 감자씨가 떠난 후 계속 혼자 다니다가 오랜만에 여럿이 어울려 다니니 소란과 번잡함조차 나쁘지 않다.

트리니다드에서의 가장 큰 즐거움은 밤이 깊어서야 시작된다. 열시가 되면 마을 사람들도, 관광객들도 너나없이 마요르 광장 근처의 '음악의 집'을 찾아간다. 밤마다 이곳에서는 춤판이 벌어진다. 그것도 평범한 춤판이 아니라 오늘이 지구의 마지막날인 듯 벌이는 격렬한 춤판이다. 밴드가 연주하는 음악에 맞춰 동네 사람들이 몸을 흔들어대며 살사를 춘다. 만삭의 배를 한 아줌마도, 꺽다리 총각도, 백발이 성성한 할아버지도, 늘씬한 처녀도 어찌나 몸놀림이 빠르고 현란한지 보는 것만으로도 정신이 없다. 거의 연체동물 수준으로 흐느적거리며 춤을 춘다. 부족한 생필품에 대한 걱정도, 알 수 없는 미래에 대한 불안도 사라진 지 오래다. 그저 음악에 몸을 맡긴 채 내일은 오지 않는다는 듯 온몸을 흔들어댈 뿐.

모히토 몇 잔을 걸친 상미와 루카스도 무대로 나가 족보 없는 살사를 마구 춘다. 택시비를 바가지 씌우려 온갖 핑계를 늘어놓고, 민박집에서는 저녁을 먹이기 위해 목숨을 걸고, 돈벌이가 되는 일이라면 뭐든지 혈안이 된 사람들이 이렇게 미친듯 몸을 흔들어대는 걸 보면, '아, 이들은 정말 지금 눈앞에 있는 것에 몰입할 줄 아는구나' '현재를 사는구나'라는 생각이 절로 든다. 인생 뭐 있어? 실패해 쓰러져 울다가도 툴툴 털며 일어나 멋쩍게 웃고, 다시 한 발을 내디디면 되는 거지. 계단에 앉아 모히토 한 잔을 시켜놓고 바라보는 것만으로 이들의 열기가 전해진다.

지금 나는 내 인생의 또다른 혁명이 시작되려는 순간을 맞고 있다. 며칠 후, 약속대로 감자씨가 날아온다면, 나는 그와 함께하는 미래를

향해 한 발 내디딜 것이다. 그 혁명이 또 실패로 끝날까 두렵다. 하지만, 지금 여기 내 앞에서 음악에 몸을 맡긴 쿠바 사람들이 내게 말한다. 괜찮다고, 혁명이 끝난 후에도 삶은 계속된다고. 삶이 계속되는 한, 혁명 또한 끝난 것이 아니라고. 하나의 혁명이 끝나고 나면 또다른 혁명이 그 시작을 기다리고 있을 뿐이다. 목숨이 붙어 있는 한 우리는 누구나 삶의 모험을 멈추지 않을 것이기에.

04

쿠바 서민들의 맨얼굴을 보여주는 곳

아바나 / 비냘레스

성탄절 밤, 선물을 받았다. 착한 일을 하지도 않았는데. 감자씨가 돌아왔다. 그간의 고생을 말하듯 홀쭉 야윈 얼굴로. 평생 여행이라고는 해본 적 없던 사람이 올해만 중남미가 세번째다. 남들은 일생에 한 번 가기 힘든 곳을 몇 달 사이에 세 번이나 왔다. 어쩌면 그는 쿠바 혁명 당시 수적으로 절대적 열세였던 혁명군을 지원하는 편에 선 쿠바 시민들보다 더 혁명적인 선택을 한 것인지도 모른다. 그의 인생에서 가장 큰 모험을 혁명의 기세로 밀고 나가는 중인지도 모른다. 일 때문에 왔던 낯선 나라에서 겨우 보름간 함께 지냈을 뿐인 여자를 믿고, 그 여자가 있는 지구 반대편으로 두 번이나 날아오는 용기를 내다니. 이 남자의 결단과 추진력이 오늘밤 눈물겹다. 게다가 감자씨는 오자마자 여행경비를 통째로 나에게 맡기는 대범함마저 보여준다. "이제 돈으로라도 폼잡겠다는 찌질한 생각은 버렸어요"라면서. 나와 함께 다니는 동안 감자씨는 아무것도 할 줄 모르는 여행 초짜로서 자신의 모습이 꽤나 마음에 걸렸다고 한다. 여행의 경력이나, 외국어 구사능력, 위기상황을 돌파하는 판단력 면에서 당연히 경험이 많은 내가 앞서니 사랑하는 여자 앞에서 멋지게 보일 수 있는 유일한 기회가 돈을 낼 때뿐인 것 같았다면서. 솔직히 말한다면 나 또한 여행 경비가 다 떨어져 집에 가야 하는 상황이었는데 그의 돈으로 남은 두 달간 여행할 수 있게 된 처지였다. 남의 돈으로 처음 해보는 여행이라 그 경험이 좋기도 하면서 그만큼 불편해 돈 관리를 놓고 그에게 잔소리를 했던 건 아니었을까. 미안함과 고마움이 함께 밀려든다. 하기 힘든 이야기를 솔직히 털어놓아준 그가 더 믿음직하게 보인다.

감자씨가 돌아오니 아바나의 거리가 얼굴을 바꾼다. 혁명의 비장함은 간곳없이 사라지고 로맨틱한 데이트 코스로 재탄생한다. 그동안 내가 익혀둔 골목과 광장과 카페를 비롯한 아바나의 모든 것을 그에게 보여주고 싶어 마음이 급하다. 혁명 광장의 전망대에 올라가 그에게 아바나 시내의 전경을 보여주고, 쿠바의 대표 음식이라고 꼭 먹어봐야 한다며 맛없는 페소 피자를 먹이고 그의 반응을 즐기기도 한다. 어느 오후에는 산프란시스코 광장의 계단에서 그의 무릎에 기대어 그가 아이폰의 기타 어플로 연주해주는 음악을 들으며 낮잠에 빠지기도 한다. 그새 단골이 된 노점에서 추로스를 사서 노천카페에 앉아 레모네이드와 함께 먹거나 호텔 나시오날의 정원 바에서 모히토를 마시며 오후를 보내기도 한다. 저녁에는 루카스와 상미를 만나 파르케 센트랄 호텔의 지중해 식당에서 비싼 저녁을 먹고, 비에하 광장에 있는 쿠바에서 유일한 하우스 맥주 집에서 생맥주를 마시며 이야기를 나누기도 한다. 어느 밤에는 아바나 최고의 재즈 클럽에 공연을 보러 나선다. 그가 묻는다. "전 재즈는 하나도 모르는데요." 나 또한 재즈에 대해 아는 건 손톱만큼도

없다. 하지만 먼저 가자고 한 처지니 조금은 알은척을 해도 되지 않을까. "저도 조금밖에 몰라요. 그냥 즐기면 돼요." 3인조 밴드가 명연주를 펼치던 그 밤. 나는 피아니스트 바로 앞자리에 앉아서 상모를 돌리듯 신나게 졸았다. 감자씨는 신이 나서 음악을 즐기는데 나는 미친듯이 졸다가 1부만 보고 일어나는 대참사를 겪는다. 재즈 클럽을 나와 손을 잡고 숙소로 돌아오는 길. 수준 높은 재즈 연주장에서 한국의 사물놀이를 전파했다며 키득거리는 감자씨의 놀림마저 애틋하기만 하다.

헤밍웨이의 흔적도 함께 찾아다닌다. 아마도 이 도시가 체 게바라 다음으로 열심히 팔아먹는 이가 헤밍웨이일 것이다. 헤밍웨이는 혁명 후 쫓겨나기 전까지 이곳에 집을 마련하고 살았다. 1954년 이곳에서 쓴 『노인과 바다』로 노벨문학상을 받은 그는 "이 상을 받은 최초의 입양 쿠바인이라 더 행복하다"라고 수상 소감을 밝혔다. 바다를 바라보는 그의 집 '핑카 비히아'도 인기 관광지가 된 지 오래다. 『누구를 위하여 종은 울리나』를 집필한 암보스 문도스 호텔 로비도 그의 사진으로 도배되어 있다. 헤밍웨이는 이 호텔의 511호에서 1932년부터 7년간 머물렀다. 사냥, 투우, 바다낚시와 전쟁. 독한 시가와 럼. 그를 열광시켰던 것에 나는 한 번도 매혹되지 못했다. 그래서인지 나는 그의 소설에 몰입하지 못했다. 하지만 그가 "최고의 모히토"라고 했던 라보데기타델메디오의 모히토만큼은 인정하지 않을 수 없다. 살바도르 아옌데, 가르시아 마르케스 등 이곳을 다녀간 유명인의 서명으로 가득한 벽. 앉을 자리도 없이 언제나 사람들로 빽빽하게 들어찬 좁은 공간. 그 안에 넘치는 활기. 이곳에 들어서면 아버지의 이름으로 금주를 맹세했다 해도 그 분위기에 취해 모히토 한 잔을 마시지 않을 수 없다. 감자씨는 이곳의 모히토가 너무 맛있다며 들어오기만 하면 몇 잔씩 마신다. 술맛을 전혀 모르는 나는 이 모히토가 그렇게 맛있는 술인지 모르겠다.

"모히토가 왜 맛있는지 아세요? 아바나클럽 럼은 비싸지 않은 서민적인 술이잖아요. 게다가 민트는 중남미 전역에 지천으로 널린, 우리로 치면 쑥 같은 거구요. 럼의 알싸한 맛을 줄기째 으깬 민트의 자연 향이 감싸주죠. 게다가 모히토는 제조법도 간단하잖아요. 이 술을 마시다보면요, 거칠고 고된 하루 일을 마친 이 나라 사람들이 저렴하지만 맛있는 칵테일 한 잔으로 위로받는 풍경이 그려져요. 마치 퇴근길에 삼겹살에 소주 한 잔 걸치는 우리처럼요."

애주가는 한 잔의 칵테일을 놓고 이런 이야기까지 할 수 있구나. 우리는 모히토 만드는 법을 배우겠다며 바텐더가 잔을 죽 늘어놓고 모히토를 제조하는 모습을 녹화하기도 한다. 헤밍웨이가 앉은 자리에서 더블샷으로 열세 잔을 마셨다는 다이키리 카페 엘플로리디타도 감자씨가 사랑하는 곳이다. 그는 이곳의 다이키리에 반해 헤밍웨이의 기록을 깨겠다며 의욕을 불사른다. 그는 다이키리는 모히토와는 전혀 다른 지점의 술 같다며 이번에도 품평을 늘어놓는다.

"다이키리는 어쩐지 고급스러운 느낌이 나요. 눈처럼 투명하게 갈린 이 얼음의 색깔이 살려면 조명도 좀 받쳐줘야 할 것 같구요. 양은 모히토 절반인데 가격은 두 배잖아요. 모히토가 자유롭고 활기가 넘치는 서민적인 맛이라면 다이키리는 엄격하고 고급스런 맛이랄까. 모히토를 마시면 활기찬 쿠바 사람들이 떠오르고, 다이키리를 마시면 혁명을 일으킨 군인들이 떠올라요. 그냥 느낌이 그래요. 그러니까 두 가지 다 많이 사주세요."

매일 모히토와 다이키리에 취해 하루하루를 보내던 우리는 비냘레스로 잠시 나들이를 떠난다. 비냘레스는 우리에게 혁명의 숭고한 이념 따위는 진작 팽개친 쿠바 서민의 맨얼굴을 보여준다. 아바나에서 미리 예약해놓은 숙소를 찾아가니 방이 없단다. 예약을 했는데 어찌된 거냐고 하니 먼저 들어온 손님이 아파서 안 나간단다. 쿠바에 들어온 이후 벌써 세번째 겪는 일이다. 어떻게 변명마저 똑같을까. 쿠바 사람들은 내일 예약이 있다 해도 오늘 누군가가 찾아오면 무조건 받고 본다. 내

일부터가 아니라 오늘부터 돈이 생기니까. 쿠바 사람들의 '현재를 사는 힘'은 늘 나를 놀라게 한다.

다른 숙소를 찾아가니 이번에는 집에서 저녁을 안 먹을 거면 방을 주지 않겠단다. '카사 파르티쿨라레스'라 불리는 쿠바의 민박집은 보통 2만 5천 원에서 3만 원 정도에 화장실이 딸린 방을 내주고, 아침식사와 저녁식사는 별도로 제공한다. 카사의 저녁식사는 거리에서 파는 저녁보다 훨씬 비싸기 때문에 가난한 여행자들은 대부분 아침만 카사에서 먹고, 저녁은 쿠바 서민들이 먹는 음식을 사 먹고는 한다. 아바나의 숙소에서는 저녁을 먹으라는 강요에 시달리지 않았는데, 지방도시에서는 매번 저녁을 먹으라는 주인과 실랑이를 벌이게 된다. 이 집 주인도

미리 저녁 확답을 해야 방을 주겠다고 한다. 그런 법이 어디 있느냐 항변하니 일장연설을 시작한다. 밥도 안 먹는 손님을 받아서는 내 비즈니스가 절대 이익이 나지 않으니 너도 내 입장을 이해해야 한다, 싫으면 나가도 되는데 지금 온 마을을 돌아다녀봐야 방이 없을 테니 마음대로 해라. 쿠바에서 만난 가장 노골적인 캐릭터다. 평소 같으면 바로 나왔을 텐데 이미 밤도 깊어 결국 짐을 풀고 만다. 옆에 서서 나와 아줌마의 논쟁을 말없이 바라만 보는 감자씨에게 미안해서다.

마을을 돌아다니던 우리는 루카스와 극적으로 재회한다. 비냘레스에서 다시 만나기로 약속을 해놓은 터라 루카스는 낮에 우리 숙소를 찾아 한 시간을 헤맸단다. 우리는 살루드Salud를 외치며 건배를 나눈다.

루카스의 호구 노릇은 이곳에서도 이어진다. 며칠 사이에 벌써 몇 건의 사기를 당했단다. 아바나에서는 찾으려고 애써도 찾기 어려울 정도로 더러운 숙소를 비싼 가격에 얻었다지를 않나, 온갖 노점상들에게 정체를 알 수 없는 영화 디브이디며 불법 복제 음반 같은 것을 비싼 가격에 강매 당하지를 않나, 이곳에 올 때 택시비조차도 다른 관광객의 두 배를 냈다고 한다.

다음날 아침, 캐릭터가 완전히 바뀐 주인 아줌마. 입이 귀에까지 걸린 미소로 아침 인사를 건넨다. "여긴 네 집이나 마찬가지야. 편하게 지내." 믿기지 않는 변신술이다. 쿠바에서 민박집 주인과 싸우지 않는 길은 무조건 집에서 저녁밥을 먹는 일임을 실감한다. 든든하게 아침을 먹고, 비냘레스를 둘러보기 위해 집을 나선다.

초록의 계곡 비냘레스는 피델 카스트로가 즐겨 찾는 마을이다. 이곳

의 붉은 대지와 섬세한 기후가 만들어내는 담배는 세계 최고 품질로 꼽힌다. 유네스코 세계문화유산으로 지정된 비냘레스의 풍경을 독특하게 만드는 것은 카르스트 지형의 산이다. 이곳은 원래 석회암으로 뒤덮인 땅으로 대부분의 석회암은 세월과 함께 풍화되어 사라졌지만, 일부는 가파른 능선과 둥근 정상을 가진 산으로 변했다. 이런 산을 쿠바에서는 모고테mogote라 부른다. 비냘레스에서는 고개를 들면 어디서나 모고테가 눈에 들어온다. 몇 번이고 자유롭게 타고 내릴 수 있는 시티버스에 올라 마을을 둘러본다. 농장에서 탈출한 노예들이 숨어 지내던 팔렝케 동굴을 보고 나오니 다음 목적지는 인디언 동굴 쿠에바델인디오. 보트를 타고 동굴 안을 둘러본다. 종유석이 특출나게 아름답진 않지만 동굴의 서늘한 기운을 즐기는 것만으로도 괜찮다. 이번에 버스가 서는 곳은 벽화가 있는 곳. '선사시대의 벽화'라더니 어이가 없어 웃음이 난다. 바위 벽에 번쩍이는 색채로 촌스러운 그림이 그려져 있다. 1961년에 카스트로가 이곳을 방문한 후 그가 벽에 공룡이나 동굴에 사는 사람

들을 그려넣으라고 지시했다나. 덕분에 이런 황당하고 재미있는 관광 상품이 하나 생겨난 셈이다.

비냘레스는 버스를 타고 돌아다니는 것보다는 동네를 어슬렁거리는 일이 더 즐겁다. 어디서나 보이는 모고테와 파스텔톤으로 칠한 단층집, 집집마다 빠짐없이 놓인 흔들의자에 앉아 있는 동네 사람들. 그런 풍경을 바라보는 것만으로 어쩐지 안심이 된다. 그렇게 마을길을 걷고 있는데 짐마차를 몰고 가던 청년이 우리에게 다가온다. 걸어가지 말고 마차를 타고 가라고. 우리는 운동도 되고 해서 괜찮다고 사양한다. 그는 가이드 데리고 마차 타고 가는 게 낫지 않느냐며 계속 따라온다. 푼돈을 벌기 위한 집요한 노력이다. 그런데 이 마차의 몰골이라는 게 꽤나 한심하다. 비로드가 덮인 의자는커녕, 밭에서 딴 토마토와 바나나, 말에게 먹일 건초로 가득찬 짐마차다. 둘은커녕 한 명이 앉기에도 비좁은 공간이다. 그런데도 청년은 넉살 좋게 자꾸만 타라고 한다. 결국 우리는 못 이기는 척 짐마차에 오른다. 좁은 의자에 끼어 앉아 달그락거리는 말발굽 소리를 들으며 가는 길. 뭐가 그리 좋은지 감자씨는 웃음을 멈추지 않는다. 이 남자, 정말 여행을 즐기고 있다. 담배나무가 자라나는 붉은 대지와 해가 기우는 늦은 오후의 한결 서늘해진 대기를, 가끔씩 우리를 돌아보며 웃는 마부 청년을, 집 앞에 의자를 내놓고 앉은 노부부를 그는 세상에서 가장 아름다운 풍경을 보듯 바라본다. 그 눈빛이 내 마음을 설레게 한다.

다시 아바나로 돌아와 마지막 남은 며칠을 보낸다. 에벌리의 숙소에 방이 없어 민박집을 구하러 나선 길. 온 동네 사람들이 하던 일(사실 딱히 일이 없어 보이긴 한다)을 작파하고 우리를 도와준다. 집주인이나 우리에게 수수료를 받기 위해. 마침내 호객꾼의 도움을 얻어 깔끔한 숙소를 구한다. 감자씨는 민박집 주인과 택시기사만 빼면 쿠바 사람들이 다 친절하고 좋다고 한다. 문제는 우리가 제일 자주 상대하는 이들이 민박집 주인과 택시기사라는 점이지만. 감자씨는 아바나를 남자로 치자면 잘 씻지도 않고, 살림엔 손도 안 대고, 돈도 못 버는데 밤일은 기가 막히게 잘하는 남편 같다고 평한다. 민박집 주인이나 택시기사에게 심하게 휘둘려 정이 좀 떨어지려 하면 아바나는 보상이라도 해주듯 다정한 이들을 보내준다.

한 해의 마지막날인 오늘. 호텔 나시오날에서 카바레 쇼를 본다. 짝퉁 '물랭루주'라고나 할까. 생각보다 공연은 볼만하다. 노래와 춤이 함께 이어지는 공연은 화려한 의상만으로도 시선을 끄니. 자정이 되면 불꽃놀이를 보러 광장에 나가겠다고 감자씨는 들떠 있는데, 나는 두통이

와서 계속 침대에 누워 있다.

“조금만 더 있다 나가요.”

그러다 결국 잠이 들어 감자씨 혼자 베란다에서 골목을 내다보며 한숨을 쉬게 만든다. 다음날, 잠에서 깨어 미안해하는 나에게 감자씨는 이렇게 말한다.

“불꽃놀이를 보면 꼭 우리 같아서 같이 보고 싶었어요.”

감자씨 내면에 깃든 불안한 마음을 들여다본 것 같다. 한국에서는 단 하루도 같이 지내보지 못한 나와 함께 꾸려갈 미래에 대한 불안. 그 불안감을 지우고 이 찬란한 시간만을 화려한 불꽃놀이를 통해 재확인하고 싶었던 것일까. 미안한 마음이 일렁인다.

오늘은 새해, 1월 1일이다. 게다가 우리가 쿠바에서 보내는 마지막 날이다. 쿠바에서의 마지막날을 우리는 두 남자에게 바치기로 한다. 영화 〈딸기와 초콜릿〉에 나왔던 디에고와 다비드에게. 쿠바와 스페인 합작으로 만들어진 이 영화는, 쿠바에서 게이로 살아간다는 것, 혁명의 깃발을 지킨다는 것, 혁명의 모순을 응시한다는 것, 그럼에도 불구하고 우정을 나누고, 편견을 깨고, 삶을 살 만한 것으로 만드는 과정을 전해준다. 영화는 공산주의자 대학생인 다비드와 자유주의자 예술가이자 게이인 디에고, 두 남자의 갈등과 우정을 통해 쿠바의 모순과 현실을 그려낸다. 우리는 디에고와 다비드가 처음 만났던 쿠바의 아이스크림 가게 코펠리아에서 그들처럼 딸기맛과 초콜릿맛 아이스크림을 먹는다. 이 나라에서는 딸기맛 아이스크림을 먹는 남자는 게이라는 신호라고 했던가. 주변을 둘러보지만 불행히도 아이를 데리고 나온 젊은 엄마들이나 여자들만 보인다. 아이스크림을 먹은 뒤 영화의 배경이 된 건물을 찾아간다. 지식인이자 비판적인 예술가인 디에고의 아파트가 있던 건물이다. 쿠바의 모든 집이 그렇듯 건물의 입구는 폐가처럼 낡았다. 나선형의 긴 계단 입구의 조각은 목이 날아갔다. 영화가 만들어진 후 20년이 지났으니 건물은 더 낡아졌을 수밖에. 하지만 벽에 쓰여 있던 혁명의 글은 색이 바랬을 뿐 그대로 남아 있다. 계단을 오르는 이층의 공터에서 아이들이 놀고 있다. 이곳은 다비드가 사랑하게 되는 연상녀 비비안의 방이었을 것이다. 한 층 더 올라가니 디에고의 집이었던 곳이다. 이곳은 이제 쿠바에서 가장 유명한 식당으로 변해 있다. 뉴욕타임스와 가디언지를 비롯해 서방 매체에서 격찬하는 바람에 예약을 하지 않고서는 식사가 불가능한 인기 식당이 되었다. 운좋게 두 자리를 얻은 우리는 이곳에서 마지막 식사를 즐긴다. 식당 안에는 영화 속 장면들이 액자로 걸려 있다. 디에고가 말을 걸며 사람처럼 대하던 낡은 푸른색 냉장고도 그대로 있다. 우리는 파파야와 파인애플 소스를 뿌린 가재, 꿀과 레몬 소스에 절인 닭요리에 와인을 곁들인다. 음식은 놀랄 만큼 맛있다. 곧 쓰러질 것처럼 황폐한 건물에 자리한 고급 식당. 그 안에 가득찬 외국인들, 한끼 식사의 가격은 여기서 일하는 이의 한 달 월급. 모순덩어리 쿠바의 과거와 현재, 미래를 위해 건배한다. 이 도시에 살고 있을 수많은 디에고와 다비드의 삶이 그 시절보다 조금은 나아졌기를 바라며, 혁명의 이름으로 잃어버린 것들, 혁명의 이름으로 이룬 것들, 혁명의 이름으로 울고 웃었던 사람들을 생각하며 이 사랑스러운 도시와 이별을 나눈다.

MEXICO

5장

멕시코

치첸이트사
메리다
칸쿤
툴룸
멕시코시티
와하카

01

혼자여서는 절대 안 되는 곳

칸쿤 / 툴룸

아바나를 떠나 우리는 멕시코의 휴양도시 칸쿤으로 날아간다. 성격이 완전히 다른 두 도시 사이를 가로지른다. 미국의 앞마당에 자리한 적의 수도 아바나에서 미국인이 신혼여행지로 가장 선호한다는 칸쿤으로. 유카탄 반도의 카리브 해에 면한 휴양지 칸쿤은 마야어로 '뱀의 둥지'를 뜻한다. 1970년대 초, 개발이 시작될 때만 해도 인구 백 명에 불과한 어촌이었는데 이제 인구 50만 명에 해마다 4백만 명이 찾는 세계적인 휴양지가 되었다.

카리브 해의 물빛이 아름답기로 소문난 칸쿤은 두 개의 대조적인 지역으로 이루어져 있다. 다운타운 지역과 이슬라칸쿤 혹은 보통 '호텔 지역'으로 부르는 해변이다. 우리는 공항에서 숙소의 셔틀버스를 타고 바로 호텔 지역으로 넘어간다. 3주 동안 쿠바에 머물러서인지 이곳의 풍경은 어리둥절할 정도로 낯설다. 몇 시간 전까지만 해도 곧 무너질 것처럼 낡은 건물 너머 전선이 미로처럼 얽힌 지저분한 골목을 걸었는데 지금은 번쩍번쩍 빛나는 화려한 호텔이 끝없이 이어지는 해변에 서 있다. 평소였다면 나는 다운타운 지역의 저렴한 숙소에 머물며 호텔 지역을 구경 삼아 한 번쯤 다녀갔을 것이다. 하지만 오늘 나는 이 고급 호텔의 손님이다. 1년간 중남미를 헤매느라 고생했다며 감자씨가 선물로 이곳 숙소를 예약해준 덕분이다. 웅장한 호텔의 로비에서 쿠바에서 전혀 받아보지 못한 환대를 받는다. 친절한 말투와 눈웃음 같은 기본적인 서비스가 국빈 대접처럼 느껴진다. '이건 돈으로 사는 친절일 뿐이야.' '이런 거에 넘어가면 안 돼.' 속으로는 도리질하지만 이미 나는 귀부인마냥 우아하게 고개를 까닥이고 있다.

칸쿤의 호텔은 '올인클루시브All-inclusive'라는 정책으로 유명하다. 우리가 머무는 곳도 '올인클루시브' 호텔이다. 몽땅 포함이라니, 도대체 뭘 포함한 걸까 들여다보니 놀랍다. 방의 미니바에는 맥주와 위스키, 럼을 비롯한 온갖 주류가 무한정 무료로 제공되고(심지어 하루에 두 번씩 새로 채워준다), 24시간 룸서비스는 물론 바와 로비 라운지, 풀사이드에서의 모든 음료가 무제한이며 다섯 개의 식당에서는 매끼 식사가 무료로 제공된다. 이렇게 퍼주고 남는 게 있을지 의문이 들 정도다. 게다가 호텔마다 다양한 프로그램까지 무료로 운영한다. 우리가 머무는 호텔에는 살사나 요가를 가르쳐주는 클래스도 있고, 매일 밤 극장에서는 춤과 뮤지컬 공연이 펼쳐진다. 이건 정말 호텔 밖으로는 나가지도 말고, 이 안에서 먹고 마시고 즐기다 가라는 게 아닌가.

생필품도 먹거리도 부족하던 쿠바에서 갓 넘어온 우리는 이 넘치는 풍요로움이 부담스러우면서도 기쁘다. 감자씨는 방에 들어서자마자 미니바에서 럼주를 꺼내 마시는 걸로 방탕한 생활을 시작한다. 나는 룸서비스를 시켜 늦은 점심을 즐긴다. 퀸사이즈 침대 두 개가 나란히 놓인 방은 넓고 안락하다. 거실의 소파에 앉으면 에메랄드그린빛 바다가 한눈에 들어온다. 꺼지지 않는 단단한 침대, 뜨거운 물이 콸콸 쏟아지는 욕조, 널렸다고밖에 표현할 수 없는 음식과 술. 방에서도 터지는 공짜 와이파이. 아, 이곳은 지루한 천국이 될 가능성이 크겠구나. 그간의 내 여행과는 달라도 너무 다른 이 호사가 싫지 않으면서도 어쩐지 몸에 맞지 않는 옷처럼 여겨진다.

아니나다를까. 나는 이곳에 머무는 4박 5일을 매트리스의 성능을 시험하는 일로 다 보내고 만다. 1년간의 피로가 한꺼번에 몰려온 듯 눈을 뜨기도 힘들 정도로 피곤해 먹고, 자고, 또 먹고, 다시 자고를 반복한다. 매일 내가 움직인 거리는 겨우 방에서 식당까지, 혹은 정원의 자쿠지 정도까지였다. 살사 레슨을 받겠다고 아침마다 의지를 불태웠건만 자느라 매번 놓치고 만다. 이 호텔에서 가장 인기 있는 일식당을 예약하기 위해 아침 여덟시에 사자머리로 로비에 유령처럼 서 있었던 게 예외적인 움직임이었을 정도다. 영화 〈마스크〉에도 나왔다는 그 유명한 '코코봉고Coco bongo' 클럽, 밥은 안 먹어도 여기는 가야 한다는 워터파크 스카레트Xcaret 같은 곳은 구경도 못한 채 호텔 안에서만 닷새를 보내다니…… 그간 쌓였던 긴장이 풀어진 탓이라고 변명해보지만 나를 보는 감자씨의 눈빛에는 서운함이 담겨 있다. 가끔 그는 침대에 쓰러져 잠든 나를 손가락으로 살짝 찔러본다. "혹시…… 겨울잠 주무시는 건가 싶어서요." 끙. 이런 말에도 내 몸은 정말 동면에 든 곰처럼 움직임이 둔하기만 하다.

감자씨에게 미안해져 무거운 몸을 일으켜 해변으로 나간다. 햇살을

받은 바다의 물빛이 눈을 시리게 한다. 감자씨의 손을 잡고 바다로 뛰어든다. 하지만 거센 파도에 패대기쳐진 내가 겁을 먹고 5분 만에 후퇴하는 걸로 끝이 난다. 우리는 손을 잡고 해변을 걷는다. 몇 년 전 허리케인 윌마와 에밀리가 사납게 할퀴고 간 칸쿤의 해변은 막대한 피해를 입었다. 호텔이 파손되고, 해변의 모래가 쓸려나갔다. 멕시코 정부는 거의 2억 달러를 들인 대공사로 칸쿤 해변의 모래사장을 살려내는 듯싶었지만 해변의 모래는 계속 쓸려나갔다. 그래서 찾아낸 대안이 이웃한 코수멜 섬과 무헤레스 섬의 모래를 퍼와서 이곳에 쏟아붓는 일이란다. 한 치 앞을 내다보지 못하는 멕시코 정부의 어리석음도 정말 대단하다. 해변을 걷던 우리는 물빛에 취해 너무 멀리 간 탓에 다른 호텔의 로비를 통해 해변을 빠져나온다.

사실 칸쿤의 길고 긴 해변은 호텔이라는 성벽으로 완전히 가로막혀 있다. 20킬로미터에 달한다는 해변의 모래사장은 백오십여 개의 호텔과 리조트가 다 차지했다. 그래서 칸쿤의 해변은 대부분 고급 호텔의 로비를 통과해야만 접근 가능하다. 멕시코법상 군사 지역을 제외하고는 해변에서 수영을 하거나 걸을 수 있는 권리가 누구에게나 있다. 하지만 현실은 다르다. 외국인 여행자는 우리처럼 아무리 허름한 복장이어도 호텔의 로비를 지나갈 수 있지만, 현지인들 특히 마야 원주민은 로비를 통과하기 어렵다. 그러고 보니 이 넓은 해변에 외국인만 바글거린다. 내가 누리는 칸쿤의 아름다움을 이 땅의 주인은 누리지 못한다니…… 이질적인 분위기에 눌려 오고 싶지 않은 곳이 된 게 아니라 아예 접근 자체가 불가한 곳이 되다니…… 어떻게 이런 어이없는 일이 생겨났을까. 이곳은 원래 그들의 땅이었는데…… 칸쿤의 물빛과 새파란 하늘, 최고의 시설을 갖춘 호텔에 대한 애정이 급격히 식는다. 사실 칸쿤뿐이 아닐 것이다. 고급 호텔과 리조트가 즐비한 휴양지들은 그곳에서 오랫동안 살아왔던 원주민의 터전을 밀어내고 세워진 곳이 많다. 그 섬의 원주민들이 한 달을 일해서 번 돈을 쏟아부어도 하룻밤을 잘 수 없는 고급 휴양지. 나는 칸쿤의 세련됨과 편안함을 즐기지만 한편으로는 껄끄럽다. 몸이 편안한 것 못지않게 정신적인 불편함 또한 없기를 바라니 이기주의자에 불과한 건지도 모르겠다.

이런 생각 끝에 나는 감자씨에게 말한다. 나는 이런 여행은 잘 맞지 않는다고. 칸쿤처럼 아름다운 곳이 이런 식의 고급 휴양지가 되는 것도 좀 회의적이라고. 고개를 끄덕이며 듣던 감자씨가 말한다.

"대부분의 사람들은 누나처럼 장기 배낭여행을 다닐 수 없잖아요. 신혼여행, 아니면 자식들이 다 큰 후에야 이런 관광지라도 올 수 있어요. 신혼여행 온 부부를 보세요. 신혼여행이 끝나 돌아가면 저축을 하고, 아이를 낳고 살아가는 지난한 일상이 기다리죠. 그러니 그 고단한 삶의 시작을 아름답게 만들고 싶어서 이런 휴양지를 찾는 건지도 몰라요. 풍경만으로도, 화려한 시설만으로도 행복해질 수 있을 것 같은 곳. 그래서 일상이 힘들 때마다 추억을 꺼내어 볼 수 있도록 말이에요."

노년에 하는 여행도 마찬가지일 거라고 그는 말을 잇는다. 살날이 얼마 남지 않은 이들은 언제 또 이런 곳에 올 수 있을지, 얼마나 더 함께 시간을 보낼 수 있을지 모르니 늘 이 여행이 마지막일지도 모른다고 생각할 거라고. 자신처럼 평범한 서민들에게 여행은 힘든 일상을 벗어날 수 있는 아주 잠깐의 기회니까 불편을 감수하거나 싼 숙소를 찾아 헤매는 시간도 아깝다고. 그러니까 패키지 여행을 선택하고, 모든 게 갖추어진 이런 관광지를 찾게 된다고. 그의 말을 들으며 자신 같은 사람들의 처지도 알아주기를 바라는 그의 바람을 읽는다. 그리고 조금씩 부끄러워진다. 내가 진짜 여행이 아니라고, 소비적인 관광일 뿐이라고 생각했던 여행. 그런 여행을 할 수밖에 없는 내 부모님 같은, 감자씨 같은, 내 동생 같은 이들의 처지는 헤아리지 못하고 함부로 폄하했던 건 아닐까. 이런 식으로 그는 혼자서 제멋대로 살아온 나에게 자꾸 생각할 거리를 던져준다. 그래서 고맙지만 때로는 버겁기도 하다. 가끔은 우리가 너무 다르다는 사실 때문에 불안해지기도 한다. 평생 처음 여행을 하는 이 사람은 내내 여행하며 살아왔고, 남은 생도 그렇게 살아가고픈 나의 욕망을 이해해줄까? 서울로 돌아가 일상을 살게 된다면 일상인의 정서와 삶에 무지한 나를 계속해서 이해해줄까? 나 또한 그의 일상을 이해할 수 있을까? 오늘따라 온갖 걱정이 밀려든다.

시내 구경 한 번 못한 채 칸쿤에서 닷새를 보낸 우리는 플라야델카르멘을 거쳐 코수멜 섬에 며칠을 머물며 스노클링을 즐긴 후 툴룸으로 향한다. 툴룸은 고속도로변에 자리잡은 탓에 마을 전체가 휴게소 같다. 대충 만들어진 간이 숙소 같은 분위기다. 천국 같은 해변을 품은 마을로는 도저히 보이지 않는다. 동네의 선술집에서 그가 호기롭게 테킬라 마초를 주문한다. 매운 고추 하바네로를 듬뿍 썰어 넣은 테킬라다. 한 모금을 마신 그가 비명 소리와 함께 잔을 탁 내려놓는다. 입안에서 폭탄이 터지는 것 같다면서. 그의 술맛 품평이 다시 시작된다.

"입안에서 폭탄이 터지고 나면 테킬라의 진한 향이 후폭풍을 불러와요. 입안과 비강, 심지어 눈까지 향이 퍼지는 느낌이에요. 마침내는 머릿속까지 아가베 향으로 가득차는 느낌이랄까. 그래서 한 잔을 더 마시게 돼요. 크. 고통과 동시에 감탄이 터지는 술이에요."

'테킬라 마초'라는 이름처럼 남자다움을 자랑하고 싶은 사람이나 시도해야 할 술인가보다. 자기가 좋아하는 것에 대해 이런 품평을 할 수 있는 그가 사랑스럽다. 나는 내가 사랑하는 어떤 도시나 산에 대해 서도 "거기 너무, 엄청, 정말 좋아요" 이런 식으로 부사를 남발하며 겨우 이야기할 뿐인데…… 돌아오는 길, 보름달빛이 발밑을 비춘다.

다음날 우리는 툴룸 유적지를 찾아간다. 마야어로 벽이라는 그 이름처럼 툴룸은 성벽에 둘러싸인 옛 도시다. 툴룸은 벨리세까지 오가던 마야인들의 무역선이 들르던 항구였다. 13세기에서 15세기에 전성기를 구가했던 이곳은 스페인 침략 후 75년 만에 버려진 도시가 되었다. 유럽에서부터 들어온 질병에 원주민들이 속수무책으로 쓰러졌기 때문이다. 그래도 마야인들이 건설한 도시 중에서 툴룸은 가장 늦게까지 살아남았다. 성벽의 길이는 남북으로 380미터, 동서로 170미터에 달한다. 바다를 낀 옛 도시는 회색의 돌로 남아 파도 소리에 낡아가고 있다. 성벽 너머 바다의 물빛은 서러울 정도로 곱다. 가이드북에서 집으로 가는 항공권을 찢어버리고 싶을 거라고 소개하더니 그 표현이 이해된다. 마야 유적지 중에서 툴룸은 그 규모나 질이 떨어진다고 하지만 지리적 조건만큼은 최고인 듯하다. 유적지를 걷는 동안 계속해서 성벽 너머 바다를 힐끔거리게 된다. 뜨겁게 달구어진 돌 위로 지나가는 이구아나. 투명한 에메랄드그린빛 바다. 그 바다에서 불어오는 바람. 원주민들은 이곳을 새벽의 도시라 했다지. 이 도시의 주민들은 카리브 해로 떠오르는 눈부신 태양을 보며 하루를 시작했으리라. 바람의 신전에서 바라보는 바다의 전망은 발이 떨어지지 않을 만큼 아름답다.

유적지를 둘러본 뒤 해변으로 이어지는 계단을 내려간다. 해변의 그늘막에 앉아 바다를 바라보며 오후를 보낸다. 설탕처럼 부드러운 모래, 비현실적일 정도로 푸른 바다, 빛나는 태양, 게다가 고개를 돌리면 절벽 너머 마야 유적지까지. 파라솔 아래에서 보내는 이 오후가 정말로 천국 같다.

툴룸을 떠난 우리는 메리다로 건너간다. 색색의 식민지풍 건물이 남

은 메리다에서 이틀을 보낸다. 그리고 세계문화유산인 치첸이트사 투어를 신청한다. 울창한 정글 사이 푸른 초원 위의 마야 유적지는 마야인들의 빼어난 건축 기술과 천문학 기술을 보여준다. 농경생활을 했던 마야인들에게 계절의 변화에 따른 기후 예측은 필수적인 기술이었다. 그러니 천문학이 발전할 수밖에. 이진법과 0을 사용하고, 완성된 문자체계를 갖추었다는 마야인들. 치첸이트사는 5세기 중반 과테말라 지역에서 이주해온 마야족의 한 부족인 이트사족이 처음 건설했다. 이후 북부 고원 지역의 톨텍족이 치첸이트사에 들어와 살게 되면서 두 문명이 결합된다. 멕시코에서 마야 문명과 톨텍 문명이 결합해 탄생한 유적지는 치첸이트사가 유일하다.

가이드가 우리를 피라미드로 데려간다. 쿠쿨칸(깃털 달린 뱀)의 피라미드다. 마야인들은 쿠쿨칸이라는 인물이 서쪽에서 와서 유카탄 반도를 지배하기 시작했다고 믿는다. 스페인 침략자들은 이 피라미드에 엘카스티요(성채)라는 이름을 붙였다. 25미터 높이의 피라미드는 마야인의 천문학 기술의 결정체다. 각각 아흔한 개로 된 사면의 계단에 정상계단을 합하면 1년을 뜻하는 365일이 된다. 45도의 경사를 유지하는 피라미드의 난간 아래는 뱀의 머리 모양이다. 1년에 두 차례 춘분과 추분이 오면 뱀의 그림자가 계단의 난간을 따라 길게 생겨난다. 사진으로만 봤을 뿐이지만 깜짝 놀랄 만큼 완벽한 뱀의 형상이다. 이 피라미드는 '신 세계 7대 불가사의'에 뽑힌 후부터 올라갈 수 없게 되었다. 피라미드의 꼭대기에 앉아 보름달을 본다면 어떤 기분일까. 마야인의 천문학 기술을 설명하는 가이드의 얼굴에는 자랑스러움이 배어 있다. 가이

드가 우리를 근처 구기장으로 데려간다. 이곳에서 젊고 건강한 청년들이 두 팀으로 나뉘어 공으로 하는 경기를 치른 후 우승자의 심장을 신에게 바쳤다고 한다. 가장 강인한 이를 바쳐야 했기에 이긴 자가 바쳐졌고, 그도 영광스레 죽음을 맞이했다고 한다. 피라미드 북동쪽에 위치한 전사의 신전에는 인간의 심장을 올려놓았을 거라 짐작되는 차크몰 조각이 있다. 아스테카 문명과 마야 문명의 인신공양에 대해서는 수많은 해석과 가설이 있다. 태양신화에 기반한 심오한 우주관의 표현이라는 의견부터 부족한 단백질 공급이 목적이었다, 단순한 제의적인 폭력일 뿐이다, 통치를 강화하기 위한 공포 정치의 일부다 등등. 어느 쪽이 진정한 유래인지는 모르겠지만 스페인 침략자들이 악의적으로 부풀린 면도 있는 것 같다.

어느 순간, 나는 감자씨의 시선이 가이드가 안내하는 유적이 아닌 엉뚱한 곳에 머물고 있음을 깨닫는다. 한 여인에게 다정한 시선을 보내고 있다. 자그마한 체구에 주름살이 가득한 얼굴이지만 표정이 풍부하고 무엇보다 호기심을 드러내는 눈빛이 매력적인 할머니다. 감자씨는 저 할머니가 마치 나의 미래 같다며 웃는다.

"누나도 저렇게 귀엽게 늙을 것 같아요. 할머니가 된 누나를 보고 싶어요."

응? 이건 뭐지? 함께 늙어가고 싶다는 건가? 프러포즈로 오해할 만한 발언이 아닌가. 나는 실없는 소리 하지 말라며 그의 말을 자른다. 이 남자는 어느새 나와의 미래를 꿈꾸는 걸까. 나는 감자씨가 좋지만 미래를 꿈꿀 만큼은 아니다. 아니, 나는 누군가와 함께하는 미래 자체를 신뢰하지 않는다. 달콤한 성을 쌓는다 해도 결국에는 무너져내리는 게 아닐까. 아무리 굳센 사랑의 맹세도 세월 앞에서 그 빛이 바래지 않은 적이 있었던가. 적어도 내가 만난 이들은 다 그랬다. 상대가 먼저 변하지 않으면 내 마음이 식었다. 그래서 나에게 사랑은 늘 찰나적이고 변덕스러운 감정이었다. 더 다치기 전에 서둘러 마음을 닫아야만 하는 것이었다. 감자씨가 한국에서 칸쿤의 리조트를 예약할 때 나눴던 대화가 생각난다.

"오, 여긴 세계적인 신혼여행지네요. 그럼 우리는 신혼여행을 가는 건가요?"

"어림없는 소리 마세요. 아바나에서 나가기 위해 거치는 곳일 뿐이에요. 그런 목적이라면 예약하지 말아요. 부담스러워요."

"농담이에요. 1년 동안 힘든 여행 하느라 고생하셨으니까 한 번쯤 이런 곳에서 쉬는 것도 좋을 것 같아요."

혹시 이 남자는 칸쿤의 리조트를 예약하는 것으로 소심하게 나와의 미래를 꿈꾸었던 걸까. 그런 곳에서 나는 내내 겨울잠에 든 그리즐리 같은 몰골이었다니. 그는 얼마나 서운했을까. 혼자서 쓸쓸히 해변을 거닐다 들어오던 그의 모습이 생각난다. 남자가 칸쿤의 리조트를 예약한다는 것이 어떤 의미인지도 못 알아차릴 정도로 공감능력이 떨어진 걸까.

나는 누군가를 만나 사랑에 빠져도 그와 가정을 꾸리거나 하는 식의 미래는 생각지 않는다. 어차피 마음은 변할 텐데 모험을 하고 싶지는 않으니. 그래서 내 연애는 늘 빠르게 끝났는지도 모른다. 하지만 이 남자, 감자씨는 나와 다르다. 자신이 사랑에 빠진 여자에게 덤덤하게, 조금은 심심하게 당신과 늙고 싶다고, 할머니가 된 모습을 보고 싶다고 말한다. 그를 만난 이후 마음을 표현하는 그에게 종종 어깃장을 놓았다. 지금 좋으니까 함께 가는 것뿐, 미래는 이야기하지 말자고. 한 사람과 함께하는 미래에 대한 내 두려움은 어쩌면 당연한 건지도 모른다. 결혼이라는 제도에 편입되지 않고 함께 사는 것은 용납되지 않는 한국 사회에서, 결혼이 두 사람이 아니라 가문의 결합이 되는 이 나라에서, 결혼과 동시에 여자에게 일방적일 정도로 수많은 의무와 역할이 주어지는 이 땅에서 내가 어떻게 결혼이나 미래를 꿈꿀 수 있겠는가. 게다가 이미 한 번 그 길을 박차고 나오기까지 했는데. 나는 아직도 가고 싶은 곳이 많고, 하고 싶은 일이 많고, 엄마나 아내나 며느리 같은 이름이 아닌 그저 내 이름 하나로 살고 싶은 사람인데……

내 삶의 많은 것을 포기해야 할지도 모를 위험한 길에 발을 들여놓기가 두렵다. 게다가 이 남자는 가정적이다. 그것도 지나치다 싶을 정도로. 나와는 전혀 다른 세계에서 살아왔다. 내가 과연 이 남자와 미래를 꿈꿀 수 있을까. 돌아오는 길, 버스 안에서 잠든 감자씨를 보는 내 머릿속은 복잡하기만 하다. 그런 내 마음을 아는지 모르는지 이 남자는 가볍게 코까지 골고 있다. 내 손을 꼭 잡은 채. 우리는 어디까지 함께 갈 수 있을까.

02

멕시코 음식의 본고장에서의 오감만족

와하카

치첸이트사에서 우리는 와하카로 넘어간다. 멕시코에서 가장 오고 싶었던 도시다. 와하카는 멕시코에서 원주민의 전통과 문화가 가장 진하게 남아 있는 곳이다. 시에라마드레 산맥이 가로막고 태평양을 마주하는 지리적 고립성 때문이다. 이곳에 사는 열여섯 개 부족 원주민의 삼분의 일 이상이 원주민 언어를 쓰고, 그중 절반에 가까운 이들이 스페인어를 전혀 못한다. 멕시코의 다른 지역에서는 이미 사라진 '멕시코적인 삶'을 엿볼 수 있다는 와하카. 그 와하카 주의 주도인 와하카는 해발 1천 5백 미터가 넘는 분지에 자리한 세계문화유산 도시다. 우리는 소칼로 근처의 노천카페에서 하루를 시작한다.

멕시코 어느 도시에나 있는 중앙 광장 소칼로는 시민들의 쉼터이자 도시의 중심지다. 녹음이 우거진 소칼로의 벤치에 앉아 신문을 읽거나 아이스크림을 먹는 이들은 대부분 선이 굵은 원주민의 얼굴을 하고 있다. 알록달록한 망토를 두르거나 챙이 넓은 모자를 쓴 남자들, 앞치마를 두른 것 같은 전통 의상을 입은 여자들이 거리를 지나간다. 식민지풍의 건물과 함께 어우러진 원주민들의 모습이 이 도시에 독특한 색깔

NOTARIA

과 향기를 드리운다.

차가 다닐 수 없는 이 거리의 주변에는 식민지 시대에 지어진 석조 건물이 늘어섰다. 끝없이 이어진 바와 카페, 작은 갤러리와 기념품 가게. 산토도밍고 성당으로 이어지는 길목에는 사람 형상의 조각 수백여 개가 도열하듯 서 있다. 이 도시의 예술적 감수성을 뽐내기라도 하듯이. 와하카는 멕시코 현대미술의 중심지라더니 도시 전체에 예술적 향기가 배어 있다. 골목마다 가득한 갤러리와 수준 높은 공예품과 그림을 파는 가게들, 화사한 파스텔톤으로 칠해진 건물들…… 와하카는 한두 곳의 명소를 지닌 그저 그런 도시가 아니라 도시 전체가 완벽한 작품 같다. 어떤 골목을 걸어도 멋스럽다. '중남미 최고의 도시' 목록에 이 도시를 올려놓는다. 감자씨는 이 도시가 마치 북촌과 명동, 이태원과 종로를 다 섞어놓은 것 같다고 한다. 북촌처럼 고상한 눈요기를 할 수 있는 거리도 있고, 명동처럼 쇼핑을 할 수 있는 가게가 즐비하고, 이태원처럼 분위기 좋은 클럽이나 바가 모인 골목이 있고, 종로의 옛날 피맛골처럼 왁자지껄하게 서민적인 분위기에서 웃고 떠들 수 있는 공간도 있다면서. "취향이 다른 커플도 이곳에서는 다 만족할 수 있을 것 같아요"라며 웃는다. 그러고 보니 우리는 '미술관 옆 동물원' 같은 커플이다. 내가 박물관이나 미술관, 분위기 좋은 카페와 식당을 즐겨 찾는다면, 감자씨는 시끌벅적한 시장통이나 평소에 먹어보기 힘든 특이한 먹을거리가 쌓인 곳을 좋아하니 말이다.

우리는 산토도밍고 성당으로 들어선다. 와하카에서 가장 큰 성당인 이곳은 멕시코 바로크 양식을 대표한다. 17세기 초 완공된 성당 내부는 화려하기가 비할 바 없다. 거대한 제단이 전부 금으로 발라져 있고, 삼면의 벽이 입체적인 부조로 빈틈없이 채워졌다. 와하카는 지진이 자주 일어나기 때문에 건물 벽이 두꺼운데 이 성당 역시 벽 두께가 2미터에 달한다. 성당에 딸린 와하카 문화 박물관으로 향한다. 수도원이었던 이곳은 멕시코에서 손꼽히는 박물관으로 변신했다. 몬테알반 유적지에서 발굴된 도자기들, 미스텍이나 사포텍 문명의 유물을 시대별로 전시해 와하카의 역사와 문화를 한눈에 보여준다.

성당을 나와 '11월 20일 시장'으로 향한다. 멕시코 혁명일을 기념해 11월 20일 시장으로 불리는 곳으로 가는 번잡한 길, 미술관이 가득한 골목에서는 얌전하던 감자씨가 신이 나기 시작한다. 그가 제일 먼저 발견한 건 메뚜기볶음을 산처럼 쌓아놓고 파는 노점상. 매운맛 강도에 따라 6단계로 나뉜다. 개고기 빼고는 못 먹는 게 없는 감자씨가 메뚜기볶음을 중간 매운맛으로 한 봉지 산다. 그 옆의 메스칼 가게에서 테킬라와 함께 멕시코를 대표하는 술인 메스칼도 한 병 구입. 오늘 저녁, 그는 메뚜기볶음을 안주 삼아 메스칼을 마시겠구나. 11월 20일 시장으로 들어서니 신세계가 눈앞에 펼쳐진다. 양옆으로 고깃집이 빼곡하게 늘어선 시장 골목은 고기 굽는 매캐한 냄새와 연기로 가득찼다. 앞이 보이지 않을 정도로 짙은 연기와 후각을 마비시킬 것 같은 숯과 고기의 냄새. 마치 신에게 바쳐질 제물처럼 잘 손질된 채 널려 있는 붉은 고기의 향연. 그 너머로 제각기 고기를 주문하고, 팔을 뻗어 건네받는 사람들. 무슨 비밀회합이 열리는 종교적 성소에라도 들어온 것 같은 분위기다.

IRVING
$

육식주의자들의 성지. 나는 사진을 찍느라, 최고 단계의 육식주의자인 감자씨는 군침을 흘리느라 정신이 없다.

와하카에서 반드시 먹어봐야 하는 음식이 이 시장의 숯불고기 카르네스 아사다스다. 가게에서 고기를 고르면 바로 숯불에 구워주는데 보통 옆 야채 가게에서 파나 고추 같은 걸 사서 같이 건넨다. 종이에 이름을 적어준 후에는 먹는 장소로 이동한다. 이번에는 야채와 소스, 토르티야를 파는 가게에서 원하는 것들을 주문하고 자리에 앉아 기다린다. 어쩐지 동해 바닷가의 회 센터에 온 것 같다. 드디어 우리 이름이 적힌 종이에 싸인 구운 고기와 야채가 배달되어 온다. 토르티야에 고기와 구운 파, 살사 소스를 끼얹어 허겁지겁 입에 넣고 우물거리던 그가 말없이 엄지손가락을 세운다. 나는 토르티야에 야채만 넣어서 먹지만 왁자지껄한 시장의 분위기가 좋아 덩달아 즐겁다. 그가 울 것처럼 감동 어린 표정을 하고 있기에 나도 살짝 맛을 보니 숯불에 구운 고기라 냄새도 안 나고, 부드럽다. "1인분에 이삼만 원 하는 한우 낙엽살보다 맛있어요!" 가장 낮은 단계의 채식주의자인 나와 가장 높은 단계의 육식주의자인 감자씨. 우리는 이렇게 음식에 대한 취향도 다르다. 재미있는 건 이 시장 안에서는 절대 술을 못 마신단다. 감자씨는 그게 이 시장의 옥에 티란다.

배부르게 점심을 먹은 후에는 시장에서 멕시코 분위기가 물씬 풍기는 레이스가 달린 화려한 블라우스도 하나 산다. 한국에 돌아가면 못 입을 가능성이 높다는 걸 알면서도. 여기까지는 화기애애한 커플의 분위기였지만 곧 갈등이 시작되고 만다. 마을의 협동조합에서 운영하는 수공예품 가게를 구경하다가 내 마음에 쏙 드는 근사한 해먹을 발견했기 때문이다. 옥상에 이 해먹을 걸겠다는데 그의 반응이 시큰둥하다. 그동안 내가 뭘 사든, 어디를 가자고 하든 군말 한 번 없던 그였는데, 지금은 뜨악하다못해 불만 어린 눈빛으로 나를 바라본다. 무명실을 꼬아 만든 2인용 해먹은 가격도 비싸지만 부피도 크고, 무게도 많이 나간다. 감자씨는 이 무거운 걸 어떻게 들고 가냐며 딴죽을 건다. "어차피 제가 들어야 하잖아요." 결국 감자씨의 부담을 조금이라도 덜어주기 위해 해먹 양쪽의 나무 걸이는 눈물을 머금고 포기한다. 돌아오는 길에 작은 미술관에서 사진전을 하나 보고, 숙소 근처의 바로 칵테일을 마시러 간다. 감자씨를 위해 그가 석 잔을 마실 때까지 기다려주는 인내심을 발휘하는데, 감자씨는 이렇게 멋진 바에서 석 잔만 마시고 나와야 한다고 불만이다. 오늘은 종일 티격태격이다. 그러다 화해하고, 다시 또 툭툭거리고……

다음날은 투어를 신청해 와하카 주변을 둘러본다. 감자씨는 지난밤 바에 두고 온 미련 때문에 아직 뾰로통해 있다. 나도 굳이 그의 기분을 풀어주고픈 마음이 들지 않아 그냥 내버려둔다. 제일 먼저 찾아가는 곳은 엘툴레. 2천 년을 살아온 삼나무다. 몸통의 직경이 14미터나 되는 거대한 나무. 높이 42미터, 둘레 58미터. 서른 명의 사람들이 손을 잡아야 이 나무의 둘레를 감쌀 수 있다고 한다. 바라보는 것만으로도 신성함이 전해지는 나무다. 기대치도 않았던 선물을 받은 것만 같다. 안타까운 건 단체 투어라 이 나무와 함께 있을 시간이 15분밖에 없다는

거다. 2천 년을 건너온 나무 한 그루가 전해주는 푸르고 성성한 기운을 탐욕스레 빨아들인다.

두번째 코스는 천연 염색으로 카펫을 짜는 곳. 이 더운 나라에서 웬 카펫이냐 싶지만 카펫은 와하카의 특산품이라고 한다. 세번째 장소는 메스칼 공장. 메스칼은 선인장의 한 종류인 용설란 아가베로 만든 술이다. 테킬라는 이 증류주를 처음 만든 지역의 이름이라고 한다. 테킬라 브랜드로 나오는 메스칼은 이제 너무 유명해져서 현대식 공장에서 만드는데, 와하카의 메스칼은 여전히 전통방식으로 제조된다. 테킬라는 전기로 아가베를 익히고 발효과정도 기계를 써서 단시간에 끝낸다. 반면에 와하카의 메스칼은 아가베를 사등분 해서 장작불에 잘 구워 자른 뒤 엿새간 발효시킨 후 자연 증류하는 옛 방식을 지키고 있다나. 메스칼을 만드는 과정을 설명해주고 나서 시음과 쇼핑이 이어진다. 순수한 메스칼부터 갖가지 맛을 가미한 혼합주까지 다양한 메스칼이 눈앞에 놓여 있다. 전갈이나 애벌레가 든 병도 보인다. 좀 전의 카펫 가게에서는 무덤덤하던 감자씨가 여기서는 눈이 반짝반짝. 건네주는 대로 넙죽넙죽 받아 마시며 맛에 대한 품평도 잊지 않는다. 내 입에는 열대과일을 섞어 달콤한 메스칼이 잘 맞는다. 선물용으로 작은 메스칼 두어 병을 구입하고 나오는데 약속이나 한 듯 모두 몇 병씩 메스칼을 들고 있다.

그다음은 미틀라의 사포텍 문명 유적지를 둘러보는 순서. 9~12세기에 전성기를 누린 미틀라는 종교 행사를 이끄는 제사장들이 살았던 유적인데 고대 멕시코어의 '죽은 자의 장소'라는 말에서 그 이름이 유래했다고 한다. 스페인의 침략을 받은 후에도 멕시코에서 가장 마지막까

지 종교적인 집회 장소로 사용된 곳이다. 유적을 둘러보니 신전 외벽의 기하학적인 문양으로 새겨진 부조가 어딘가 낯이 익다. 가이드가 이 지역에서는 이 문양을 이용해 카펫을 짠다고 알려준다.

점심을 먹고 마지막으로 찾아가는 곳은 이에르베엘아구아. 급경사의 좁은 비포장 산길을 돌고 돌아 달려간 차가 멈춘 곳은 탁 트인 전망이 시원한 산정. 이곳에는 '큰 폭포'와 '작은 폭포'라 불리는 두 개의 폭포 모양의 바위 절벽이 있다. 탄산칼슘과 미네랄이 과하게 포함된 용천수가 절벽을 타고 흘러내리는 과정에서 침전을 이루면서 형성된 바위다. 동굴의 종유석이 만들어지는 것과 같은 과정이라고 한다. 산정에는 땅속에서 솟아난 온천수가 크고 작은 여러 개의 웅덩이를 이룬다. 사포텍 부족은 이 자연적인 급수 시스템을 신성시했다고 한다. 이곳의 풍경은 온천지대로 유명한 터키의 파무칼레와 비슷하다. 규모가 작은 멕시코판 파무칼레라고나 할까. 물에 발을 담그고 앉아 산 너머로 지는 해를 바라본다. 어느새 우리는 손을 꼭 잡고 있다. 감자씨에게 기대앉은 지금, 아침의 서먹함은 간곳없고 우리는 다시 다정한 연인으로 돌아왔다.

미식의 고장 와하카에 왔으니 요리를 배우는 것도 빠질 수 없다. 미대륙에서 음식이 가장 맛있는 멕시코, 그 멕시코에서도 음식 하면 와하카라고 하니 요리학교는 선택이 아니라 필수. 멕시코 작가 라우라 에스키벨이 쓴 『달콤 쌉싸름한 초콜릿』을 읽으며 그 책에 나오는 요리가 몹시 궁금했었다. 장미꽃잎을 곁들인 메추리 요리나 호두 소스를 끼얹은 칠레고추 요리, 아몬드와 참깨를 넣은 칠면조 몰레 같은 음식들. 상상만 하던 음식의 본고장에 와 있는 셈이다. 오전에 요리학교를 알아보러 다니니 가이드북에 나온 요리학교들은 다 예약이 찼거나 수업이 없다고 한다. 결국 숙소에서 추천해주는 작은 요리학교를 찾아간다. 오늘 이곳의 수강생은 우리 둘뿐. 시장에 들러 장을 보고, 토르티야 만드는 곳에 가서 직접 토르티야를 만들어본다. 밀이나 옥수수 가루로 부치는 얇은 토르티야는 생각보다 만들기가 어려워 솥뚜껑 같은 화덕에서 떼어내는 순간 찢어지고 만다. 번개 같은 손길로 토르티야를 완벽한 원형으로 부쳐내는 모습이 신기하다. 그후 네 가지 대표적인 와하카 요리를 만드는 시간을 갖는다.

와하카 요리의 기본은 '몰레'다. 소스를 뜻하는 몰레는 고추나 양파, 각종 허브와 야채를 돌확에 갈아서 만드는데 그 색에 따라 노란 몰레, 붉은 몰레, 검은 몰레 등 일곱 가지 이름으로 부른다. 특히 검은 몰레 네그로에는 약간의 초콜릿도 들어간다. 우리가 오늘 만드는 몰레는 붉은색을 띤 몰레 콜로라도와 초록색의 몰레 베르데. 그리고 그 유명한 아보카도를 이용한 과카몰레. 내가 가장 좋아하는 몰레다. 잘 익은 아보카도를 으깬 후 다진 고추, 양파와 고수를 넣고 라임즙과 소금, 후추를 섞으면 끝. 요리 선생님은 아보카도의 맛이 모든 것을 결정하니 잘 익은 아보카도를 고르는 게 가장 중요하다고 덧붙인다. 선생님의 가르침에 따라 우리는 아보카도와 튀긴 토르티야를 넣은 아스테카식 수프, 몰레 콜로라도를 끼얹은 새우 요리 등을 차례로 만들어낸다. 집에서도 요리를 즐겨 하는 감자씨는 앞치마를 입고 칼질하는 모습이 꽤나 어울린다. 완성한 네 가지 요리를 차려놓고 부겐빌레아가 활짝 핀 정원에서 점심식사를 즐긴다. 좀 설렁설렁하게 가르치는 것 같았는데 레시피가 훌륭해서인지 요리는 기대 이상으로 맛있다. 이럴 때 메스칼 한 잔이 빠질 수는 없다.

와하카에서 보내는 일주일이 화살처럼 지나간다. 어떤 날은 하루 종일 몇 개의 박물관과 갤러리를 드나들며 보내고, 어느 날은 감자씨가 좋아하는 카페 로얄에서 메스칼 커피를 시켜놓고 책을 읽으며 오후를 다 보낸다. 또 어느 날은 소칼로 광장에 앉아 지나가는 사람들을 구경하며 소일하기도 한다. 그리고 매일 저렴하고 맛있는 와하카 음식의 향연을 즐긴다. 그러면서 갈등하고 화해하기를 반복한다. 11월 20일 시장의 고깃집이 우리 갈등과 화해의 대표적인 예다. 감자씨만 아니었다면 나는 '두 번이나' 그곳에 가지는 않았을 것이다. 감자씨 또한 내가 아니었다면 그곳에 '두 번밖에' 못 가지 않았을 것이다. 아마도 끼니 때마다 달려가 고깃간의 고기를 거덜냈을 것이다. 너무 다른 매력을 지닌 이 도시는 서로의 차이를 확연하게 드러낸다. 감자씨 눈에는 쓸모도 없는 무겁고 비싼 해먹을 사겠다고 고집을 부리고, 고깃집에는 겨우 두 번을 가면서 두 번이나 간다고 생색을 내고, 분위기 좋은 바에서 한 잔만 마시고 나가자고 재촉하는 나에게 그는 제법 센 반란을 일으킨다. 입안의 혀 같던 감자씨마저 이 도시에서는 욕망을 감추기 힘들었나보다. 그만큼 유혹이 강렬하니까. 하지만 그 역시 평소에 관심도 없던 미술관이나 박물관 같은 곳의 매력을 조금은 알게 되었나보다. 와하카를 떠날 무렵 이렇게 고백한다. "이곳에서의 누나가 제일 미우면서도 제일 사랑스러웠어요"라고. 막 연애를 시작한 연인이 이 도시를 찾는다면 각자의 차이가 드러나 자주 다툴지도 모른다. 하지만 서로의 취향을 알게 함으로써 더 깊이 서로를 이해하는 기회도 만들어준다. 그러니 안심하고 이 도시를 찾기를.

03

프리다와 디에고의 도시, 그 매력적인 혼돈

멕시코시티

나는 지금 여행의 마지막 도시에 서 있다. 1년간의 중남미여행이 끝나는 도시는 중남미가 아닌 북미의 멕시코 중앙 고원에 자리한 멕시코시티다. 14세기 초반 아스텍인들이 건설한 도시 테녹티틀란은 이제 스페인어를 쓰는 세계에서 가장 큰 도시 멕시코시티가 되었다.

중남미의 대도시들이 그렇듯 이곳 또한 두 개의 얼굴을 지녔다. 외국인을 대상으로 하는 납치와 택시 강도, 호흡 곤란을 유발할 것만 같은 공해, 인내를 시험하는 교통 체증, 언제나 적정 인원을 가뿐히 초과해 태우는 대중교통. 반면 1년 내내 봄과 같은 온화한 날씨, 백 개가 넘는 근사한 박물관을 비롯해 예술성이 넘치는 도심, 개성적인 현대식 건물과 수백 년 된 옛 건물과의 공존, 타코와 살사로 대표되는 음식문화, 마리아치 밴드를 비롯해 음악과 춤이 멈추지 않는 화려한 밤문화. 어느 쪽을 볼 것인가는 여행자의 몫. 나는 이 생기발랄한 도시의 밝은 얼굴을 보고 싶었다.

이 도시에서 주어진 시간은 꼭 나흘. 그 짧은 시간 동안 도시의 엑기스를 들이마시겠다는 터무니없는 욕심으로 소칼로의 대성당 뒤에 숙

소를 잡는다. 세계에서 가장 큰 광장 중 하나인 소칼로는 가로, 세로 모두 그 길이가 2백 미터가 넘는다. 대통령궁, 메트로폴리탄 대성당, 시청사, 아스텍 시대 테녹티틀란의 중앙 신전터로 둘러싸인 소칼로 주변은 센트로 이스토리코라 불리는 역사지구. 흔히 '34블록'이라 부르는 이 지역에는 1천 5백 채 이상의 역사적인 건물이 남아 있어 세계문화유산으로 지정되기도 했다. 감자씨와 나는 이 도시와 첫인사를 나누기 위해 시티투어버스에 오른다. 듣던 대로 교통 체증은 서울의 출퇴근시간 저리 가라 수준이고, 식민지풍 건물과 현대적인 건물이 뒤섞인 도심은 인파와 차량으로 붐빈다. 하지만 이 도시의 고층 건물은 서울보다 훨씬 개성적이다. 도시의 중심가도 울창한 나무 그늘이 드리운데다 곳곳에 예술적인 감성의 벤치가 놓여 있어 한결 숨통이 트이는 느낌이다.

이 도시에서 내가 보고 싶었던 건 두 가지다. 멕시코 혁명 이후의 벽화와 프리다 칼로의 집. 멕시코시티는 1910년 11월 20일, 멕시코 혁명을 주도하며 자본주의와 제국주의의 위협에 맞섰던 도시다. 7년에 걸친 혁명의 물결이 잦아든 후 멕시코 정부는 예술가들에게 공공건물에 벽화를 그리게 한다. 1920년부터 1970년까지 이어진 멕시코의 벽화운동은 국가의 정체성을 확립해 국민에게 자긍심을 심어주고, 누구나 쉽게 예술을 감상하게끔 한다는 취지로 진행됐다. 그 중심에는 세 인물이 놓여 있다. 너무나 잘 알려진 디에고 리베라, 호세 클레멘테 오로스코, 다비드 알파로 시케이로스. 제일 먼저 찾아가는 대통령궁에는 디에고 리베라가 30년에 걸쳐 그린 멕시코 역사에 관한 벽화가 계단 벽에 남아 있다. 그는 아스텍 신화 속의 신 케찰코아틀의 탄생부터 스페인 침략자들의 등장과 독립 및 멕시코 혁명 이후의 시기까지를 강하고 어두운 색채의 붓질로 그려넣었다.

두번째로 찾아가는 곳은 산토도밍고 광장 근처의 교육부 건물. 이곳에는 1920년대에 디에고 리베라가 그린 120개의 프레스코 패널로 이루어진 벽화가 남아 있다. 벽화는 주제에 따라 노동, 산업, 농업, 축제와 전통, 네 개의 구역으로 나뉜다. 규모가 너무 커서 둘러보는 데만도 꽤 시간이 걸린다. 디에고 리베라는 커다란 덩치만큼이나 체력도 좋았던 게 틀림없다. 이런 규모의 벽화를 이 도시의 여기저기에 그렸으니. 멕시코 원주민 세계의 이상을 구현하는 데 생애를 바친 예술가였으나 사랑하는 여인을 평생 불행하게 만든 남자. 디에고는 고매한 이상과 비루한 욕망을 동시에 가진 인간의 불완전함을 극적으로 보여주는 인물이다. 다수의 민중을 예술로 치유하는 이타적 감성과 자기 곁의 가장 소중한 한 사람에게 상처를 주는 이기적인 자아의 공존을 통해. 작고 가냘픈 스물두 살의 프리다가 코끼리와 같은 덩치를 지닌 마흔두 살의 디에고를 만났을 때 그는 이미 두 번 이혼한 네 아이의 아버지였다. 돈과 권력을 향한 탐욕, 여자들에게 쉽게 무너지는 약한 자제력에도 불구하고, 혁명의 대의를 믿는 공산주의자이자 원주민 문화의 역사성과 예술성을 꿰뚫어본 혜안을 지녔던 남자. 이 모순적인 남자가 남긴 거대한 벽화에는 멕시코 원주민의 신화와 현실, 혁명을 향한 믿음뿐 아니라 생명과 여체에 대한 칭송 또한 관능적인 선과 색채로 살아 있다.

한 시대의 사회적 요구의 반영이었으며 그 시대와 뜨겁게 교감했을 이 벽화들이 내게는 그리 큰 울림을 주지 않는다. 집단적 서사로서의

예술이 힘을 잃고, 파편화된 개인의 감수성만 남은 시대여서일까. 아니면 그저 단순한 내 기호의 변화인 걸까. 이 벽화들의 규모나 제작 동기는 인상적이지만 너무 직접적이고 거대한 서사를 담고 있다. 유행이 지난 낡은 코트를 꺼내 입고 거리를 산책하는 남자 같달까.

그래도 보고 싶었던 마지막 벽화까지 착실히 찾아간다. 마치 이 행위가 한 시대를 이끈 예술에 대한 최소한의 예의라도 되는 듯이. 벽화 순례의 종착지는 '안티구오 콜레히오 데 산일데폰소'. 제수이트Jesuits 수도원으로 시작해 교사 양성기관으로 이용된 건물이다. 이곳에는 디에고와 오로스코, 시케이로스가 함께 그린 벽화가 남아 있다. 디에고는 유럽에서 막 돌아온 직후였고, 이곳에 그린 〈창조〉가 그의 첫 벽화였다. 디에고와는 또다른 화풍의 오로스코와 시케이로스의 그림을 비교하며 둘러보는 재미가 따라온다. 사실 이곳은 이제 벽화보다 현대미술 전시로 더 유명한 것 같다. 정원을 돌고 돌아 긴 줄이 늘어섰기에 어떤 전시인가 들어가보니 호주 출신의 극사실주의 조각가 론 뮤익의 작품이 전시되고 있다. 섬유 유리, 합성수지와 실리콘으로 만든 인간의 거대한 모형은 주름과 모공, 솜털과 피부결까지 너무나 사실적이다. 감자씨는 벽화보다는 이쪽이 훨씬 흥미를 끄는지 꽤 진지하게 둘러본다.

다음날도 멕시코시티의 예술적 향기를 좇는 일정이 이어진다. 오늘은 건물 자체가 작품인 예술 궁전에서 도자기 전시회와 벽화운동의 주역 3인의 작품을 함께 둘러보고 나온다. 예술을 향한 순수한 호기심으로 불타오를 뻔한 우리에게 멕시코시티는 정신 차리라며 찬물 한 바가지를 정수리에 쏟아붓는다. 편의점에 들른 그가 잭다니엘과 콜라를 섞은 잭콕 한 캔을 샀다. 거리로 나와 한 모금을 마신 순간, 건장한 남자 넷이 우리를 둘러싼다. 다행인지 불행인지 제복을 입은 그들의 태도는 정중하다.

"멕시코 경찰입니다. 여권 좀 주시겠습니까?"

여권이라니. 몸의 일부를 떼어줄지언정 함부로 여권을 건네서는 안 된다. 상대가 경찰이라 해도. 중남미가 아닌 북미의 멕시코라 해도.

"여권은 호텔에 두고 왔는데 무슨 일인가요?"

"당신들은 멕시코 실정법을 위반했습니다."

한 경찰이 감자씨 손에 든 잭콕을 가리키며 말한다.

"멕시코에서는 공공장소에서 술을 마실 수 없습니다. 그러니 벌금

1천 3백 페소(12만 원)를 지불하든가 구치소에서 24시간을 보내야 합니다."

아니, 이렇게 황당할 수가.

"외국인이 그런 법을 어떻게 알아요? 거리에 안내판 하나 없는데 처벌한다는 게 말이 안 되죠."

분노지수에 따라 수준이 달라지는 내 스페인어의 레벨이 빠르게 올라간다. 그들은 앵무새처럼 같은 말만 반복한다. 상식적으로 생각해도 이건 말이 안 된다. 내국인이야 그런 법규로 처벌받는다 해도 외국인에게는 우선 경고부터 해야 하는 것 아니겠는가. 우리가 술 먹고 고성방가를 하거나 거리에서 싸움을 벌인 것도 아니고. 하지만 그들은 요지부동이다. 나는 빠르게 머리를 굴린다. 최악의 경우 벌금을 내는 게 나을지, 구치소에서 하룻밤을 보내는 게 나을지를. 멕시코 구치소에서 하룻밤을 보낸다는 건 아무나 할 수 없는 경험이 될 수도 있다. 물론 내가 들어갈 용기는 없다. 감자씨가 내 대신 경험하고 이야기를 들려주는 거지만. 피 같은 돈을 주느니 몸으로 때우자. 이렇게 정리하고서 마지막 강수를 던져본다.

"그럼 일단 경찰서장과 이야기해볼래요. 경찰서로 가요."

일순, 당황하는 분위기다. 어쭈, 이분들이.

"아, 그리고 그전에 한국 대사관과 먼저 통화해야겠어요. 전화 좀 걸어주세요."

갑자기 얼굴 근육을 풀며 순해지는 경찰들.

"이 남자가 당신 애인입니까?"

"그런데요. 왜요?"

"참 잘생긴 애인을 뒀네요. 멕시코에서 좋은 시간 보내요. 아디오스."

꼬리를 내린 개처럼 물러나는 경찰들. "그라시아스. 아디오스." 손을 흔들며 헤어지고 나서야 깨닫는다. 그들이 원한 건 여권 사이에 끼워서 건네주는 '용돈'이었음을. 현지법을 모르는 외국인을 상대로 '삥을 뜯는' 부패한 경찰들이라니. 이 도시에 품었던 애정이 갑자기 식는다. 감자씨가 존경심이 가득한 눈빛으로 나를 바라본다.

"아까 경찰들과 싸울 때 스페인어로 랩을 하던데요. 에미넴이 아니라 나미넴이었어요."

그 말에 불쾌한 기분을 잊고 깔깔거린다.

"우리 이 잭콕 캔에다 물 채워서 돌아다니며 마실까요? 경찰 앞에서만."

"그거 아주 제대로 약올리는 거겠네요."

우리는 이런 농담을 나누며 잭콕 캔을 쓰레기통에 넣는다. 멕시코에서는 평일 열시 이후, 일요일 다섯시 이후에는 슈퍼에서도 아예 술을 팔지 않더니, 이런 일도 겪는다. 이 나라에서는 술은 술집이나 자기 집에서 마시는 거지 공공장소나 거리에서 마시는 게 아니라는 사실을 기억해둬야겠다. 어쩐지 광장이나 공원에 앉아 있는 청춘들이 죄다 아이스크림을 들고 있더라니……

경찰과의 실랑이가 끝난 후 현대미술관으로 가서 멕시코 현대미술 작품을 감상한다. 감자씨는 미술에 관심이 없는데도 나를 따라다니며

재미있게 봐주니 고마울 뿐. 이 도시에는 백 개가 넘는 박물관이 있어 아직 못 간 '머스트 비지트must visit' 박물관이 수두룩하다. 욕심을 그만 부리자고 마음을 다잡고 휴식시간을 갖는다. 마데로 거리 초입의 파란 타일이 인상적인 건물 '카사 데 로스 아술레호스'에서 커피를 마시며 오후를 보낸다. 이곳에서 마시는 프라페는 그 무엇과 비교할 수 없는 맛이다. 날이 저물 무렵, 우리는 예술 궁전 건너편의 라티노아메리카 빌딩을 찾아간다. 1956년에 완공되었을 때만 해도 라틴아메리카 전체에서 가장 높은 빌딩이었던 이곳은 이제 멕시코에서도 다섯번째로 그 순위가 밀렸다. 그래도 여전히 멕시코시티의 랜드마크로 기능하는 이곳의 41층 바는 야경을 보며 맥주 한잔을 즐기기에 좋다. 해가 지고 불빛

이 켜지며 화려한 얼굴로 변해가는 멕시코시티의 모습을 지켜본다.

오늘은 우리가 멕시코시티에서 보내는 마지막날이다. 우리는 소치밀코와 프리다 칼로의 생가가 있는 코요아칸 마을 투어로 하루를 시작한다. 쿠바에서 만났던 상미를 소칼로에서 만나 함께 투어 차량에 오른다. 소치밀코는 '꽃이 자라는 마을'이라는 예쁜 이름으로 멕시코시티 남쪽 끝에 위치한 운하 마을이다. 물이 얕은 호수에 원주민들이 '치남파Chinampa'라는 비옥한 정원을 가꾸었던 곳으로 이후 아스텍 왕국의 경제적 배경이 되었다. 지금도 원주민들이 물위의 정원에 채소와 꽃을 경작하며 살아가는 이곳은 유네스코 세계문화유산이기도 하다. 작은 광장에서 원주민 남자들의 하늘을 나는 춤을 구경하고, 화려하게 채색된 곤돌라처럼 생긴 배에 오른다. 180킬로미터에 달하는 긴 운하를 한 시간 만에 둘러보는 수박 겉 핥기 투어다. 외국인이 잔뜩 탄 우리 배에 올라온 마리아치 밴드가 멕시코 민요 몇 곡을 연주한다. 그러자 기다렸다는 듯 맥주와 간식거리, 기념품을 실은 작은 곤돌라가 떼지어 몰려온다. 상미와 감자씨는 뱃놀이에 술이 빠질 수는 없다며 냉큼 맥주를 건네받는다.

소치밀코를 벗어난 후에는 코요아칸으로 건너간다. 이곳에 들어서니 멕시코시티의 번잡하고 정신없는 풍경이 사라졌다. 돌이 깔린 골목 주변으로는 핑크빛, 올리브그린, 하늘색 등 다양한 파스텔톤으로 칠해진 집들이 늘어섰다. 어쩐지 이곳에서는 따갑던 햇살도 한풀 꺾인 것 같다. 어딘지 모르게 느슨하고 여유로운 분위기가 감돈다. 우리는 재래

시장에서 먼저 점심을 먹는다. 미술관에서는 우아한 코커스패니얼처럼 느릿느릿 졸린 듯 움직이던 감자씨는 시장에 풀어놓으면 천지사방 가리지 않고 마구 짖으며 돌아다니는 잡견이 된다. 아, 이곳은 타코의 천국이다. 토스타다라 부르는 바삭하게 구운 토르티야에 싸 먹는 음식 타코는 저렴한데다 푸짐하고 맛까지 빼어나다. 타코에 싸 먹을 속재료를 산더미처럼 쌓아놓은 가게에서 원하는 속재료를 골라 타코에 싸 먹는다. 나는 새우를 넣고 과카몰레에 버무린 속을, 감자씨와 상미는 고기를 듬뿍 넣고 매콤한 살사에 버무린 속을 고른다. 멕시코에서 먹는 최고의 타코다. 추가 주문은 당연하다. 타코가 있어 이 도시의 격은 한 단계 더 상승했다. 잔뜩 부른 배를 두드리며 나오니 오늘의 하이라이트. 프리다 칼로의 생가 '푸른 집'을 찾아가는 시간이다. 내가 멕시코시티에서 가장 오고 싶었던 곳이다.

살아서의 불행한 삶을 대표하는 남성 예술가가 고흐라면, 그 반대편에는 프리다 칼로가 있지 않을까. 차이가 있다면, 고흐가 살아서 한 번도 누리지 못한 명성이 프리다 칼로에게는 생전에 찾아왔다는 것 정도일 것이다. 비록 생전에 누린 그 명성의 대부분은 남편에게 기대었다 할지라도.

2005년, 런던의 테이트 모던 갤러리에서 그녀의 전시회를 본 적이 있다. 세계 각지에 흩어져 있던 소장품을 한자리에 모은 대규모 전시회였다. 그 정도 규모의 전시는 그녀의 모국인 멕시코에서도 보기 어렵다고, 테이트 모던 정도가 되니 가능한 거라는 말이 여행자들 사이에 떠돌았다. 책과 영화로 먼저 만났던 그녀의 그림을 보기 위해 나는 오후 시간을 비워 테이트 모던 갤러리를 찾아갔다. 그때 나는 한 장의 그림 때문에 울게 될 수도 있음을 처음 알았다. 예술이란 마음이 통하는 게 아니라 몸이 통하는 거라고 누군가 그랬던가. 〈머리를 풀어 내린 자화상〉이란 제목의 그림이었다. 다른 자화상 속의 그녀와는 무척 다른 모습이었다. 비쩍 마른 얼굴과 긴장이 사라진 목선. 이곳이 아닌 저 너머를 응시하는 것 같은 눈. 언제나 단단하게 꽉 다물려 있던 입매도 느슨해졌다. 깊은 절망 속에서 많은 것을 체념한 것만 같은 얼굴이었다. 심장을 갈라 그 피로 그림을 그린다면 이런 슬픔이 배어나올까. 그 그림 앞에서 몸이 먼저 떨려왔다. 발바닥에서 머리끝까지 전율이 흘렀다. 가만히 바라보노라면 그림 속 프리다 칼로가 눈물을 뚝뚝 떨어뜨릴 것 같았다. 그림 속 그녀가 내게 말을 건네는 것 같았다. 당신도 견디고 있는 거냐고, 이제 그만 놓으라고. 그림이 건네는 말을 내 몸이, 마음이나 머리보다 먼저 알아들었던 시간이었다. 그림 밑에 그녀는 "코요아칸의 집에서 서른일곱 살인 프리다 칼로가 거울에 비친 모습을 그리다"라고 적어놓았다. 서른일곱의 그녀가 코요아칸의 집에서 그렇게 슬픈 자화상을 그리고 있을 때, 서른여섯의 나는 길 위에 서 있었다. 직장을 그만두고 세계일주를 떠난 지 3년째로 접어들었던 그해 여름. 그만 멈추고 싶은지, 계속 가야 하는지를 스스로에게 묻고 있었다. 가정을 꾸려 아이를 낳고 살아가는, 내가 포기했던 삶에 대한 때늦은 욕망 때문이었다. 다 가질 수 없기에 더 절실한 쪽을 선택해놓고는 놓친 쪽을 기웃거렸다. 여행을 떠난 후 찾아온 첫 위기였다. 어디에도 쉬운 삶은 없다는 것. 때로 삶은 그저 계속되는 것일 뿐, 의지 같은 것은 아무 소용도 없다는 것. 욕망을 내려놓지 않는 한 고통과 외로움만이 곁에 머물 뿐이라는 것. 나는 그녀의 그림에서 그런 말을 읽고 있었다. 전시장을 나올 때, 여행중이었음에도 그녀의 무거운 화집 한 권을 샀다.

독일인 아버지와 인디오 어머니 사이에서 태어나 47년을 살다 세상을 떠난 프리다 칼로. 멕시코가 낳은 세계적인 화가인 그녀는 멕시코시티 교외의 코요아칸, 바로 이 푸른 집에서 태어났다. 전 세계를 매혹시킨 그녀는 한 번 보면 결코 잊을 수 없을 것 같은 얼굴을 지녔다. 미인이라고는 할 수 없지만 사람을 끄는 얼굴이다. 능숙하게 감정을 숨기는 포커페이스는 못 될 것 같은 얼굴. 원주민처럼 땋아 올린 검은 머리와 이마의 가르마. 짙고 빽빽한 눈썹 사이의 집요하면서도 공허해 보이는 눈. 인중 사이의 거뭇거뭇한 수염과 단호해 보이는 입술. 그녀가 평생 가장 익숙했던 얼굴은 다름아닌 자신의 얼굴이었다. 병상에 누워서 천장에 달린 거울 속 자신의 모습을 그리기 시작한 게 화가로서의 출발이었으니. 나는 그 얼굴이 숨기고 드러낸 고통에 이끌려 이곳까지 왔다.

그녀의 삶이 시작되고 끝난 곳, 코요아칸. 번잡한 멕시코시티의 중심부를 벗어나 이곳으로 건너오니 어쩐지 시골 마을에라도 온 것 같다. 빈틈없이 마을을 뒤덮은 햇빛 아래 납작하게 엎드린 집들. 핑크, 올리브그린, 코발트블루, 오렌지색에 이르기까지 색채의 향연이다. 담장에 늘어진 부겐빌레아마저 피를 머금은 듯 붉다, 이곳에서는. 얼마나 어울리지 않는가. 이토록 찬연한 햇살과 저토록 뚜렷한 색 아래 그녀가 감내해야 했던 삶의 무게는. 이 화사한 골목에 프리다 칼로가 태어나고 죽은 푸른 집이 있다.

짙푸른 담장으로 둘러싸인 그녀의 집 앞에 서니 어쩐지 기념사진을 찍는 일도 스스럽다. 그녀가 태어나고, 자라고, 생을 마감한 집이다. 이 집은 그녀의 영혼이자 육체였고, 둥지이자 감옥이었다. 사고와 불행으로 점철된 삶의 고비마다 그녀는 이 집으로 돌아오거나, 이 집에 갇혀야 했다. 소아마비로 여섯 살 때부터 오른다리를 절어야 했던 프리다는 열여덟 살에 평생 그녀를 괴롭힌 대형 사고를 겪는다. 그녀가 탄 전차가 버스와 충돌해 버스의 쇠 난간이 그녀의 배를 뚫고 들어와 척추 세 곳, 골반뼈 세 곳이 부러지고, 오른발이 탈구되었다. 그리고 아이를 낳을 수 없는 몸이 되었다. 평생 목발에 의존하다가 마침내 오른발을 절단해야 했다. 그러니 고통은 전 생애 동안 그녀에게 가장 친숙한 감정이었다. '평화'라는 그 이름 프리다와는 전혀 다른, 전쟁 같은 삶을 살았던 그녀.

'비둘기와 코끼리의 만남'이라고 불렸던 그녀와 디에고 리베라와의 결혼 또한 사고와 다름없었다. "내 평생 겪은 두 차례의 대형 사고는 전차가 나를 들이받은 것과 디에고를 만난 것이다"라고 그녀 자신이 말했듯. 전차 사고가 육체에 상흔을 남겼다면 디에고와의 만남은 영혼의 통증이었으리라. 사랑에 빠지는 일이야말로 교통사고처럼 예측할 수도 없고, 후유증은 길고 오래간다. 때로는 평생의 트라우마를 남기기도 하고. 총명한 그녀가 어째서 거칠고 야성미가 넘치던 스무 살 연상의 바람둥이 화가에게 매혹되었을까. 난봉꾼이라 할 정도로 자유분방한 디에고는 프리다와의 결혼이 이미 세번째였다. 자제력이 없고 탐욕적이

Frida y Diego
vivieron en
esta casa
1929-1954

었지만 힘과 순진함을 지닌 디에고는 프리다에게서 자신과 닮은 점을 보았던 걸까. 타협하지 않는 순수함과 혁명에 대한 열정, 화가로서의 재능 같은 것을. 그녀에게 그는 태양과 같은 존재였다. 그 열기는 그녀에게 생명을 주었지만 모든 것을 태워버리는 뜨거움이기도 했다. 그녀가 두번째 유산으로 몸져누워 있을 때 디에고는 그녀의 여동생과 바람을 피우고 있었다. 그 상처를 견딜 수 없었던 프리다는 그들의 집에 머물던 트로츠키(디에고는 거의 그를 숭배했다)와 맞바람을 피우기도 했다. 디에고는 프리다에게 고통과 기쁨, 눈물과 웃음, 천국과 지옥을 동시에 안긴 존재였다. 그리고 평생 헤어나올 수 없는 고독의 우물에 빠뜨린 장본인이기도 했다. "나는 당신과는 살 수 없어. 하지만 당신 없이도 살 수 없어." 디에고 리베라와 이혼과 재혼을 반복하며 그녀가 했던 말이다. 늙고 기운이 빠져서야 이 푸른 집으로 돌아온 남자는 프리다의 마지막을 지켰다. 그리고 그녀 생애 최초이자 최후의 개인전을 열어주고, 병이 악화되어 걸을 수 없는 그녀를 위해 침대를 통째로 화랑으로 옮겨주기도 했다. 하지만 그녀가 세상을 떠난 후 채 1년도 되지 않아 재혼했다. '내 예술의 원천은 여성'이라는 자신의 말을 증명이라도 하듯.

푸른 집의 대문 앞에서 나는 마음이 젖는다. 화가이기 이전에 여성으로서 그녀가 감내해야 했던 쓸쓸한 삶이 머물렀던 공간 앞에 나는 지금 서 있다. 그녀의 전기를 읽고, 그녀의 삶을 다룬 영화를 보고, 이곳으로 그녀를 만나러 오기까지 10년의 세월이 흘렀다. 나와 같은 마음으로 전 세계에서 수많은 이들이 이곳을 찾는다. 그러니 이 긴 줄과 혼잡함은 받아들이는 수밖에. 나는 천천히 발걸음을 옮긴다. 벽에 걸린 아스텍 가면들, 몇 권의 책이 놓인 선반과 그녀의 사진 액자들, 그녀가 디에고와 주고받은 편지들, 부러진 척추를 지탱해주던 철제 코르셋, 방금 전까지 그림을 그리다 만 것처럼 물감이 묻은 팔레트와 붓. 예술은 눈물을 먹고 고통을 양분으로 태어나는 것일까. 디에고가 여동생과 바람을 피우던, 그녀 인생의 가장 고통스러웠던 시기에 그녀 역시 가장 많은 작품을 남겼으니.

마침내 그녀의 침실로 들어선다. 천장에 거울이 달린 침대가 있는 방이다. 이 침대에서 그녀의 그림이 시작되었고, 이 침대에서 그녀의 삶이 끝났다. 그녀의 삶을 뒤바꾼 교통사고와 세 번의 중절 수술을 비롯한 수많은 수술이 끝날 때마다 그녀가 돌아왔던 곳. 그 외출은 매번

고통과 상처를 더하기만 했으리라. 그녀는 일기장의 마지막 페이지에 이렇게 썼다. "이 외출이 행복하기를, 그리고 다시 돌아오지 않기를."

이 침대에 누워 고통 속에서 돌아눕는 프리다를 바라보는 디에고를 상상해본다. 프리다의 태양이자 감옥이었던 남자. 하지만 연약한 육체와 예민하고 열정적인 정신을 지닌 그녀 또한 디에고에게 만만한 존재는 아니었을 것이다. 우리는 누구나 상대에 따라, 시기와 상황에 따라 서로에게 프리다가 될 수도, 디에고가 될 수도 있는 게 아닐까. 프리다 또한 알고 있었을지도 모른다. 평생 육체의 감옥 안에서 살아야 했던 그녀 자신이 디에고의 감옥이기도 했다는 사실을. 그래서 그녀는 죽기 전, 디에고의 친구이자 매니저였던 에마를 불러 자기가 죽은 뒤 그와 결혼해 보살펴달라고 부탁했을 것이다. 그녀의 말 때문만은 아니었겠지만 어쨌든 디에고는 에마와 재혼했다.

10년이라는 시간이 흐르는 동안 나는 프리다였다고 생각했던 과거의 내가 누군가에게는 디에고였음을 깨닫게 되었다. 그런데도 프리다는 왜 여전히 나를 끌어당기는 걸까. 그녀는 뛰어난 예술적 재능을 갖고 태어났지만 평생을 부자유한 신체의 제한 속에서 살았다. 나는 비범함과는 거리가 먼 채 태어나 건강한 다리만을 믿고 10년간 떠돌며 살고 있다. 그런데도 왜 그녀의 그림에 이토록 공감하는 것일까. 나는 그녀의 좌절된 욕망이 슬펐다. 마치 나를 보는 것 같아서. 그녀 또한 알고 있었을 것이다. 디에고에 대한 욕망만 내려놓으면 삶이 한결 편안해지리라는 것을. 하지만 그 욕망의 불길에 온몸이 타는 고통을 겪고 마지막 순간에야 욕망을 내려놓을 수 있었다. 인간은 욕망이, 희망이 자신을 죽인다는 것을 알면서도 포기하지 못하는 존재다. 디에고도, 프리다도 불완전하고 모순적인 존재였다. 혁명가를 꿈꾸었던 그녀, 화가이기를 바랐던 그녀, 동시에 한 남자의 온전한 여자이자 아이들의 어머니이고 싶었던 그녀. 열정과 이상을 공유하는 재능 있는 여자의 남편이고 싶었으나 동시에 수많은 여인들이 건네는 구애의 손길을 놓고 싶지 않았던 남자. 이 푸른 집은 두 불완전한 존재가 부딪혀 슬픈 불꽃을 피워내던 곳이었다.

곁에 있는 사람이 주는 안정보다는 자유로우면서도 불안한 삶을 선택한 나는 어느 쪽을 선택하든 결국에는 외로울 수밖에 없음을 보여주는 그녀에게 위로받는다. 멕시코가 혁명에 열기에 휩싸였던 시기에 태어나 사랑도, 삶도 혁명처럼 살아낸 여자. 평생 고통과 고독 속에서 살고 그림을 통해 자신의 상처를 스스로 어루만졌던 그녀. 그리고 이제는 나를 비롯한 수많은 여성들을 위로해주는 그녀. 멕시코시티에서 본 모든 풍경이 그녀의 푸른 집에 덮이는 것 같다.

정원의 나무 그늘에 앉아 주변을 둘러본다. 아이를 데리고 온 중년의 부모, 화가를 꿈꾸는 것 같은 소녀들, 진지한 시선으로 꼼꼼히 둘러보는 노부부. 나이와 국적과 피부색이 다양한 사람들이 그녀의 흔적을 더듬고 있다. 디에고 리베라의 말이 떠오른다. "나무는 꽃과 열매를 맺지만 자신이 만들어낸 것을 잃는다고 한탄하지 않는다. 이듬해에 다시 꽃이 피고 열매 맺을 것을 알기 때문이다." 그녀는 떠났지만, 그녀가 만들어낸 것은 남았다. 그리고 해마다 더 풍성하게 피어나 진한 향기로 사람들을 매혹시킨다.

우리는 정원에서 기념사진을 찍는다. 프리다와 디에고의 몸을 그려놓은 입간판 앞에서. 나는 디에고에게 가 얼굴을 집어넣는다. 감자씨는 프리다의 몸을 빌려 얼굴을 내민다. 의도한 것도 아닌데 우리는 각자의 성과는 반대편 그림에 얼굴을 내밀고 있다. 이 사람과 나의 관계 또한 어떤 시기에 따라, 상황에 따라, 디에고가 되기도 하고 프라다가 되기도 할 거라는 사실을 안다는 듯이. 감자씨를 만난 이후 나는 위험한 욕망 하나를 품게 되었다. 오래전 내가 포기했던 일상을 이 남자와 꾸려보고 싶다는 욕망을, 이번에는 다를 것이라는 희망을. 디에고처럼 그를 아프게 하겠지만, 프리다처럼 나 또한 다치겠지만, 이 욕망을 포기할 수는 없다. 그러면서도 여행을 계속하고 싶다는 욕심 또한 버리지 못한다. 내가 여행에서 돌아올 때면 이 남자가 같은 자리에서 기다려주기를 바라는 욕망까지 얹는다. 흡사 디에고 같다. 당신과 결혼은 하겠지만 예쁜 여자를 보면 사귀고 싶어질 것 같아. 역마살이라 부르는 이 치명적인 불치병에서 나는 회복될 수 있을까. 결코 화해할 수 없는 두 개의 욕망을 품고 내일이면 서울의 내 집으로 돌아간다.

푸른 집을 나오는 길, 아쉬움에 뒤돌아본다. 대문 옆에 멕시코 전통의상 테우아나를 입은 그녀가 머리를 풀어 내리고 서 있을 것만 같다. 10년 전, 누구와도 나눌 수 없는 깊은 고통이 어린 시선으로 나를 바라보던 그녀. 이번에는 연민이 가득한 눈빛으로 떠나는 내 등을 가만히 바라보며 묻는다. 내려놓을 수 있겠느냐고.

BRAZIL

6장

브라질

상루이스
페르난두
지노로냐
렌소이스
마라넨시스
국립공원
제리코아
코아라
헤시피
올린다
사우바도르
오루프레투
리우데자네이루
HOSTEL

01

신이여,
이 도시의 환락을 용서하소서

리우데자네이루

꼭 1년 만에 다시 중남미 대륙으로 날아왔다. 지난번 중남미여행에서 통과하다시피 했던 브라질을 여행하기 위해. 상파울루 공항에 내리니 숨막히는 열기가 나를 감싼다. 25시간 전까지는 영하의 추위에 떨고 있었는데 지금은 여름 한가운데 서 있다. 터미널로 이동하니 파라치로 가는 직행버스는 이미 끊겼다. 갈아타는 버스에 올라 옆자리의 아줌마에게 가는 법을 묻는다. 그 순간 주변 아줌마들이 다 끼어들어 일대 격론을 벌이며 파라치로 가는 가장 빠르고 저렴한 방법을 알려준다. 한번 말을 트자 과자며, 빵이며 자꾸 손에 쥐여준다. 나이가 들수록 나는 점점 나이든 여자들이 좋아진다. 제 속을 까맣게 태워가며 새끼를 낳고 키워본 경험 때문일까. 그들은 타인의 어려움이나 고통에 민감하다. 허망한 욕망에 자신의 영혼을 판 적도 없고, 남을 속여 자신의 이익을 채우는 일에도 둔감한 그들. 터미널에 내려 택시를 잡아주고, 택시기사에게 목적지까지 잘 데려다주라고 신신당부한 후 손을 흔드는 소니아와 지나이다 아줌마. 나도 그들처럼 너그럽고 순박하게 늙어가고 싶다. 브라질의 첫인상은 그들 덕분에 밝고 따스하게 그려진다.

파라치의 숙소에서 아일랜드인 앨런과 아침을 먹으며 이야기를 나눈다.

"난 바다를 별로 안 좋아하는데 브라질을 즐길 수 있을까?"

"그럼! 파티가 있잖아."

"파티는 바다보다 더 싫은데……"

"그럼…… 아마존에 가면 되겠네."

"이미 다녀왔는데……"

"음…… 어…… 그럼…… 어쩌지."

"걱정 마. 브라질을 즐길 내 나름의 방법을 찾아낼 거니까."

큰소리는 치지만 나는 정말 브라질을 즐길 방법을 찾을 수 있을까. 그것도 아픈 감자씨를 두고 혼자 떠나온 이런 처지에. 우리가 함께 중남미를 여행하고 한국에 돌아간 후 지난 1년 사이에 많은 일이 있었다. 감당하기 어려운 일을 견뎌야 했던 감자씨는 공황장애가 악화된데다, 우울증까지 앓게 되었다. 지난 1년간, 우리는 폭풍 같은 날들을 보내면서도 서로의 손을 놓지 않고 여기까지 걸어왔다. 하지만 함께 오기로 약속했던 이곳에 결국 나는 혼자 서 있다. 그것도 지상 최대의 축제라는 카니발의 한가운데에. 마음이 자꾸만 요동치는 이런 상황에서 이 축제를 감당할 수 있을지 불안해진다.

파라치에서 사흘을 머무는 동안 동네의 삼바 축제를 예행연습하듯 구경한다. 마을 사람들이 음악을 연주하는 밴드를 따라 동네를 행진하고, 중간중간 멈춰서서 춤을 추는 정도다. 이 정도라면 사람 많은 곳은 질색인데다 마음은 콩밭에 가 있는 나 같은 사람도 하룻밤 정도는 눈요기로 즐길 수 있지 않을까. 어쩌다보니 삼바 축제가 시작되는 주에 브라질로 날아오게 되었다. 그러니 각오하고 이 광란의 축제에 참여해보자고 마음을 다잡는다. 하지만 나는 리우데자네이루를 과소평가했다. 횡단보도도 없는 섬마을에서 살던 시골 촌뜨기가 뉴욕 한복판에 당도했을 때의 놀람이 이 정도일까. 태어나 한 번도 본 적이 없는 거대한 열정의 핵으로 빨려들어간다.

리우에 들어서니 일단 엄청난 인파와 차량이 나를 얼어붙게 만든다. 터미널 근처까지 다 와서는 터미널에 버스가 진입하는 데만 한 시간이 걸린다. 터미널에서 시내까지 이동하는 데 또다시 한 시간. 시내에서 숙소를 찾아가다가 카니발 행렬에 가로막혀 길거리에서 꼼짝도 못한 채 40~50분을 갇혀 있어야 했다. 카니발을 구경하기도 전에 인파와 차량에 진이 다 빠져버린 것 같다. 한국전쟁 때 인해전술로 밀고 내려왔다는 중공군이 이 정도 규모였을까. 도시 전체가 사람들로 바글거린다. 현재 기온은 35도. 달구어진 가마솥 안에 들어간 것 같다. 지상 최대의 축제라더니, 일단 인원수와 열기만으로도 그 타이틀을 가져갈 만하다. 해마다 2월이면 이 도시는 이런 난리법석을 치른다니, 벌써부터 기가 질려 이걸 꼭 봐야 하나 회의에 휩싸인다.

포르투갈에서 유래된 사순절 축제에 아프리카에서 끌려온 노예들의 춤과 음악이 어우러진 카니발. 공식적으로 나흘간(비공식적으로는 일주일에서 열흘간) 브라질은 격렬한 삼바 리듬에 맞춰 오직 춤추고 마시고 노래하는 일에 헌신해, 온 나라가 통째로 시간이 멈춰버린 듯하다.

카니발을 즐기는 가장 대표적이면서도 가장 비싼 방법은 '삼보드로무 Sambo dromo'라 불리는 경기장에서 삼바 스쿨의 경연 퍼레이드를 구경하는 일이다. 브라질이 낳은 세계적인 건축가 오스카르 니에메예르가 설계한 삼보드로무는 그 구조부터 특이하다. 카니발만을 위해 디자인된 이곳은 7백 미터의 도로를 따라 양쪽 아래위로 길게 관중석이 이어진다. 이곳에서 나흘 동안 수십 개의 삼바 스쿨이 경연을 펼친다. 브라질 전역에 5백 개가 넘는다는 삼바 스쿨은 카니발을 위해 존재하는 학교다. 해마다 학교별로 그해의 주제를 정하고, 그에 따른 춤과 음악, 의상을 꼬박 1년에 걸쳐 준비한다. 그렇게 준비한 공연을 삼보드로무에서 한 시간에 걸친 행진으로 선보인다. 올해는 〈강남 스타일〉 열풍으로 사우바도르와 리우의 경기장에 싸이가 나온다는 소문이 자자하다. 한국의 브라질 이민 50주년을 맞아 한국을 주제로 퍼레이드를 준비한 삼바 스쿨도 있다고 한다. 사십여 개의 삼바 스쿨이 나흘에 걸쳐 이곳에서 매일 밤 퍼레이드를 펼친다. 연주와 춤의 수준, 작곡, 퍼레이드 차량 장식이나 참가자들의 의상 등이 전체 주제와 어떻게 어우러지는지 등을 고려해 상위 입상팀 여섯 개를 뽑아 카니발이 끝난 주 토요일에 다시 한번 행진함으로써 카니발은 막을 내린다.

파라치에서 만난 세 명의 한국인 여행자들과 어울려 행사가 시작된지 한참 지나 삼보드로무를 찾는다. 비싼 입장료에 대한 부담을 덜기 위한 묘수지만 밤을 새며 봐야 하는 체력적 부담도 더는 방법이다. '경기장의 표가 매진이라 해도 걱정하지 말고 갈 것. 가서 암표상을 찾으려 애쓰지 말 것. 암표상이 당신을 찾아내 표를 건넬 것임.' 이곳에 오기 전 이런 이야기를 들었는데 경기장에 도착하니 정말 암표상들이 끊임없이 우리에게 다가온다. 보통 여덟시나 아홉시에 경연이 시작되는데 이미 열시를 넘겼으니 암표상들도 조금씩 몸이 달을 시간이다. 그중에서 좋은 자리를 골라 정가의 십분의 일 남짓한 가격에 표를 산다. 이제 입장이다. 늙은 나는 벌써 피곤이 몰려오는데 젊은 이 친구들은 쌩쌩하다. 세계적 축제의 현장에서 졸음에 빠지는 무례한 외국인이 되면 어떡하나.

하지만 이곳에서 보는 카니발은 피로와 졸음을 단번에 몰아낸다. 상투적이지만 환상적이라는 표현을 쓸 수밖에 없다. 6만 명의 관중이 뿜어내는 함성과 박수. 각각의 삼바 스쿨이 수천 명의 응원단과 4백 명에 이르는 공연단을 동원해 선보이는 춤과 행진. 갖가지 화려한 색채와 장식으로 꾸며진 거대한 차량이 느릿느릿 행진해오고, 차량 위에 꾸며진 무대에서 귀를 찢을 듯 울리는 삼바 리듬에 맞춰 몸을 흔들어대는 구릿빛 몸매. 신의 손길이 한 번 더 닿은 것 같은 몸매를 한 여인들이다. 저토록 탱탱한 몸만으로도 충분히 자극적인데 그들은 거의 깃털만 걸친 채 온몸을 흔들어댄다. 마치 도발이라도 하는 듯. 인간의 몸이 저렇게 흐느적거리듯 자유롭게 움직일 수도 있구나. 저녁 여덟시부터 다음날 새벽 다섯시까지 이어지는 이 행사는 지켜보는 것만으로 혼을 빼놓는 '마성의 축제'다. 이토록 진한 열정과 희열의 분출에 이방인들의 당혹감은 잠시, 곧 삼바 리듬의 강력한 자장 안으로 끌려들고 만다.

해마다 카니발을 둘러싼 수많은 루머가 여행자들 사이를 떠돈다. 카니발 직전에는 실리콘젤의 품귀 현상이 생길 정도로 성형수술 붐이 일

어난다나. 오늘 이곳에서 확인해보니 성형수술에 관한 이야기는 맞을지 모르겠다. 아니, 맞다고 믿고 싶다. 말도 안 되게 뇌쇄적인 저 몸매를 타고났다면 같은 여자로서 너무 분한 일이니까. 삼보드로무에서는 수만 명이 한꺼번에 휴대전화를 쓰기 때문에 전화도 걸리지 않고, 인파의 열기로 인해 카메라 렌즈가 흐려진다는 소문도 있었지만 그렇지 않았다. 불안정하긴 해도 와이파이도 터지고, 열기가 가득하긴 하지만 수증기로 온 세상이 뿌옇게 덮일 정도는 아니니. 밤새 카니발을 즐기고 새벽 여섯시가 되어서야 우리는 삼보드로무 앞에서 작별인사를 나눈다. 카니발 기간 동안 리우의 지하철은 24시간 운행을 한다. 잘 놀라고 정부 차원에서 이런 배려까지 하다니 놀랍다. 사흘간 함께 보낸 일행과 헤어져 혼자 숙소로 돌아오는 길, 거리의 풍경이 그 빛을 잃는다. 밭둑에 버려져 시들어가는 무라도 된 것 같다. 하지만 리우는 내가 청승이나 떨고 있게 내버려두지 않는다. 삼보드로무에서 카니발을 본 걸로 만족하고 얌전히 쉬게 내버려두지도 않는다. 아침부터 밤까지 거리에서 매일 카니발이 벌어지기 때문이다.

사실 카니발의 진정한 백미는 브라질 전역에서 벌어지는 '길거리 카니발'이라고 한다. 카니발 기간이 되면 브라질의 모든 가게는 셔터를 내리고 영업을 중단한다. 대목을 맞아 한 푼이라도 더 벌겠다는 악착스런 마음은 없다. 우리 같으면 거리를 메우며 들어설 노점상도 보이지 않는다. 이들은 남들이 놀 때 같이 놀아야 한다는 본능에 충실하다. 삼보드로무에서 비싼 표를 구입하지 않아도 괜찮다. 어디서든 자리를 잡고 놀면 되니까. 쓰레기 가득한 골목에서도, 태양이 내리쬐는 해변에서도, 동네의 작은 공터에서도 음악을 틀어놓고 삼바를 춘다. 맥주캔 하나씩 손에 들고. 화려한 깃털 의상이 없어도 좋다. 머리에 깃털 하나 꽂으면 준비 끝이다. 올챙이배에 빈약한 몸매의 아저씨도 괜찮다. 몹시 후덕해 보이는 여인도 뱃살을 출렁이며 빛의 속도로 엉덩이를 흔든다. 저희들끼리 꽃가루를 뿌리고, 비눗방울을 날리고, 음악을 연주한다. 카니발은 다 같이 놀고, 다 같이 쉬는 모두의 축제다. 카니발 기간이면 이 도시 사람들은 발이 허공에서 20센티미터쯤 뜬 채 돌아다니는 것만 같다. 이런 길거리 카니발을 가능하게 하는 건 리우에만 사백사십 개가 있다는 거리 밴드 블로쿠bloco다. 리우나 상파울루 카니발이 삼바 스쿨을 중심으로 한다면 사우바도르 카니발은 블로쿠를 중심으로 한다. 스무 명 남짓한 악단을 거느린 이 밴드가 음악을 연주하며 거리를 돌면 그 뒤로 사람들이 따라붙어 함께 걷거나 춤추는 흐름이 자연스레 만들어진다. 그 행렬은 종종 몇백 미터에 이른다. 도시의 모든 골목이나 광장에서 카니발이 벌어지는 셈이다. 우리나라에서는 시위대를 진압하는 데 주로 쓰이는 살수차가 이곳에서는 열기에 지친 시민들의 더위를 해소해준다. 어떻게 나라 전체가 이렇게 일제히 놀 수 있는 걸까. 어떻게 모두가 이렇게 몰입할 수 있는 걸까. 카니발 기간 동안 이 도시의 사람들은 모두 조르바가 된다. 춤을 출 때는 춤 그 자체가 되고, 술을 마실 때는 술이 되어버리며, 오직 지금 이 순간을 살 뿐인 조르바. 수천, 수만의 조르바가 사는, 아니, 나라 전체가 조르바로 가득한 땅 브라질. 춤과 음악과 술을 즐기다 그 자체가 되어버리는 사람들 곁에서 24시간 맨정신인 내가 가끔은 한심스럽다. 지금껏 어디에서도 이토록 열정적

인 축제는 본 적이 없다. 더군다나 올해는 어디에서나 〈강남 스타일〉이 들려온다. 한국에서 왔다고 하면 엄지손가락을 세우며 싸이 이야기를 하고 호스텔 직원은 내가 숙소로 돌아올 때마다 〈강남 스타일〉을 틀어준다. 살다보니 이런 경험을 하는 날도 오는구나.

길거리 카니발의 즐거움은 동네 주민들이 차려입은 온갖 엽기적 의상들이다. 삼보드로무에서 보던 화려한 깃털 의상 같은 건 물론 없다. 그보다 훨씬 서민적이면서 더 재미있는 저비용 고효율의 의상이 등장한다. 무당벌레나 뱀 같은 곤충이나 동물, 천사와 악마 분장 정도는 고전적인 콘셉트다. 경찰과 해적, 검투사와 황제, 여장이나 남장도 흔하다. 칼을 든 요리사나 피를 흘리는 간호사, 심지어 수녀나 교황을 풍자하는 의상이나 팻말도 종종 보인다. 도대체 정체를 짐작할 수도 없는 무개념의 분장도 가득하다. 일주일 내내 아침부터 밤까지, 시내에서도 해변에서도, 버스에서도 지하철에서도 내키는 대로 입고 다녀도 되는 이런 축제가 지상 어디에 또 있을까. 아예 웃통을 다 벗고 짧은 반바지 하나만 걸치고 다니는 남자들도 부지기수. 게다가 카메라를 들이대면 누구나 미인대회에 참여한 선수의 미소로 포즈를 잡는다.

이들은 어째서 이토록 우스꽝스럽고, 기발하고, 어이없는 분장을 하고 카니발로 뛰어드는 걸까? 저 가면과 분장이 이들의 숨은 욕망을 대변하는 건 아닐까. 카니발은 브라질 서민들이 평범한 자신이나 비루한 일상과 이별하는 수단이 아닐까. 한 번도 되어보지 못한 내가 되는 것. 현실에서 불가능한 삶을 잠시나마 꿈꾸어보는 것. 망할 놈의 사회를 잠시나마 뒤엎어보는 것. 이들은 과감한 노출이나 대낮부터의 음주와 춤을 통해 현실의 규범을 파괴한다. 각자 되고 싶은 존재로 분장해 신분의 전도나 상승을 시도한다. 부자나 가난한 이나 함께 어울리며 한 시적으로나마 사회적 평등을 일궈 유토피아를 실현한다. 우리는 모두 욕망을 품고 살아가지 않는가. 강자이고 싶은, 부자이고 싶은, 미녀이고 싶은, 그래서 주목받고 싶은 욕망들. 저 마법사 분장을 한 여인은 지팡이를 휘둘러 지긋지긋한 현실을 바꾸어내고 싶고, 경찰로 변신한 저 남자는 남들보다 강해지고 싶고, 백설공주 옷을 입고 나온 저 소녀는 모두에게 사랑받는 공주이고 싶은 게 아닐까. 사이사이에 도저히 해석되지 않는 욕망을 지닌, 꿀벌이나 개구리 가면을 쓴 이들이 끼어 있다. 비록 순간일지라도 카니발을 통해 평범한 나와 작별하고 비범한 인물이 되어봄으로써 자신을 위로하는 게 아닐까. 그래서 카니발을 지켜보는 내 안에 작은 슬픔이 일렁이는 걸까. 인생이 그렇게 쉽게 변하지 않는다는 걸 알고 체념하며 살아가는 우리의 맨얼굴이 저 가면 너머 투명하게 보이는 것만 같아서.

02

출구를 찾을 수 없는 동네, 파벨라

리우데자네이루

리우에 머문 지 오늘로 닷새째. 카니발의 매력이 강렬하긴 하지만 대가도 크다. 우선은 엄청나게 오른 물가가 부담스럽다. 안 그래도 서울보다 물가가 비싼 도시인데 카니발 기간 동안 리우의 숙소는 평소 가격의 서너 배 이상을 당당하게 요구한다. 8인에서 12인이 함께 쓰는 도미토리의 침대 하나 가격이 10만 원을 훌쩍 넘는다. 게다가 하룻밤 뜨내기에게는 방도 내주지 않는다. 5박이나 6박을 해야만 하는 조건이다. 그러니 가난한 여행자들은 카니발 기간에 리우에 머물 엄두조차 못 낸다. 밥을 먹을 만한 로컬 식당은 거의 문을 닫았다. 문을 연 곳은 패스트푸드 체인점뿐. 유명한 관광지라도 찾으면 온몸이 새빨갛게 익도록 기나긴 줄에 시달려야 한다. 며칠 전 설탕 봉우리라는 귀여운 이름의 바위산에 오를 때도 땡볕에서 몇 시간을 기다려야 했다. 어디를 가나 사람, 사람, 사람. 지구 인구의 절반은 이 도시에 몰려온 것만 같다. 거리에서 카니발 행렬과 마주치기라도 한다면 그 자리에서 꼼짝도 못한 채 몇십 분 때로는 몇 시간을 기다려야 한다. 사람 많은 곳이라면 질색하는 나 같은 사람에게는 최악의 여행지가 아닐 수 없다. 게다가 지금은 2월. 더운 계절과 몹시 더운 계절만 있는 리우에서 가장 덥다는 때다. 한낮 평균 기온은 35도에서 40도 사이를 오간다. 이 온도에 하루 종일 돌아다니다보면 몸에도 당연히 무리가 온다. 어제 오후, 오스카르 니에메예르가 설계한 니테로이 미술관을 찾아갔을 때다. 일사병에 걸렸는지 브라질이 자랑하는 그 우아한 미술관에 그날 먹은 음식을 몽땅 토하며 쓰러지고 말았다. 미술관 바닥에 깔려 있던 회색 카펫을 엉망으로 만들면서. 덕분에 미술관을 청소하시는 아줌마로부터 장마철 폭포처럼 웅장하고도 시원한 포르투갈어 욕설 세례를 장시간에 걸쳐 받아내야 했다. 높은 물가, 번잡함과 더위가 고루 어울린 곳이 카니발 기간의 리우다. 그렇다고 카니발만 보고 떠나기에는 리우는 너무나 매력적이다. 산과 바다와 숲과 언덕 사이에 자리한 이 도시는 그 지형적 조건부터 드라마틱하다.

리우의 아름다움을 즐기기 위해 나는 오늘 코르코바두 언덕의 예수상을 찾아간다. 세계에서 가장 화려한 축제의 도시에 서 있는 거대한 예수상. 무게가 천 톤이 넘는 콘크리트 예수는 오늘도 팔을 벌린 채 이 도시를 끌어안고 있다. 이 정도 규모의 예수상을 세우는 종교적 심성과 광란의 분출구로써의 카니발이라니 아이러니하지 않은가. 하지만 변신에 대한 욕망으로 달구어지는 카니발과 기독교는 어딘가 닮아 있는 것도 같다. 기독교야말로 변신의 종교라 할 수 있으니. 인간은 태어날 때부터 죄인이지만 예수를 믿음으로써 새롭게 거듭난다. 하지만 욕망으로 인한 죄에서 벗어나지 못하고 죄짓고 회개하기를 반복하는 굴레 안에서 평생을 살아간다. 그러다 죽거나 예수가 다시 오는 날, 영생을

얻는 최후의 변신을 하게 된다. 어쩐지 카니발의 분장을 통한 변신과도 닮아 있다.

감자씨와 중남미를 여행할 때, 모태신앙을 간직한 그는 이런 이야기를 했었다. 중남미의 많은 나라들이 식민지배자들의 종교를 받아들여 열렬한 가톨릭 국가가 된 건 변신에 대한 욕망 때문이었을 거라고. 차별받는 원주민이 아니라 권리를 지닌 유럽인이, 무력한 토속신앙인이 아니라 힘을 지닌 기독교인이 되고 싶다는 욕망. 그래서 감자씨는 중남미를 여행하면서 성당을 보면 슬퍼진다고 했었다. 종교를 통해 더 나은 인간으로 변하고자 하는 욕망. 축제를 통해 평소의 나와는 다른 존재가 되어보고자 하는 욕망. 어쩌면 종교와 카니발은 기본적으로 닮아 있는 건지도 모르겠다.

카니발이 끝나고 일상으로 돌아간 리우는 전혀 다른 얼굴을 보여준다. 축제가 끝난 다음날 오전, 시내의 대성당을 찾아 나섰다. 지하철역에서 대성당까지 걸어가는 10분 남짓한 시간 동안 나는 공포심에 얼어붙었다. 거리는 텅 비었다. 완벽할 정도로. 아니, 뜨거운 햇살이 주춤한 그늘 밑에는 어김없이 노숙자들이 누워 있다. 곳곳에 산더미처럼 쌓인 쓰레기 더미를 뒤지는 사람들도 보인다. 어쩌다 공허한 눈빛의 노숙자와 눈이 맞으면 나도 모르게 움츠러든다. 거리에는 그들뿐이다. 햇볕 환한 아침의 거리가 주는 공포감이라니. 다시 일상으로 돌아온 후의 스산함이 도시 전체에 배어 있다. 화려한 분장을 하고 무대에 서서 스포트라이트를 받던 배우가 화장대 앞에서 화장을 지울 때의 쓸쓸함처럼.

나도 늘 이렇게 무대에서의 나와 무대에서 내려온 나로 살고 있는 건 아닐까. 여행지에서의 나와 일상의 나. 여행지에서 나는 타인에게 쉽게 말을 걸고, 좀더 용감하고, 좀더 너그럽다. 더 나은 나를 만날 수 있기 때문에 이토록 여행을 좋아하는 건지도 모른다. 일상으로 돌아와 짐을 풀면 얼마 지나지 않아 나의 맨얼굴을 대면하게 된다. 평범하고 지리멸렬한 내 얼굴에 지칠수록 다시 여행을 꿈꾼다. 카니발의 무희가 노출을 하거나 깃털 옷으로 분장을 하는 것과 내가 짐을 싸는 건 어쩌면 같은 욕망에서 출발하는지도 모른다. 우리는 모두 일상과 축제, 평범한 나와 비범한 나를 번갈아 사는 중인 걸까.

메트로폴리타나 대성당으로 들어선다. 높이 80미터, 지름 106미터

Praia

의 거대한 콘크리트 건물은 위압적인 현대의 피라미드 같다. 장식을 극도로 배제한 데서 오는 차가움은 마치 무덤 안에 들어온 듯한 느낌을 준다. 건물 그 자체의 단순함으로 절로 마음이 집중된다. 기묘한 성스러움이 넘치는 공간이다. 스테인드글라스만이 빛을 발하는 어둠 속에 예수가 공중에 매달려 있다. 내 죄를 대속했다는 그가 허공에서 나를 내려다본다. 측은함이 담긴 시선으로. 결국 나는 그에게 고백하고 만다. 나 또한 살기 위해 변신이 필요했던 거라고. 마음의 병을 앓는 이의 곁에 있어야만 하는 역할에서 벗어나 근심 걱정 없이 하루를 살 뿐인 여행자가 되고 싶었노라고. 그 이기적인 탈출은 실패한 것 같다고. 청년 예수는 나를 그저 내려다볼 뿐, 여전히 말이 없다.

성당을 나와 버스를 타고 코파카바나로 넘어가니 이곳은 다시 욕망이 넘실대는 속세다. 4킬로미터가 넘는 긴 해변은 일광욕을 즐기는 여자들, 비치발리볼을 하는 동네 청년들, 인라인스케이트를 타거나 조깅하는 사람들로 가득 들어찼다. 좀 전의 텅 빈 도심이 주던 공포, 성당이 만들어내던 거룩함은 어느새 잊고 나는 해변을 따라 걷는다. 코파카바나에서 이파네마 해변을 지난다. 해변의 모래사장에서 축구를 하며 뛰노는 꼬마들이 보인다. 저 해안 너머 산등성이 동네에서 내려온 꼬마들이다. 파벨라Favela라고 부르는 빈민촌. 영화 〈시티 오브 갓〉에는 어린 나이부터 폭력에 의존해 살아가는 법을 배우는 파벨라의 소년들이 등장했었다. 그 시절로부터 수십 년이 지난 지금, 그들은 어떻게 살아가고들 있을까. 여행사에 전화를 걸어 파벨라 투어를 신청한다.

브라질은 세계에서 가장 빈부차가 극심한 나라 중 하나다. 인구의 상위 10퍼센트가 전체 소득의 50퍼센트를 가져간다. 전체 인구의 8.5퍼센트가 빈곤층이다. 리우는 그 격차가 더 심해 인구의 19퍼센트가 파벨라에 거주한다. 리우 시민이 650만 명이니 다섯 명 중 한 명이 파벨라에서 살아가는 셈이다. 파벨라가 처음 만들어질 무렵인 19세기 말 이곳은 '아프리카인들의 동네'라고 불렸다. 아프리카에서 끌려온 노예의 후손인 그들은 집도, 일자리도 없는 상태에서 무허가 판자촌을 이루고 살기 시작했다. 파벨라는 21세기 초반까지 여행자들이 절대로 발을 들여서는 안 되는 금단의 땅이었다. 하지만 이제 파벨라는 리우의 새로운 관광 정책의 성공적인 사례로 자리잡았다. 파벨라 투어는 마약과 범죄의 소굴이었던 이 지역 또한 사람이 살아가는 일상적인 공간임을 보여준다. 세계의 한 축에는 여전히 고통 받는 가난한 이들의 삶이 있음을, 그들의 삶 또한 내 삶과 다름없음을 드러낸다. 파벨라 투어를 반대하는 의견도 분명 있지만, 파벨라의 많은 주민들은 관광객을 반기는 편이다. 관광객들이 사진을 찍을 수 있도록 전망대나 영어로 된 간판을 세우고, 카니발 기간이 아닐 때도 삼바 스쿨을 오픈하기도 한다. 파벨라 투어가 활성화된 이후 파벨라 지구에 배낭여행자를 위한 숙소도 생겨났다. 하지만 혼자 다니는 나는 그곳을 찾아가 머물 용기까지는 없다.

나는 파벨라 투어의 개척자로 꼽히는 마르셀루가 진행하는 투어를 신청한다. 우리가 내는 투어비의 일부는 그가 지원하는 이곳 호시냐 파벨라의 교육 프로그램에 기부된다. 호시냐는 리우 최대의 빈민가다. 바닷가에 면한 리우의 부촌을 끼고 봉고차는 굽이굽이 언덕을 오른다. 창

밖을 내다보는 우리에게 마르셀루가 말한다. 리우 최고의 부촌과 파벨라는 이렇게 맞닿아 있다고. 올라갈수록 길은 좁아지고, 집은 점점 낡아진다. 지저분한 전선줄. 칠도 하지 않고 콘크리트 그대로인 건물. 그 위로 불법으로 마구 쌓아올린 날림집들. 겨우 걸쳐놓은 것 같은 슬레이트 지붕. 마구잡이로 지어진 건물마다 깨끗하게 빨아 넌 이불과 옷가지가 펄럭인다. 언덕 꼭대기에서 차가 선다. 마르셀루는 동네 풍경이나 주민들 사진을 찍어도 괜찮다고 말해준다. 도로변에 노점 몇 개가 서 있다. 이 노점들은 파벨라 주민들의 자립 프로젝트의 일환으로 이곳에서 만든 수공예품을 판다. 파벨라의 풍경이나 리우 해변을 그린 그림, 캔의 꼭지를 모아 만든 지갑과 가방, 퀼트 소품 들. 1980년대에 한 여성 사회학자가 이 동네에 만든 바느질 모임은 코파 호카Coopa Roca라는 단체로 커졌다. 이제는 백오십 명의 여성들이 집에서 재활용 재료를 이용해 퀼트나 침구, 소품을 만들어 판매한다. 이들의 작업은 패션계의 주목을 끌어 브라질 디자이너들뿐 아니라 폴 스미스 같은 세계적인 디자이너와 협연 작품을 내놓기도 했다.

거리에는 방탄조끼를 입고 총을 든 경찰이 자주 보인다. 보안등을 켠 경찰차도 자주 지나간다. 2008년부터 리우 시는 UPP(평화회복을 위한 경찰대)라 불리는 특수경찰대를 수십 개의 파벨라에 파견했다. 무장을 한 경찰들은 24시간 이곳에 상주하며 거리의 폭력배를 소탕하고 마약상을 체포한다. 덕분에 전체 파벨라 주민의 오분의 일 정도는 치안이 안정된 환경에서 살아간다. 하지만 여전히 많은 파벨라는 마약 조직을 비롯한 범죄 조직이 장악하고 있다. 그들은 안전을 보장해준다는 명목으로 이 지역에 피를 뿌리고 조직원을 재생산한다. 리우는 정말이지 인간이라는 모순적인 존재의 모든 욕망을 드러내는 도시다. 축제와 종교, 범죄가 하나의 실핏줄처럼 얽혀 있다. 파벨라를 장악한 갱들 또한 대부분이 가톨릭 신자다. 잔혹한 범죄를 저지르기 전 그들은 기도를 올린다. 종교의식을 통해 현재의 자신보다 강한 자가 되어 주어진 임무를 완벽하게 수행하기를 기도한다. 그리고 범죄를 저지른 후에는 다시 종교의식을 통해 죄를 씻고 일상인으로 돌아오기를 간구한다. 콜롬비아에서 그러했듯이 모순이 가득한 삶이다. 내가 광란의 카니발을 지켜보며 그토록 서글펐던 건 그런 인간의 모순이 남김없이 드러나기 때문이었을 것이다. 가난한 이에서, 힘없는 이에서, 별 볼 일 없는 중남미인에서, 날마다 죄를 짓고 살아가는 죄인에서 벗어나고픈 인간의 욕망의 도가니탕. 그게 리우가 아닐까.

마르셀루가 건너편에 보이는 또하나의 파벨라를 가리킨다. 파벨라 비지가우는 이파네마 해변을 향해 뻗어내려간 거대한 바위 봉우리 아래에 들어섰다. 지붕마다 올라가 있는 파란 물탱크가 햇살에 빛난다. 그 아래로 시선을 돌리면 바닷가 쪽으로 고급 아파트가 도열하듯 서 있다. 마르셀루가 우리를 골목으로 이끈다. 꽃이 그려진 담벼락 옆에 아기를 안고 서 있는 젊은 여자와 눈이 마주친다. 그녀가 웃는다. 그 미소가 고와서 사진기를 들고 찍어도 되는지 물어보니 그녀가 고개를 끄덕인다. 나는 그녀와 어린아이의 사진을 찍는다. 한 사람이 겨우 빠져나가는 좁은 골목이 이어진다. 곧 어두운 계단이 나온다. 이 도시의 어디든 빛나던 태양이 이곳에는 들어오지 않는다. 골목이 너무 깊다. 대낮인데도 불을 켜고 살아야 하는 집들이 다닥다닥 어깨를 맞대고 늘어서 있다. 집안이 다 들여다보여 눈을 두기가 민망하다. 목소리를 낮춰 이야기해도 이야기는 앞집까지 다 건너가 들릴 것이다. 문틈에 걸터앉은 고양이 한 마리. 늘어져 잠을 자는 개. 문 앞에 나와 앉은 할머니와 그 옆에서 노는 손녀. 어디서나 보이는 풍경이다. 이곳 또한 사람들이 살아가는 곳이니 당연하다. 눈이 마주치면 그들은 웃는다. 자신들의 마을이 외국인에게 눈요기로 소비되는 것도 개의치 않나보다. 그 미소가 너무 밝아 카메라를 든 손이 부끄러워진다. 그런데도 나는 할머니의 허락을 받고 아기의 사진을 찍는다. 평범하면서도 내게는 비일상적인 이 공간에 카메라를 들이댄다.

혼자 걷는다면 절대로 출구를 찾을 수 없을 것 같은 골목을 돌고 돌아 마지막으로 찾아가는 곳은 마르셀루의 여행사가 후원하는 방과 후 학교다. 학교가 끝난 후 갈 곳 없는 아이들이 책을 읽거나 놀다가는 곳이다. 지난 20년간 이곳에서 생겨난 엔지오 단체들은 파벨라의 주민들에게 자립에 필요한 기술을 가르치며 희망을 심기 위해 애써왔다. 가장 성공적인 사례인 아프로레게문화그룹GCAR은 파벨라 청소년들에게 큰 희망이 되었다. 음악과 연기, 춤과 힙합, 전통 무예 카포에이라를 가르치며 아이들에게 그들의 뿌리인 아프로-브라질리언 유산을 전승한다. 호시냐에는 '문화의 집'이 아프로레게문화그룹의 역할을 한다. 이웃 파벨라 비지가우에서는 '파벨라의 우리'라는 단체가 같은 일을 한다. '파벨라의 우리'에서 연극을 배운 아이들은 영화 〈시티 오브 갓〉에 출연해 그 이름을 떨치기도 했다.

이 도시의 카니발에 가장 열성적으로 참여하는 이들이 파벨라의 주민이라는 것. 리우에서도, 상파울루에서도 가장 인기 있는 삼바 스쿨은 모두 파벨라의 삼바 스쿨이라는 것. 이 가난한 동네가 주말마다 파티로, 카니발로 타오른다는 것. 1년에 다만 며칠이라도 나비가 되고픈 애벌레의 꿈 같다. 마시고, 춤추고, 즐기는 데 온전히 바쳐지는 나흘간의 시간 동안 이들은 1년 동안의 스트레스를 날려버린다. 그리고 멈추지 않는 수레바퀴를 밀어올려야 하는 일상으로 담담하게 돌아간다. 하지만 시간이 흘러 다음해 사순절을 나흘 앞둔 날이 오면, 이들은 다시 가게 문을 닫고, 직장과 학교와 가정을 뛰쳐나와 거리에서 열정을 불사를 것이다. 다시 변신을 꿈꾸며. 카니발은 그렇게 브라질 서민들이 팍팍한

일상을 탈출하는 도구로 기능해왔다. 그 옛날 아프리카에서 끌려온 이들이 거리에서의 춤과 노래로 잔혹한 노예생활을 견뎠듯이.

단 한 번의 축제로 변신이 가능하다면 나 또한 이 축제에 뛰어들어 다시 변신을 꿈꾸고 싶다. 더 넓은 세상을 찾아 헤매는 내가 아니라 한 사람의 곁을 지키는 나로. 늘 떠나는 여자가 아닌 머무는 여자로. 하지만 아픈 감자씨를 두고 이곳까지 혼자 날아온 내 이기심을 본다면 내 변신은 난망하기만 하다.

역사의 향기가 밴 콜로니얼 타운

오루프레투

브라질로 날아오기 전, 이 나라에 대해 아는 게 거의 없었다. 브라질이라는 이름을 들으면 아마존 정도가 먼저 떠오를 뿐이었다. 벌목으로 인해 지구의 허파로서의 기능이 점점 약화되고 있다는 거대한 열대우림. 소를 키우기 위해 아마존의 숲을 베어내는 현실에 대한 소극적인 저항의 의미로 10여 년 전에 나는 채식을 시작했다. 그다음으로 생각나는 건, 내게는 관심 밖인 축구. 브라질 국민들은 펠레를 두고 셰익스피어와도 바꾸지 않겠다고 했고, 월드컵도 다섯 번이나 우승했으니 축구는 이들의 가장 중요한 관심의 대상이다. 그리고 브라질 어디를 가나 울려퍼지는 음악. 이 나라 사람들이 연체동물 수준으로 몸을 움직일 수 있도록 단련시킨 삼바나 그보다 부드럽고 말랑말랑한 보사노바. 그리고 가난한 이들의 영혼의 양식과도 같은 축제 카니발? 브라질을 떠올릴 때면 누구나 축구와 삼바, 아마존과 카니발 정도를 떠올릴 것이다. 어딘가 먹고, 놀고, 마시고, 몸을 쓰는 것과 관련된 향락적인 이미지이기도 하다. 그토록 남김없이 열정을 불사르는 삶의 방식은 어디에서 왔을까? 얼마나 고된 삶의 길을 견뎌왔기에 그렇게 독한 유희의 방식을

찾아낸 것일까? 브라질이 발산하는 에너지의 핵을 가만히 들여다보면, 원주민에서 아프리카 노예까지 가난하고 힘없는 이들이 건너온 질곡의 역사가 보이는 것만 같다. 내일에 대한 희망을 품는 것조차 사치인 독한 절망을 견뎌온 사람들의 얼굴이 보이는 것 같다.

어디에서나 춤과 노래가 공기처럼 흘러넘치는 나라에서 자꾸만 이들의 삶에 깃든 어두운 그림자를 본다. 아마도 그건 지금의 내 마음이 그렇기 때문일 것이다. 여행을 시작한 지 어느새 열흘이 지났다. 지난 열흘간 나는 행복하지 않았다. 카니발에 설레지도 않았다. 어쩌면 그 정신없는 광란의 도가니 덕분에 겨우 견딜 수 있었던 건지는 모르겠지만. 내 마음은 내내 서울로만 내달렸다. 내가 사랑하는 남자가 하루에도 몇 번씩 죽음과 같은 공포를 견디고 있는데 나는 이곳에서 카니발을 보고, 사진을 찍고, 투어를 나가고, 사람들과 수다를 떤다. 그가 원하는 일은 그저 곁에 있어주는 것인데, 그것만이 내가 그에게 해줄 수 있는 유일한 일인데 나는 이곳으로 날아왔다. 공황장애와 우울증을 앓는

남자를 두고 기어이 떠나오다니. 그 정도로 이기적이라면 제대로 여행이나 즐길 것이지, 나는 매일 어쩌지도 못한 채 울고만 있다. 눈물로 흐려진 눈으로 보는 세상. 이를 악물며 가방을 메고 밖으로 나가 만나는 세계는 이미 그전과는 다른 얼굴이다. 마치 열리지도 않고 깨지지도 않는 두꺼운 유리창을 사이에 두고 바라보는 바깥세상 같다.

유일한 위안은 와이파이가 되는 곳에서 그와 통화하는 것뿐. 어디를 가도, 무엇을 봐도 쓸쓸하기만 하다. 돌아가고 싶어도 쉽게 돌아갈 수 없는 거리감으로 인한 고립감이 나를 더 힘들게 한다. 지금 나는 일을 하고 있는 거라고 생각하자. 하기 싫어도 해야만 하는 게 일이니까. 좋아하는 일이라는 차이만 있을 뿐 따지고 보면 여행은 나에게 일이다. 의무와 책임으로 여행을 마치자. 살다보면 그런 여행도 있는 법이다. 아무리 마음을 다잡으려 해도 나를 매혹시키던 낯선 세계는 이미 그 빛을 잃어버렸다. 결국 이번 여행을 통해 나는 내 인생에서 도대체 여행이란 어떤 의미인지를 묻게 되는 걸까.

리우를 떠난 내가 무거운 발을 옮겨 향하는 곳은 오루프레투. 3백년에 걸친 포르투갈의 지배는 이 거대한 나라 곳곳에 그 흔적을 남겨놓았다. '콜로니얼 타운'이라 불리는 식민지풍의 마을은 식민지배가 남긴 얼마 안 되는 긍정적인 유산을 대표한다. 브라질의 콜로니얼 타운 중에서도 오루프레투는 규모가 가장 크고, 가장 완벽하게 보존된 마을이다. 이 도시는 70년에 걸쳐 복원과 보존 사업을 벌인 덕분에 브라질에서 첫 번째로 유네스코 세계문화유산으로 등재되기도 했다.

버스의 창밖으로 마을이 보이는 순간, 왠지 안도감이 밀려든다. 나지막한 언덕에 둘러싸인 골짜기마다 어깨를 맞대고 들어앉은 낮은 집들. 좁고 구불구불한 골목, 흰색 회벽에 주홍색 타일을 얹은 지붕, 파스텔톤으로 칠해진 창마다 내걸린 꽃들, 언덕 위의 하얀 교회와 종탑, 반들거리는 돌이 깔린 길…… 게다가 해발고도 천 미터가 넘는 산간마을이라 태양의 열기가 한풀 꺾였다. 숨쉬기가 한결 편안해진다. 현대식 건물이라고는 찾아볼 수 없는 마을의 모습을 보니 마치 과거로의 시간 여행을 온 것 같다. 21세기에서 단숨에 18세기로, 그것도 중남미 대륙의 브라질에서 유럽의 포르투갈로 건너온 느낌이다. 평생 힘든 일이라고는 겪지 않았을 것처럼 곱게 나이든 할머니의 분위기랄까.

오루프레투는 겉으로 배어나는 분위기만큼이나 고요하고 평화로운 마을이다. 리우의 열기와 소란스러움이 마치 먼 옛날의 기억처럼 아득해진다. 시간이 멈춘 듯한 마을 풍경 때문인지 모처럼 내 마음도 느슨해진다. 시계는 풀어놓고, 일정표 따위는 던져버린 채 느긋하게 움직이자. 할 수 있는 한, 두고 온 감자씨의 일도 잊어버리자. 나는 마을이 주

는 분위기에 기대어 마음의 긴장도 내려놓기를 꿈꾸어본다. 느즈막히 일어나 마을이 내려다보이는 숙소의 식당에서 아침을 먹고, 해가 뜨거워지기 전에 어슬렁거리며 산책을 한다. '골드러시' 시대가 남긴 유산인 황금으로 치장된 교회들을 둘러보고, 마을의 중심부인 치라덴치스 광장의 카페에 앉아 갓 짠 오렌지주스를 마시며 책을 읽는다. 태양이 머리 꼭대기로 찾아오는 시간이면 오수에 들기도 했다가, 햇볕이 누그러드는 늦은 오후가 되면 다시 골목을 기웃거리거나 지나가는 사람들을 관찰하며 소일한다. 바쁘게 볼거리를 찾아 이동하고, 몇 장의 사진을 찍고, 다시 다음 장소를 찾아 움직이는 그런 급한 여행이 아닌, 천천히 소요하는 여행. 느릿느릿, 설렁설렁, 빈둥빈둥, 기웃기웃, 이런 단어가 잘 어울리는 곳이 바로 오루프레투다.

오루프레투의 가장 큰 볼거리는 바로크 양식의 교회들이다. 이 작은 마을에 교회가 무려 스물세 개. 나는 매일 몇 개씩 교회 구경을 다닌다. 소박한 외양과 달리 교회 내부의 화려함은 나를 놀라게 만든다. 특히나 브라질에서 두번째로 부유한 교회라는 필라르 교회. 434킬로그램의 금을 써서 치장한 내부의 번쩍거림에 기가 질린다. 이 교회뿐 아니라 약속이라도 한 듯 금으로 치장되어 있는 마을의 교회들은 너무 화려해서 아름다움조차 느껴지지 않는다. 옷이나 가방, 신발은 물론이고 머리띠부터 양말까지 몽땅 명품만 걸친 시골 촌부를 보는 것 같다. 이 작은 마을의 부는 도대체 어디에서 왔을까?

마을의 광석 박물관은 오루프레투가 속한 미나스제라이스 주가 브라질에서 광물이 많이 나기로 손꼽힌다고 알려준다. 이 마을의 가장 흔한 기념품 가게가 보석상인 이유다. 마을의 이름이 '검은 금'을 뜻하는 오루프레투가 된 이유 또한 금광 때문이다. 전설에 의하면 금을 찾아다니던 어느 물라토(백인과 흑인 사이에 태어난 혼혈 인종)가 오루프레투의 강가에서 물을 마시고 있었다. 그가 강바닥에서 주운 반짝이는 검은 돌 몇 개가 금으로 밝혀졌다. 몇 년 지나지 않아 수많은 사람들이 금을 찾아 이곳으로 몰려들었다. 골드러시는 빠르게 번져 18세기 초반에 이곳에 마을이 생겨났고, 10년 후 오루프레투는 미나스제라이스 주의 주도가 되었다. 풍부한 금은 바로크 예술가들을 불러들이는 수단이 되었고, 덕분에 바로크풍 교회가 이곳에 하나둘 지어졌다. 금광 열풍이 한창이던 18세기 중반, 오루프레투에는 무려 11만 명의 주민이 살았다고 한다. 그 당시 뉴욕 인구는 5만 명, 리우데자네이루의 인구는 고작 2만 명이었다.

오루프레투의 아름다움은 광산에 기대었고, 그 광산은 아프리카에서 끌려온 흑인 노예들의 노동에 기대었다. 아직도 브라질 흑인들에게 영웅으로 떠받들여지는 시쿠 헤이의 이야기가 마을에 전해진다. 콩고 어느 부족의 왕이었던 그는 골드러시 시기에 부족 전체와 함께 브라질로 끌려와 오루프레투의 어느 광산주에게 팔렸다. 광산 노동자들의 '십장'이 된 후 그는 휴일도 없이 일했다. 감시를 피해 머리카락과 몸 안에 금가루를 숨겨 나오기를 반복한 끝에 그 자신과 아들의 자유를 돈으로 사는 데 성공한다. 거기서 멈추지 않고 그는 이 마을의 금광 하나를 사들이고, 그곳에서 벌어들이는 돈으로 마침내는 부족 전체를 노예상태에서 해방시킨다. 그렇게 자신들이 소유한 금광의 이익에 기대어 이 부족은 마을에 전용 교회도 짓고, 아프리카의 명절을 전통 의상을 입고 축하하며 보내는 예외적인 지위를 누리기에 이른다. 이 소식은 곧 포르투갈 왕에게 전해졌고, 탐욕스럽고 치졸한 포르투갈 왕은 노예들이 돈으로 자유를 살 수 있는 권한을 금지시켰다.

금을 향한 포르투갈의 탐욕은 결국 자멸을 재촉하고 만다. 광산과 광물에 대한 과도한 세금에 대한 반발로 이 지역 주민들이 독립을 향한 열망을 품게 되었으니. 브라질 독립운동의 첫 배경지로 등장한 곳이 바로 오루프레투였다. 브라질 전역으로 퍼진 시쿠 헤이의 삶은 동화와 연극, 영화로까지 다양하게 만들어져 여전히 전해지고 있다.

마을을 둘러싼 역사를 알게 되니 오루프레투가 다르게 보인다. 별다른 기복도 없이 살아온 평범한 촌로로 여겼던 할머니가 막걸리 한 잔을 놓고 앉아서 자신의 파란만장한 젊은 날의 자취를 들려준 것만 같다. 하긴 사람이 살아온 곳 어디든 사연 없는 마을이 있을까. 시쿠 헤이가 소유했었다는 금광을 찾아간 오후. 좁고 어두운 막장에서 금가루를 찾아 땅을 파고 또 팠을 검은 피부의 사람들을 생각해본다. 그들이 자유인이 되기까지 거쳐야 했을 삶의 길을 떠올려본다. 마음이 무거워진다. 한없이 평화롭고 아름다워만 보이는 작은 마을에 깃든 피와 땀과 눈물의 이야기. 오루프레투의 번영과 아름다움은 결국 아픔이 깃든 아름다움이다. 그 슬픈 역사는 아직도 브라질에서 계속되고 있다. 골드러시가 끝나지 않았기 때문이다. 다만 그 지역이 달라지고, 착취와 약탈의 대상이 바뀌었을 뿐. 아마존에서 살아가는 야노마미족과 같은 원시부족들이 광물을 찾는 이들의 방화와 학살에 시달리는 서글픈 현재의 모습은 언제쯤 '과거의 역사'가 될 수 있을까. 그 옛날 아프리카 노예들이 팍팍한 생을 견디는 삶의 기술을 춤과 음악에서 찾아냈듯, 아마존의 원주민들도 슬픔 속에 기쁨을 새겨넣는 자신만의 방식을 끝내 찾아낼 수 있을까.

광산의 어두운 갱도에 걸터앉아 다시 감자씨를 생각한다. 여행가의 일은 탐험이 아니라 발견이라고 했던 그를. 남들이 가지 않은 길을 가고, 남들이 오르지 않은 산을 오르는 여행가가 아니라, 지금 여기 평화로운 골목이 들려주는 슬픈 이야기를 끌어내고, 지금 이곳의 참혹한 현실에서 희망의 노래 한 자락을 길어올리는 여행가가 되라고 했던. 내가 그런 시선을 갖게 된다면 우리 동네 골목도 신기한 여행지가 될 것이고, 단골 슈퍼의 사장님에게서 아마존 오지의 원주민보다 더 재미있는 이야기를 들을 수 있게 될 텐데. 여행지에서 단련된 시선과 감수성으로 일상마저도 경이롭게 재발견하는 여행가가 된다면, 그날이 온다면, 나는 굳이 먼 나라의 신기한 이야기를 찾아 멀리 떠나지 않아도 될 텐데…… 사랑하는 이를 두고 이토록 멀리 떠나와 혼자 낯선 마을을 떠도는 지금의 내가 아닌, 가까운 이에게서 깊고 넓은 우주를 발견해내는 그런 내가 될 수는 없는 걸까. 그 염원이 너무 아득하게만 느껴져 일어서는 무릎이 흔들린다.

오루프레투에서 사흘을 보낸 후 나는 근교의 마리아나 마을을 찾아간다. 이 마을은 오루프레투보다 더 작다. 게다가 언덕이 많던 오루프레투에 비하면 거의 평지여서 다니기에도 편하다. 오루프레투보다는 소박하지만 그래서 더 정감이 간다. 오루프레투처럼 이곳 마리아나에도 탐험할 수 있는 골목이 가득하다. 이제 내가 사는 도시에서는 골목에서 뛰노는 아이들을 보기 힘들어졌다. 아파트 단지에 살면서 봉고차에 실려 학원과 학원을 오가며 자라는 아이들에게 놀이터로서의 골목은 사라진 지 오래다. 나는 그리운 마음으로 마을의 작은 골목들을 이리저리 거닌다. 열린 창으로 들려오는 텔레비전 소리. 아이를 꾸짖는 엄마의 화난 목소리. 집 앞에 앉아 맥주를 마시는 남자들. 나쁜 일이라고는 하나도 없을 것 같은 일요일 오후다. 일상의 소리와 풍경으로 가득찬 골목들. 너무 으슥해서 겁이 나는 그런 골목이 아니라, 적당히 깊고 정겨운 골목들. 유모차를 끄는 젊은 엄마가 지나가고, 집 앞에 내놓은 의자에 앉아 해바라기를 하는 남자, 아무것도 아닌 일에 깔깔거리고 소리 지르고 뛰어다니는 꼬마들이 있고, 그런 녀석들을 부러운 듯 흐뭇한 듯 바라보는 할아버지들이 있는 골목. 세상의 모든 골목은 저마다의 골목 대장을 품고 있다. 골목은 세상의 모든 소년 소녀들이 세상 밖으로 나가기 전, 집과 세상을 연결하는 중간 지대였다. 그곳은 세상처럼 험하지 않지만 나름의 모험이 가능한 세계다. 그래서 우리가 처음으로 절반쯤 홀로서기를 시도하는 공간이고, 처음으로 나보다 힘이 세거나 예쁘거나 영리한 놈을 만나 싸우고, 울고, 시기와 질투를 경험하는 곳이다. 심심하지 않은 세계, 그러나 너무 위험하지도 않은 세계가 골목이었다. 골목에서라면 우리는 언제나 모험을 떠날 수 있었다. 총싸움을 하다가, 병원 놀이를 하다가도 몇 번이고 죽고 다시 태어날 수 있었다. 그러던 어느 날, 우리는 모두 한 장의 보물지도를 발견한다. 이 골목이 세상의 전부가 아니라는 것을 말해주는 보물지도. 그 낯선 세계에 대한 호기심

에 끌려 안전한 골목 밖으로 나가는 순간, 진짜 모험이 시작된다.

지금껏 내가 해온 여행은 어쩌면 안전한 골목 탐험에 불과했는지도 모른다. 긴 여행을 떠났다 돌아온다 해도 잃을 것은 없었다. 여행을 포기하는 한이 있더라도 지켜야만 하는 것도 없었다. 하지만 이제 나에게는 잃고 싶지 않은 것, 여행만큼이나 간절하고 소중한 무언가가 생겨났다. 나에게 걱납고가 아니라 활주로가 되어주고 싶다는 남자. 자신의 병이 나를 가두는 덫이 될까봐 두려워하는 남자. 그래서 병이 악화될 거라는 걸 알면서도 굳이 내 등을 떠밀어 이 먼 곳까지 나를 보낸 남자. 그를 두고 떠나온 지금에서야 내 진짜 여행은 시작된 것이 아닐까. 이제야 골목을 벗어나 바깥세상으로 첫발을 내디딘 건지도 모른다. 이대로 계속 간다면 소중한 것을 잃게 될 수도 있다. 그 상실을 나는 감수할 수 있을까. 그런 위험을 감수하면서까지 포기하지 않은 이 바깥세계는 나에게 무엇을 남겨줄까. 한 편의 이야기. 내 인생에서 가장 멀리 떠났고, 그래서 가장 외로웠던 여행 이야기. 고작 그 이야기를 얻기 위해 골목 바깥으로 나가야 하는 걸까. 하지만 나는 이미 발을 떼었다. 여기까지 와버렸다. 그러니 계속 가는 수밖에는 없다. 괜찮다고, 가보자고, 골목의 끝에 기다리고 있는 모험의 세계를 찾아 나서자고, 스스로를 다독인다.

살다보면 누구나의 인생에 한 번쯤 진짜 모험과 대면해야 하는 순간이 찾아온다. 피할 수 없는 선택을 해야만 하는 순간. 그 순간에는 하나를 얻기 위해 다른 하나를 내려놓아야만 한다. 나는 이제 하기 싫은 여행이 있을 수도 있음을, 돌아가고 싶다고 언제나 돌아갈 수 있는 건

아님을 배운다. 나 아닌 다른 이들이 쉽사리 떠나지 못하는 건 그들에게 지켜야만 하는 무언가가 있기 때문이라는 것 또한. 그게 돈이든, 사랑이든, 가족이든, 그 무엇이든. 그리고 그동안 내가 길에서 흘린 눈물과 나를 둘러싼 외로움은 감상에 불과했다는 것도, 쓸쓸한 자기 연민에 지나지 않았다는 것도 알게 되었다. 이제 그만 눈물을 닦고 밖으로 나가 이곳에 없는 그의 눈으로 세상을 보고 싶다. 나를 이곳으로 보낸 그의 마음으로, 떠나지 못한 채 제자리를 지키는 이들의 마음으로 사람들을 만나고 싶다. 진짜 모험을 시작하고 싶다. 탐험이 아닌 발견을 하고 싶다.

골목을 나온 나는 광장 분수대 옆의 그늘에 앉아 책을 꺼낸다. 일요일 오후, 광장의 벤치에는 아이를 데리고 나온 가족이나 젊은 부부 들이 앉아 있다. 삶의 갈림길마다 무수한 선택을 하며 여기까지 왔을 그들이 저마다 품은 사연을 가만히 상상해본다. 그들이 내려놓은 것, 끌어안고 여기까지 온 것이 지금의 그들을 만들었을 것이다. 나도 내 선택에 따라 여기까지 왔다. 지구 반대편의 작은 마을에서 다시 걸어가자, 내가 끝내 포기하지 못한 이 길을.

04

중남미 최대의 노예시장에서 화려한 역사지구로

사우바도르

경고: 도둑과 노상강도와 소매치기로 악명 높은 이 도시를 방문하는 이들은 다음과 같은 주의사항을 반드시 지킬 것. 검소하게 입을 것. 치장을 하고 싶다면 싸구려 보석과 시계를 걸칠 것. 꼭 필요한 돈만 지니고 다닐 것. 숙소를 나서기 전 미리 방향을 잡고 거리에서 지도를 들여다보지 말 것. 현금인출기를 이용해야 한다면 건물 안에 있는 기기를 이용할 것. 전자제품은 전부 숙소에 맡겨두고 나갈 것. 카메라를 들고 다녀야 한다면 최대한 감출 것. 어두워진 후에는 반드시 택시를 탈 것. 텅 빈 거리를 피할 것. 밤에 나갈 경우 가방을 지니지 말 것.

가이드북에 적힌 이 도시에 대한 경고를 읽자니 여길 가야 하나 싶은 의구심이 먼저 피어올랐다. 브라질에서 가장 위험한 도시로 꼽히는 사우바도르. 강도만 득실거리는 도시라면 무조건 피하고 보겠지만, 위험을 감수할 만한 매력 또한 넘친다. 무엇보다 아프리카의 영향을 깊게 받은 지역이라 아프리칸 브라질리언들의 자부심이 살아 있는 도시다. 언제나 이종교배, 서로 다른 것이 뒤섞여 만들어내는 분위기에 끌리는 나를 유혹한다. 내가 살고 있는 곳과는 다른 것을 찾아 지구 반대편까지 날아왔는데, 브라질에서도 독특한 곳이라니 안 갈 도리가 없다.

시Se 광장에 내려 트렁크를 끌고 숙소를 찾아가는 길. 내가 그토록 좋아하는 돌 깔린 옛길이 이렇게 나를 괴롭힐 줄이야. 돌 사이에 끼어버리는 바퀴 때문에 몇 번을 멈춰야 했는지 모른다. 트렁크를 쓰레기통에 처박아버리고 싶었다. 평생 배낭족으로 살고 싶었던 내가 트렁크를 끌게 된 건 의사의 권고 때문이다. 1년간의 중남미여행을 마치고 내가 얻은 건 퇴행성 디스크라는 진단이었다. 의사는 지난 10년간 무거운 배낭을 메고 너무 오래 돌아다닌 탓인 것 같다며 앞으로 배낭을 메는 일은 자제하라고 당부했다. 1년 가까이 치료받은 덕분에 허리의 통증은 많이 줄었지만 이제 배낭을 메고 다니기는 어려워졌다. 그렇다고 여행을 포기할 수는 없는 법. 꿩 대신 닭이라고 트렁크를 끌고 오는 모험을 저지른 덕분에 오루프레투에서도, 사우바도르에서도 이런 고생을 하는 중이다. 게다가 길을 가르쳐준다며 따라오라던 아줌마가 도중에 빵집에 들러 빵도 사고, 친구와 마주쳐 수다도 떠는 바람에 시간은 잘도 늘어진다. 덕분에 이 도시를 찬찬히 둘러보며 걷고 있지만. 사우바도르의 역사지구는 우선 원색의 화려함으로 시선을 끈다. 건물만큼이나 색상이 선명한 옷을 차려입은 검은 피부의 사람들이 거리에 넘친다. 자신의 기원을 피부에 새겨넣은 사람들이다.

내가 찾아간 숙소는 좁고 오래된 건물이지만, 듣던 대로 직원이 엄청나게 친절하다. 문을 열고 들어서는 순간, 리셉션의 청년이 "너, 남희지?"라며 이름까지 정확히 발음할 정도니. 호스텔 안내를 마친 이 친구 구스타보, 지도를 꺼내 내 앞에 놓는다. 그리고 지도 위에 펜으로 표시를 시작한다. 낮에는 안전하나 밤에는 위험한 지역, 낮과 밤 모두 위험한 지역, 낮에도 밤에도 다 안전한 지역(물론 거의 없다)을 형광펜으로 칠해가며 알려준다. 주변의 맛있는 식당과 가볼 만한 곳까지 한꺼번에 짚어준다. 그리고 가이드북에 적힌 것과 비슷한 안전 수칙을 알려준다. 밤에는 절대 혼자 돌아다니지 말고, 가방도 갖고 나가지 말라고. 그의 발음이 좀 특이해 어디서 왔느냐 물으니 아르헨티나 파타고니아에서 왔단다. 내가 중남미에서 제일 좋아하는 지역이라고 하니 "너, 뭐 좀 아는구나"라며 엄지손가락을 세워준다.

짐을 풀어놓고 막상 거리로 나가려니 긴장감이 밀려든다. 골목마다 건장한 남자들이 가득하다. 저마다 '잉여력'이 철철 넘친다. 카메라를 꺼내고 넣을 때마다 주변을 살피지만 매 순간이 두렵다. 총을 차고 방탄조끼를 입은 경찰이 노는 청년만큼이나 깔렸는데도…… 아니, 오히

려 총 든 경찰이 보일수록 이 도시의 위험도가 올라가는 것 같다. 도대체 얼마나 사고가 많이 일어나면 대낮부터 골목과 광장에 저렇게 많은 무장경찰이 진을 치고 있는 걸까. 잔뜩 긴장하게 만드는데도 이 도시에는 사람을 흥분시키는 무언가가 있다. 카니발이 끝난 후인데도, 그저 평범한 일상의 공간인데도 눈에 보이지도 않고 만져지지도 않는 '공기의 흐름' 같은 게 있다. 이 공기의 팽팽한 긴장감이야말로 사우바도르만의 독특한 매력인지 모르겠다.

이 도시에 발을 딛는 순간, 아무리 무딘 후각을 지닌 이도 느끼게 될 것이다. 도시의 골목마다 배어나는 길들지 않은 야생의 냄새를. 이 야생의 냄새는 사우바도르가 브라질에서 가장 범죄율이 높은 도시라는 것과도 관련이 있을 것이다. 원초적인 에너지를 발산하며 살아가는 삶에는 당연히 사고의 위험이 따라붙을 수밖에 없다. 억누르지 않고 자유롭게 분출하는 에너지는 늘 과열과 폭발의 위험을 안고 있으니. 그런 불온한 기운은 여행자를 유혹하는 페로몬으로 기능하는지도 모른다. 마치 청담동 대로변의 화려한 명품숍보다는 이태원 뒷골목의 보세 가게에 재미있는 물건이 더 많을 것 같은 것처럼. 원색의 컬러풀한 건물들 때문일까. 그 건물만큼이나 화려한 색의 아프리카풍 드레스를 걸치고 거리에 서 있는 검은 피부의 여자들 때문일까. 그도 아니라면 광장에서 무술 카포에이라를 연습하는 날렵한 소년들 때문일까. 사우바도르는 브라질의 어떤 도시와도 다른 자기만의 강렬한 냄새와 기운을 지녔다.

바이아 주의 주도인 사우바도르가 내뿜는 이 기운은 아프리카에 기댄다. 16세기 중반부터 사탕수수 농장의 노동력 확보를 위해서 흑인 노

NIGERIA
CULTURAL HOUSE
HOSTEL
AMIZADE

예들이 이곳으로 끌려왔다. 그들이 가져온 음악, 무용, 종교, 의상, 요리 등의 아프리카 문화는 이곳에 흡수되어 독자적인 '아프로-브라질리언' 문화를 꽃피웠다. '흑인의 로마'로 불리는 이 도시에는 수백 개 이상의 교회와 콜로니얼 건축물이 남아 있다. 사탕수수 산업의 쇠락과 함께 리우데자네이루로 수도가 옮겨가면서 사우바도르는 그 명성을 잃었다. 하지만 아프리카 노예의 후손들이 그들의 전통문화를 사우바도르만큼 지켜낸 곳이 또 있을까. 독특한 선율의 비림바우 음악, 서아프리카의 밀교인 칸돔블레 종교, 춤과 격투기를 섞은 듯한 무술 카포에이라, 야자유와 코코넛 밀크를 듬뿍 넣은 토속음식 모케카, 검은 피부를 돋보이게 만드는 순백의 의상에 이르기까지 흑인들의 문화는 이 도시에 완벽하게 살아남았다. 그 이질적인 문화의 생동하는 기운이 여행자를 뒤흔든다.

사우바도르 중에서도 아프로-브라질리언 문화를 만끽할 수 있는 곳이 지금 내가 서 있는 역사지구다. 16세기 중반, 브라질의 수도를 찾으라는 포르투갈 왕실의 명령을 받은 토메 드 소자의 배가 이 도시의 해변에 닻을 내렸다. 군인과 정착민, 신부와 몸 파는 여인 들까지 실은 배였다. 그가 도시를 건설한 후 사탕수수와 담배, 금과 다이아몬드로 그 산업기반이 바뀌어가는 2백 년간 사우바도르는 브라질 최초의 수도로 번성했다. 그 당시 사우바도르는 포르투갈에게 리스본 다음으로 중요한 도시였다. 금으로 치장된 바로크 양식의 교회, 호화로운 맨션, 다양한 축제로 이름을 떨친 이 도시는 '모든 성인과 거의 모든 죄악의 도시'로 불릴 정도로 부유함과 난잡함을 자랑했다. 그 화려함은 세계문화

유산으로 지정된 역사지구에 고스란히 남아 있다. 역사지구는 시민들의 쉼터 역할을 하는 시 광장에서 시작해 제주스 광장을 거쳐 노예시장이 있던 펠로리뉴까지 이어진다.

제일 먼저 찾아간 곳은 별 기대도 하지 않고 들어선 상프란시스쿠 교회. 브라질에서 가장 호화로운 교회라더니 이곳의 화려함에는 벌어진 입이 다물어지질 않는다. 포르투갈에서 가져온 블루 타일이 박힌 중정의 회랑도 시선을 끌지만, 80킬로그램 무게의 은 샹들리에가 매달리고 한 치의 틈도 없이 빼곡하게 금박을 입힌 제단과 주변 장식은 한숨이 나올 정도다. 인간이 인간을 사고파는 일을 묵과했던 가톨릭 교회가 이 예배당 안에서는 신 앞에서 만인의 평등을 이야기했을까.

시 광장을 지나 토메드소자 광장으로 건너오면 주변과는 어울리지 않는 탑처럼 생긴 건물이 눈에 띈다. 높이 72미터의 이 탑은 놀랍게도 엘리베이터다. 17세기 초에 로프로 당겨서 작동한 엘리베이터가 생긴 이후 같은 자리에서 변신을 거듭해온 이 엘리베이터는 윗동네와 아랫동네를 20초 만에 연결해준다. 백 원쯤 되는 요금을 내고 엘리베이터를 타고 내려가면 민예품 시장 메르카두 모델루가 이어진다. 이곳은 흑인 노예를 사고팔던 시장이었다. 비극의 역사가 아로새겨진 이곳에서는 언제나 사우바도르에서 태어난 무술인 카포에이라 공연을 볼 수 있다. 사우바도르에 가면 반드시 카포에이라를 봐야만 한다고 모두 입을 모았다. 하지만 다들 이런 말도 했다. 어디서나 카포에이라를 볼 수 있지만 진짜 카포에이라를 보기는 힘들 거라고, 이제 대도시의 카포에이라 공연은 관광객의 돈을 노리는 쇼일 뿐이라는 이야기였다. 듣던 대로 공연을 보려고 멈춰서니 바로 누군가가 다가와 돈을 걷는다. 그것도 최소 얼마를 내라고 당당히 요구한다. 나는 그들이 요구하는 10헤알을 건넨다. 씁쓸한 기분으로 지켜보기 시작한 카포에이라는 곧 나를 사로잡는다. 춤과 격투기가 혼합된 듯한 바이아 지방 특유의 무술인 카포에이라는 곡예에 가까운 기술을 선보인다. 남성적인 강인함이 유연한 몸놀림과 어우러진다. 한 줄짜리 악기인 비림바우, 탬버린, 벨과 드럼의 선율과 노래, 손뼉에 맞춰 빠른 발 기술, 체조에 가까운 공중돌기 등이 현란하게 펼쳐진다. 아프리카의 종교의식의 춤에서 기원한 카포에이라는 무기를 사용할 수 없던 노예들이 주인의 폭력에 맞서기 위한 자기방어술로 연마되었다. 비림바우 연주도 주인들의 접근을 알리기 위한 신호였다고 하니 이토록 슬픈 유래를 가진 무술이 또 있을까. 그래서 한 때 카포에이라는 지배 권력에 의해 금지를 당하기도 했다. 카포에이라의 춤 안에는 언제든 폭발할 수 있는 힘이 감추어진 것 같다. 저 현란한 발차기에 가격이라도 당하면 갈비뼈 몇 개는 그냥 나가지 싶다.

자신을 방어하기 위해 태어난 이 무예는 이제 돈을 벌기 위한 수단으로 전락한 게 아닐까. 시 광장에서도, 이곳 시장에서도 카포에이라를 공연하는 이들은 집요하게 돈을 요구한다. 유럽 각국에서 대유행이라는 이 격투기를 배우기 위해 이 도시를 찾는 이들도 꽤 많다. 지금 내 옆에 있는 파야 또한 코펜하겐의 병원에서 간호사로 일하는 틈틈이 지난 5년간 카포에이라를 배웠다고 한다. 그래서 이번 여름휴가의 목적

은 본고장에서의 카포에이라 수련이다. 파야는 돈을 내지 않고도 카포에이라 수련을 볼 수 있는 곳이 있으니 그곳에 가보자고 한다. 관광객을 위한 돈벌이가 아닌, 심신을 단련하기 위해 연습하는 모습을 보겠다고 도시의 반대쪽까지 땀을 뻘뻘 흘리며 찾아가니 하필 장날이다. 오늘은 수련이 없으니 내일 다시 오란다.

저녁에는 파야와 함께 아프리칸 리듬이 진하게 묻어나는 춤 공연을 보러 간다. 역사지구에 있는 몇 개의 극장에서는 매일 밤 다양한 문화공연이 열리는데 우리는 그중 한 곳을 골랐다. 아프리카 전통 종교의 신들이 등장하는 칸돔블레 춤부터 시작해 카포에이라, 비트가 빠르고 강한 삼바까지 박력 넘치는 춤을 즐기다보면 어느새 아프리카의 향기에 매혹되고 만다. 이 도시에 흐르는 강렬한 에너지는 역시 아프리카의 리듬에 기댄 바가 큰 것 같다.

돈을 내고 보는 공연이 아깝다면? 사우바도르에서는 거의 매일 밤 무료 라이브 콘서트가 열린다. 아포세, 삼바레게 같은 아프리칸 리듬이 진하게 녹아든 특유의 음악 장르를 빚어낸 이 도시에 음악 없이 밤은 오지 않는다. 특히나 매주 화요일 밤 펠로리뉴의 교회 계단에서 열리는 공연은 엄청난 에너지의 자장을 만들어낸다. 종교 부흥회에 가까운 열정, 광기에 가까운 몰입. 연주자들과 청중이 하나되어 쏟아내는 에너지는 도시를 뒤흔들고도 남는다. 아바나를 떠난 이후 춤과 음악이 이렇게 공간을 지배하는 곳은 처음이다. 어디서나 들려오는 이 도시의 음악에도 원시적인 힘이 넘친다. 어쩌면 음악과 춤이 이 도시에 만연한 폭력의 기운을 가까스로 누르고 있는 건지도 모른다. 이 도시에 힘을 다스리게 하는 카포에이라가 없다면, 열정을 분출하게 하는 아프리칸 리듬이 없다면, 이들의 삶은 더 견디기 힘들었을 것이다.

사우바도르는 감옥에서 막 나온 조직폭력배를 보는 것 같다. 손을 씻었다고 주장하지만 날카로운 단검 하나를 주머니에 꽂고 도시를 활보하는 옛 조폭 두목. 그의 단단한 몸과 날카로운 눈빛은 사람을 매혹시키지만 가까이 가면 위험할 것 같다. 그런데도 주춤주춤 나는 그에게 다가간다. 반듯하게만 살아온 모범생 청년이 들려주지 못하는 이야기를 그가 속삭여줄 것만 같아서. 지루한 평화가 아닌, 아드레날린이 솟구치는 모험 속으로 나를 끌어당길 것만 같아서. 사우바도르는 눈으로 보는 곳이 아니라 심장으로 느끼는 곳이고, 사진을 찍는 곳이 아니라 몸으로 경험하는 곳이다.

모든 여행은 위험을 품고 있다. 위험하지 않은 낯선 곳은 없다. 한 번도 해보지 못한 경험을 하고, 한 번도 들어본 적 없는 이야기를 듣기 위해서는 안전한 집을 나서서 위험한 바깥으로 나가는 수밖에 없다. 사우바도르는 여행은 원래 위험한 것이라는 것을, 내 유전자 안에는 안전한 이곳보다 위험한 저곳에 끌리는 본능이 담겨 있음을 확인시켜준다.

다음날, 파야와 본핑 교회를 찾아간다. 병을 낫게 하는 기적의 교회라더니 입구에서부터 기묘한 분위기가 넘친다. 교회를 두른 철조망에 빈틈없이 묶인 수만 개의 리본이 바람에 날리고 있다. 세 번을 돌려 묶으며 세 가지 소원을 말하면 소원이 이루어진다는 리본. 이토록 간단하고 쉬운 소원 놀이를 거부할 사람이 있을까. 종교가 없는 파야와 나도 리본을 사서 묶는다. 하나는 나와 우리 가족을 위해, 다른 하나는 감자씨와 그의 가족을 위해. 교회 안으로 들어가니 마침 예배가 진행중이다. 그리 크지 않은 예배당은 앉을 자리도 없이 가득찼다. 예배당 옆의 복도에는 병이 낫기를 기원하는 이들이 보낸 의수와 의족, 아픈 곳을 찍은 사진으로 천장과 벽이 빼곡하게 메워졌다. 낯설고 슬픈 풍경이다.

돌아오는 길에는 다시 모델루 시장에서 카포에이라를 구경한다. 파야는 카포에이라를 처음 배울 때는 자기의 우스꽝스러운 몸놀림에 자꾸 웃음이 터진다고 한다. 하지만 이들의 몸돌림에는 감탄이 절로 나온다. 폭력을 억제하면서 인간의 몸에 깃든 에너지를 최대한 분출하는 춤. 이 도시를 카포에이라만큼 잘 드러내는 게 또 있을까. 사우바도르는 카포에이라고, 카포에이라는 곧 사우바도르다.

카포에이라를 보는 것만으로도 에너지가 분출되는 걸까. 금세 배가 고파진다. 파야와 함께 바이아 음식 뷔페를 먹으러 출발. 사우바도르는 아프리카 스타일의 토속 음식 모케카로 유명하다. 모케카는 야자유에

코코넛 밀크와 토마토, 고수, 양파 등을 넣고 끓인 생선찌개 같은 음식이다. 이 식당에는 열 가지도 넘는 모케카가 있다. 오징어, 홍합, 조개, 새우, 굴, 대구, 게살 같은 싱싱한 해산물을 듬뿍 넣은 모케카다. 하지만 생각보다 느끼하고 밍밍하다. 청양고추를 두어 개 다져넣으면 맛이 확 살아날 텐데…… 본고장에 와서 먹는 모케카보다 리우의 이파네마 해변에서 먹었던 '바이아 스타일 새우 요리'가 더 생각난다. 관광객의 입맛에 맞추었는지 그쪽이 훨씬 진하고 고소했는데……

오늘도 사우바도르는 가뿐하게 35도를 넘긴다. 태양이 정점에 오른 오후, 우리는 해변을 찾아간다. 뉴욕에서 온 한스(한 직장에서 20년을 넘게 일했는데 얼마 전 정리해고를 당했단다. 그래서 지금 6개월째 중남미여행중이다)와 파야, 한국음식 마니아라고 자신을 소개하는 호주 처녀 크리스티나와 함께. 나는 동네 구경하러, 그들은 해수욕과 선탠을 즐기러. 해변의 물빛은 평범하지만 등대도 올라가보고, 바닷물에 잠시 발도 담그

며 쉬다 온다. 한낮의 열기가 사그러드는 이른 저녁. 숙소의 테라스에서 책을 읽고 있으니 누군가 말을 걸어온다. 그것도 중국어로.

"혹시 중국인이에요?"

나도 중국어로 대답한다.

"아니요, 한국인이에요."

"그런데 어떻게 중국어를 해요?"

"옛날에 조금 공부했었어요."

여기까지가 한계다. 이제 영어로 바꾼다. 우리는 잠시 여행자들끼리 늘상 하는 호구조사를 한다. 여긴 언제 왔는지, 얼마나 있을 건지, 다음엔 어디로 가는지…… 올해 스물여섯 살인 대만 처녀 릴리언은 3년째 여행중이다. 온몸에서 자유와 바람의 향기가 묻어난다. 새까맣게 탄 몸, 얼굴의 피어싱과 목의 문신, 자유분방한 옷차림. 그녀의 뒷목에는 컬러판 세계지도가 그려져 있다. "세계를 여행하며 인생을 즐기고, 아름다움을 찾고, 마침내 너 자신을 발견하라"라고 선동하는 글까지 적혀 있다. 그녀는 여행중에 너무 미친 짓을 많이 해서 사람들이 다 여행기를 쓰라고 할 정도란다. "나는 여행을 가기 위해 미친 짓을 많이 하는데!"라니 그녀가 웃는다. 직장을 때려치우고, 가정을 박차고 나오고, 전세금을 뺐다고 하니 릴리언이 입을 벌린다. 병을 앓는 남자친구를 내버려두고 왔다는 이야기까지는 양심상 차마 못 하겠다.

"넌 여행중에 무슨 미친 짓을 했는데?"

"너도 알잖아? 술 먹고, 파티하며 놀다가 깨어나니 엉뚱한 곳인데 기억은 전혀 없고……"

불행히도 나는 모른다. 술을 마실 줄 모르니. 사우바도르가 무섭지 않으냐고 물으니 릴리언은 한 번도 무언가를 두려워하거나 겁먹은 적이 없다고 한다. 사우바도르는 세 시간 만에 다 둘러봤다고, 교회나 박물관 따위에는 관심도 없다고 당당히 말하는 그녀. 일기장이나 수첩도 안 가지고 다닌단다. 여행일기 같은 건 한 번도 써본 적이 없단다. 나와는 완전히 다른 스타일의 여행을 하는 릴리언을 따라다니면 내가 전혀 모르는 여행의 세계를 발견할 것만 같다. 그렇지만 그녀는 또 나와 닮아 있기도 하다. 익숙한 것보다는 낯선 것에 매혹되는 영혼을 지녔다는 점에서. 그래서 아무것도 묻거나 따지지도 않고 마음이 이끄는 대로 여기까지 왔다는 점에서.

건너편 테이블에서 일기를 쓰다가 가끔씩 대화에 끼어드는 네하. 인도 태생의 영국인인 그녀는 소아과 의사다. 자기 이름이 인도어로 '인생의 폭포'라는 뜻이라서인지 자기 인생은 컨트롤이 전혀 안 된단다. 영국에서 온 마이크, 캐롤라인, 린지 등 주변의 여러 여행자들과도 인사를 나눈다. 그리고 모두 다 함께 광장에서 열리는 레게 콘서트를 보러 나간다. 다들 드레스에 가까운 원피스를 차려입었는데 신발은 모두 다 조리. "이 차림이면 킬힐은 신어줘야 하는데……"라며 깔깔깔 웃는다. 우리는 핸드백이나 지갑도 챙기지 않는다. 이 도시에서는 아무것도 안 들고 다녀야 프로여행자로 보인다는 걸 아니까. 다들 원피스의 가슴골에 지폐 한 장을 꽂아넣고 용감히 숙소를 나선다. 광장의 무대에서는 이미 밴드가 음악을 연주하고 있다. 인도까지 가득 메운 사람들은 음악에 맞춰 자유롭게 몸을 움직인다. 옆 노점상에서 라임과 럼을 넣은 브

라질의 국민 칵테일 카이피리냐를 주문한다. 독한 사탕수수럼이 라임의 새콤하고 달콤한 맛과 뒤섞여 부드럽게 식도를 타고 넘어간다. 잘게 부서진 얼음 덩어리가 온몸으로 찬 기운을 불어넣어준다. 나 같은 사람은 한 잔만 더 마시면 대로에 드러눕겠구나. 어느새 잔을 비운 릴리언이 한 잔 더 하겠느냐고 묻는다. 나는 괜찮다고 하며 밤하늘로 번져가는 선율에 귀를 모은다. 오랜만에 두려움을 잊은 채 밤의 사우바도르를 즐긴다. 사우바도르는 활활 타오르는 불덩이 같은 도시다. 가까이 가면 언 몸을 녹일 수 있다. 하지만 너무 다가가면 온몸을 델지도 모른다. 절묘한 균형감각으로 팽팽한 '밀당'을 해야만 하는 도시. 사우바도르는 붉은 기운이 넘실거리는 땅이다.

나를 잡아채는 일상의 풍경

헤시피 / 올린다

사우바도르에서 헤시피까지는 야간버스로 열네 시간이 걸리는 거리였다. 버스는 불빛 하나 없이 나무만 무성한 들판을 가로지르기도 하고, 때로는 허름한 집이 늘어선 도로변을 끼고 달리기도 했다. 때마침 창밖으로는 보름달이 떠올랐다. 달빛 아래로 공터의 가로등 밑에서 목을 긁는 개 한 마리, 자전거를 타고 집으로 돌아가는 가장의 구부정한 등이 지나갔다. 버스가 지나쳐가는 동네들은 하나같이 보잘것없었지만 눈길을 끄는 장면이 계속 반복됐다. 어두운 가로등이 켜진 집 밖에 의자를 내놓고 모여 앉은 사람들의 모습이다. 저녁식사를 마친 후 집 앞에 나와 멍하니 앉아 지나가는 차를 바라보거나, 이런저런 이야기를 진지하게 나누고 있을 터였다. 아이와 어른, 여자와 남자가 너나없이 어울리고, 사람과 가축이 뒤섞여 있었다. 그 풍경을 바라보며 달려가는 동안 문득, 인생이 별거 있을까 싶었다. 배곯지 않고 밥을 지어먹고, 집 앞에 모여 앉아 두런두런 이야기를 주고받으며 밤을 맞으면 되는 거지. 오늘 하루 무사히 넘겼으면 그 이상 바랄 게 있나. 환한 달빛 아래 드러나는 그들의 얼굴이 어찌나 편안해 보이는지 나도 집으로 돌아가 골목에 의자를 내놓고 앉아 있고 싶어졌다. 그리고 어느 골목에선가 혼자서 밤을 맞고 있을 사랑하는 남자가 자꾸만 그리워졌다. 감자씨를 두고 떠나온 지금, 이제 일상의 풍경은 자꾸만 나를 잡아챈다. 그 풍경이 소소할수록, 아무것도 아닌 것일수록 나를 끌어당기는 힘은 더 크다. 떠나고만 싶게 만들던 그 익숙한 일상의 풍경이 이제는 그 어떤 낯선 풍경보다 더 나를 흔들어놓는다.

밤새 달린 버스가 나를 내려놓은 마을 올린다는 그렇게 나무 그늘 아래 의자를 내어놓고 하루 종일 앉아 있고 싶은 도시다. 바로 옆에 붙어 있는 대도시 헤시피에서는 날마다 악다구니를 써야 하는 삶이 이어진다 해도, 이 고즈넉한 동네에는 고요하게 하루를 맞고 보내며 하루 종일 걸어 다녀도 담장을 넘는 목청 높은 소리는 전혀 들리지 않을 것 같다. 물론 그럴 리는 없겠지만. 일요일 아침이면 구김 없는 흰 블라우스에 치마를 차려입고 교회에 가는 단정한 소녀 같은 느낌의 마을이다.

이곳에 대한 나의 감상을 방해하는 건 함께 버스를 타고 온 이탈리아 처녀 카롤리나다. 숙소의 정원에 아침식사가 차려지는 걸 본 그녀, 이런다.

“남희, 가서 아침 먹자. 아무도 모를 거야.”

이렇게 용감한 캐릭터는 오랜만이라 당황스럽다.

“아무리 그래도 그건 좀……”

“흠…… 넌 이탈리안 스타일은 싫다는 거구나. 알았어.”

이탈리안 스타일이라니, 그냥 자기 스타일이라고 할 것이지. 재밌는 아가씨다.

"리셉션에 가서 물어보고 올게."

3천 원을 내면 아침을 먹을 수 있다고 전하니 카롤리나는 실망이라는 듯 고개를 절레절레 흔든다. 어쨌든 우리는 함께 아침을 먹고 햇살이 더 뜨거워지기 전에 마을 산책을 나선다.

20년간 네덜란드에게 점령당했던 올린다는 네덜란드와 포르투갈 양쪽의 건축물이 다 남아 있다. 손바닥만한 마을에 스무 개 이상의 수도원과 교회가 있어 유네스코 세계문화유산에 등록된 도시이기도 하다. 이곳에서 6킬로미터 떨어진 도시 헤시피에게 주도 역할을 빼앗긴 후 잠자던 이 작은 마을은 이제 관광 산업의 붐으로 긴 잠에서 깨어나고 있다. 올린다의 중심은 카르무 광장. 광장에서 시작해 시계 방향으로 걷다보면 상페드루 교회, 히베이라 시장, 미제리코르지아 교회, 아름다운 바다가 내려다보이는 시 성당, 브라질 최초의 수도원 중 하나인 상프란시스쿠 수도원 순으로 돌아 다시 카르무 광장으로 내려오게 된다. 올린다의 골목과 광장을 걷다보면 유네스코 세계문화유산이라기에는 좀 소박한 게 아닌가 싶기도 하다. 오루프레투나 사우바도르의 역사지구에 비하면 확실히 규모도 작고, 눈길을 끄는 건물도 없다. 하지만 올린다에서 보내는 시간이 길어질수록 이 도시는 다소곳이 마음을 잡아당긴다. 파스텔톤으로 칠해진 작은 집들. 언덕에서 바라보는 물빛 고운 바다. 둘러보는 데 10분쯤이면 되는 아주 작은 박물관들. 차분하고 다정한 동네 사람들. 번잡함이나 요란함과는 거리가 먼 마을 분위기가 마음의 긴장을 풀어준다. 언덕 위의 시 성당 맞은편에는 나무 그늘이 있고 그 아래 의자 몇 개가 놓여 있다. 그곳에는 늘 수다를 떨거나 신문을 보고 있는 동네 사람들이 앉아 있다. 동네를 거닐다가 그 의자가 비어 있으면 나도 잠시 앉는다. 옥빛 바다를 바라보며 저 바다 너머 아득히 먼 곳에 두고 온 사람을 생각한다. 남쪽 바닷가에 사는 그는 내가 그리워 서울까지 올라와 빈 우리집에 머물고 있고, 나는 지구 반대편인 이곳에서 바다를 보며 그를 그리워한다.

어째서 아픈 그를 두고 혼자 떠나왔을까. 그는 어째서 나와 함께 오지 못했을까. 지난 몇 주간 나 자신과 그를 향한 원망이 마음속에 가득했다. 하지만 내가 떠나와야만 했듯이, 그 또한 머물러야만 했을 것이다. 그에게는 그만의 여행이 있기 때문에 홀로 남은 것이리라. 감자씨가 공황장애를 앓지 않는다면, 우울증이 없다면 얼마나 좋았을까. 내가

이렇게 바라듯 그도 간절히 원했을 것이다. 내가 여행가가 아니기를, 언제나 집에 머무는 사람이기를. 그런데도 그는 나를 떠나보내며 단 한 순간도 원망하는 모습을 보이지 않았다. 오히려 망설이는 내 등을 떠밀었다. 그는 내가 떠나야만 했기에 떠난 거라고 믿어주었다. 아픈 그의 곁에 더 오래, 더 생기 있는 모습으로 머물기 위해 나에게는 혼자 있을 시간이 필요했다. 곁에서 매일 울고 있는 나약한 내가 아니라 할 일을 묵묵히 해내는 나이고 싶었다. 그가 좁고 어두운 자신만의 세계 안에서 머물러야 하는 때가 있듯, 나에게는 내가 지켜야 할 세계가 있다. 그 세계는 일상 너머에 있는 세계였다. 그러니 우리는 둘 다 그럴 만했기에 그랬던 것이다.

돌이켜보면 그는 어떤 상황에서도 내가 하는 일에 대해 늘 '그럴 만해서 그랬을 것이다'라는 태도를 견지했다. 50년쯤 함께 산 노부부의 관계에서나 가능할 법한 믿음으로. 그러니 이제는 그의 선택을 받아들이자. 어쩔 수 없이 그리했던 거라고. 인생은 원하는 대로, 계획한 대로 흘러가지 않는다. 사랑하는 두 사람이 언제까지나 함께 있기를 바라지만 떨어져 있어야 할 때도 오는 법이다. 우리는 지금 인생이라는 길 위에서 잠시 각자의 여행을 하며 서로를 그리워하고 있다. 서로의 선택을 감수하며 외로움을 견디고 있다. 결국 그도 나도 용감하게 떠나고, 용감하게 머물렀던 거다. 서로를 사랑하고 믿는 마음으로. 눈물을 닦고 바다로 눈을 돌린다. 해안선을 따라 오른쪽으로 헤시피의 고층 빌딩 스카이라인이 이어진다. 저 바다를 넘어 지구를 반 바퀴 돌아가면 그가 있는 곳일까. 오늘따라 눈앞의 바다가 멀기만 하다.

올린다를 걷다보면 이곳은 소박한 일상의 풍경을 관광객들에게 장악당하지 않았구나 하고 안도하게 된다. 욕심을 버리지 못해 바쁘게 움직이던 여행자들조차 올린다에서는 아무것도 하지 않고 며칠을 뒹굴다 떠나기가 일쑤다. 1년에 한 번, 카니발 기간이 되면 입장료도 없는 어마어마한 음악 축제로 브라질 전역에서 사람들을 끌어모으는 마을. 수백 개의 밴드가 모여 거리에서 밤낮 구분 없이 음악을 연주한다는 그 시기에 다시 이곳을 찾을 수 있을까. 그때는 숙소 앞 골목에 의자를 내놓고 감자씨와 나란히 앉아 축제의 인파를 구경할 수 있을까.

마치 다정한 연인의 이름 같은 두 도시 헤시피와 올린다는 한 도시라 해도 될 만큼 붙어 있으면서 전혀 다른 성격과 얼굴을 지녔다. 사탕수수 산업이 시작된 시기인 16세기에 태어난 두 도시 중 먼저 영광을 누린 것은 올린다였다. 아프리카에서 끌고 온 흑인 노예를 기반으로 이곳이 사탕수수 산업의 중심지가 되자 재산을 모은 농장주들은 올린다의 언덕에 집과 교회를 짓기 시작했다. 그 당시 올린다는 페르남부쿠 주의 주도였고, 헤시피는 사탕수수를 싣고 대서양으로 나가는 항구일 뿐이었다. 18세기 후반, 헤시피의 상인들이 올린다의 사탕수수 농장주들을 피를 동반한 싸움으로 무너뜨렸다. 3백 년 후인 19세기 중반, 마침내 헤시피는 페르남부쿠 주의 주도 자리를 차지했다. 올린다에서 6킬로미터밖에 떨어지지 않은 헤시피는 상공업도시로서의 얼굴과 식민지 시대의 분위기를 간직한 역사도시로서의 얼굴을 함께 지녔다. 브라질 북동 지역 최대의 상공업도시인 이곳은 브라질의 대부분 대도시처럼 치안이 좋지 않다. 좋지 않은 정도가 아니라 악명을 떨친다. 브라질에서 사우바도르와 함께 살인율이 높은 도시로 꼽히는 불명예를 지닌 데다가 버스를 통째로 터는 강도 사건도 자주 일어난다. 그러니 거리를 걸을 때면 나도 모르게 잔뜩 움츠러든다.

헤시피의 역사지구는 상조제 시장 부근을 중심으로 식민지 시대 부호들의 대저택과 콜로니얼풍의 교회와 광장 등이 남아 있다. 대서양에 둘러싸인데다, 두 개의 강이 만들어낸 작은 섬들 덕분에 오십여 개의 다리와 운하가 만들어져 있어 '브라질의 베니스'라는 별명을 얻기도 했다. 하지만 솔직히 그 별명은 아무리 좋게 봐줘도 과찬이 아닌가 싶다. 헤시피의 첫인상은 기묘하다. 페인트칠이 다 벗겨진 채로 내버려둔 옛 건물들. 그사이로 멋대가리 없는 고층 건물들이 마구잡이로 뒤섞여 있다. 그러다가 문득 놀리듯이 완벽하게 복원한 옛 건물이 불쑥 고개를 내민다. 그 부조화는 빈말로라도 예쁘다고는 할 수 없지만 자꾸 시선을 끈다. 특히나 시장이 가득한 산투안토니우 지구는 청계천이나 을지로

주변의 시장 골목을 걷는 기분이다. 온갖 소음이 들려오는 비좁은 골목. 일 없이 앉아 있는 남자들. 대낮부터 공원에 드러누운 노숙자들. 길가에 버려진 상자와 쓰레기. 복잡하게 얽힌 전선줄. 요란한 호객 행위. 불안한 활기랄까. 생활력 강한 시장 상인들의 활력에 브라질 특유의 에너지가 더해진다. 카메라를 꺼내 사진을 찍으면 가게 주인이 나와서 카메라를 감추라고 자꾸 손짓한다. 이런 시민들이 있는 한 괜찮지 않을까? 브라질은 이런 안일한 태도에 경종을 울려준다. 그것도 상상도 못 한 잔혹한 방법으로.

다음날 아침, 나는 올린다의 숙소 침대에 누워 잠이 덜 깬 눈으로 휴대전화를 만지작거리고 있다. 오랜만에 인터넷 뱅킹을 하려고 계좌에 들어간 순간, 눈이 자동적으로 껌뻑거린다. 통장 잔고 0원. 지금 꿈을 꾸는 건가? 이게 뭐지? 몇 번을 다시 봐도 잔고는 '0'이다. 정신이 번쩍

들어 침대에서 벌떡 일어난다. 외마디 비명을 지르며. 마지막으로 돈을 찾았던 게 언제였지? 리우의 레블롱 지역에 있던 시티은행에서였다. 돈을 찾은 그 다음날 아침, 비행기를 타고 사우바도르로 날아갔고, 사우바도르나 이곳 올린다에서는 돈을 찾지 않았으니 사고는 리우에서 일어난 게 틀림없다. 내가 사우바도르에 머무는 동안 내 카드를 복제한 누군가는 사흘 동안 세 번에 걸쳐 내 통장에서 야금야금 돈을 빼갔다. 여행 경비로 넣어둔 3백만 원 전부를. 어떻게 체크카드로 이런 일이 생길 수 있는 걸까? 패닉상태로 울며불며 감자씨와 통화를 한다. 감자씨는 진정하라고 나를 달래며 은행과 먼저 통화해보라고 한다. 나는 버럭한다. "여기서 한국 은행이랑 통화하는 게 쉬운 줄 알아요? 요금이 얼마나 많이 나오는데요." 물이 아래로 흐르듯 갈 곳을 잃은 분노가 제 길을 찾아간다. 불쌍한 감자씨에게로. 동굴에서 곤히 겨울잠을 자다가 사냥꾼의 억센 손에 붙잡힌 아기 곰처럼 감자씨는 오밤중에 봉변을 당한다. 이 어이없는 브라질 은행의 전산망 시스템 설계자가 감자씨인 양 그를 몰아세운다. 감자씨에게 화풀이를 실컷 한 뒤 전화를 끊고 호흡을 고른다. 그리고 서울의 은행으로 전화를 건다. 분당 3천 원이 넘는 통화료를 감수하며. 최대한 공손하면서도 동정심이 느껴질 만큼 나약한 피해자의 목소리로. 은행에서는 일단 경찰서에 가서 사고를 신고하고, 확인증을 받아오라고 한다. 내가 한국에 돌아가서 직접 사고 신고를 해야 수사가 시작된다면서. 게다가 카드 복제에 의한 사고임이 확인된다 해도 보상을 받기까지는 보통 석 달이 걸린다고 한다. 전화를 끊고 통화시간을 보니 71분. 다음달에는 약 21만 원이 찍힌 휴대전화 요금 고지서를 받아들게 생겼다. 바늘에 찔린 풍선처럼 온몸의 힘이 스르륵 빠진다. 이제 돈 한 푼 없는데, 브라질에 대해 이렇게 나쁜 감정만 잔뜩 안고 돌아가야 하는 걸까? 포르투갈어도 못하는 내가 경찰서에 가서 신고할 일부터가 아득하다.

내가 울며 통화하는 모습을 봤는지 정원의 해먹에 누워 있던 청년이 몸을 일으켜 다가온다. 무슨 일이냐면서. 아르헨티나 청년 안드레스가 포르투갈어를 할 줄 안다며 경찰서에 함께 가겠단다. 그와 함께 올린다의 경찰서를 찾아가니 헤시피 공항에 있는 경찰서에 신고를 해야 한단다. 당황하는 나를 보던 경찰이 잠깐 기다리라고 한다. 잠시 후 나타난 무장 경찰 두 명이 따라오란다. 졸지에 나는 무장 경찰의 호위를 받으며 경찰차를 타고 헤시피 공항으로 향한다. 경찰서에 들어서니 나 같은 손님이 한두 번 찾아온 것도 아닌 듯 다들 태평하기만 하다. 이런 사고가 벌어진 것도 사실 브라질의 공권력이 형편없기 때문일 텐데 이 경찰들이 내 유일한 희망이라 시키는 대로 고분고분 따른다. 기다리라면 기다리고, 저리 가라면 가고, 이리 오라면 온다. 도난 신고를 마치고 돌아와 카레를 만들어 안드레스에게 대접한다. 이 사태에 아무런 책임도 없는데 가까운 사람이라는 이유만으로 감자씨에게는 엄청나게 짜증을 내고, 사태를 해결하는 데 도움이 되는 사람에게는 순응과 읍소를 하고, 보상을 펴는 내 모습이라니…… 비굴하지만 어쩌겠는가. 그사이 정신이 좀 들었는지 밥을 먹을 만큼 기운도 생겼다. 카레 두 그릇을 비운 안드레스가 말한다.

"근데 은행 현금인출기에서 카드를 복제하다니 이 정도면 브라질도 꽤나 기술대국인 거 아니야?"

"그러게 말이야. 거리에 있는 기계에서는 돈 뽑으면 안 된다고 하도 그래서 건물 안에 있는 현금인출기에서 뽑았거든. 도대체 비밀번호는 어떻게 알았을까?"

"감시카메라로 확인하거나 기계 밑에 카메라를 몰래 숨기는 식이 아닐까?"

우리 대화를 들었는지 독일 여자애가 다가와 말을 건다.

"너, 카드 복제 당한 거야?"

"응. 운 나쁘게도."

"나랑 내 친구도 당했어. 리우에서. 우리도 좀 전에 발견했어. 우리는 신용카드인데다 카드라곤 그거 하나뿐이라 재발급을 기다려야 해."

기다렸다는 듯 건너편 테이블에서 영국 여자애 하나가 끼어든다.

"나도 똑같이 당했어. 그것도 두 번이나. 진짜 운 없지?"

우리는 서로의 불행을 위로한다. 이 작은 호스텔에서만 같은 일을 겪은 사람이 네 명이다. 이런 치안상태로 월드컵과 올림픽을 줄줄이 치르겠다는 거냐, 브라질? 털어가더라도 조금은 남겨줘야 여행을 계속하지 몽땅 다 털어가는 건 너무한 거 아니야?

오늘부로 나는 문자 그대로 땡전 한 푼 없는 빈털터리가 되었다. 통장이 비는 순간, 머릿속도 비어버린 게 틀림없다. 이쯤에서 돌아가라는 신의 뜻인가 하며 믿지도 않는 신의 의중까지 헤아리고 있으니. 감자씨는 돈을 보낼 테니 힘을 내서 계속 하라지만 솔직히 기운이 쫙 빠져버렸다. 브라질에 온 이후 계속 돌아갈까 말까 망설이며 헤매고만 있다.

내가 SNS에 올린 글을 본 수영 언니와 지영이에게서 카톡이 들어온다. 일단 맛있는 거 먹고 힘내라고 돈을 보냈다면서. 곧이어 미 언니도 여행 경비를 빌려주겠다는 메일을 보내온다. 계속 가라고 다들 등을 떠미는 것만 같다. 마침 읽고 있던 후지와라 신야의 『아무것도 바라지 않는 기도』에 이런 구절이 나온다. "그러나 여행이라는 신체 활동에 의해 자아를 버려도 세계는 답을 주지 않는다. 대신 한층 가벼워진다." 확실히 내 지갑은 한층 가벼워졌다. 이제 어떡해야 하는 거지?

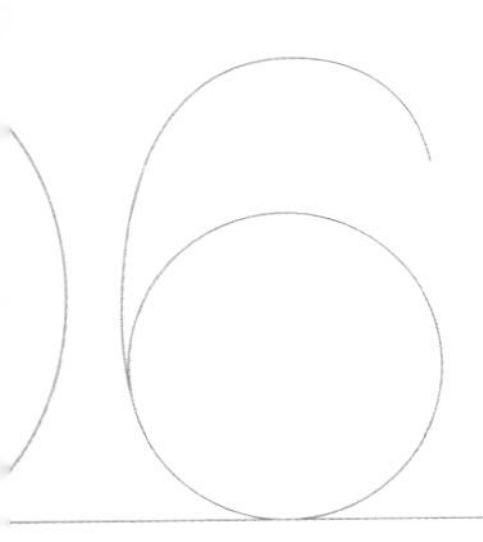

중독성 강한 최고의 생태여행지

페르난두지노로냐

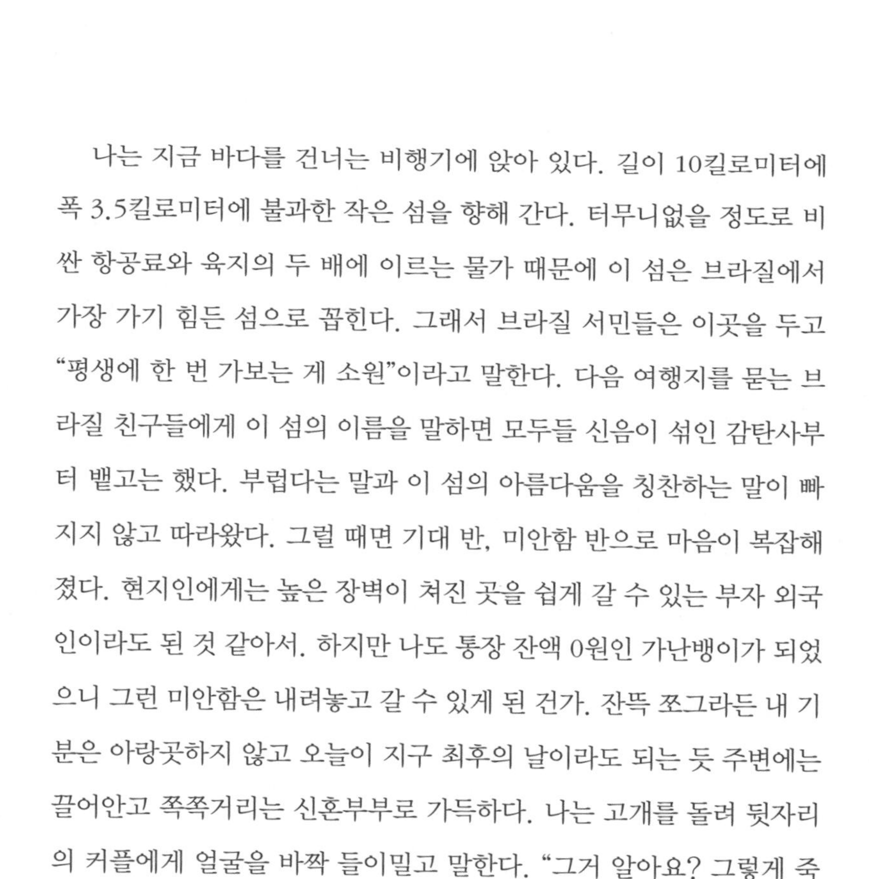

나는 지금 바다를 건너는 비행기에 앉아 있다. 길이 10킬로미터에 폭 3.5킬로미터에 불과한 작은 섬을 향해 간다. 터무니없을 정도로 비싼 항공료와 육지의 두 배에 이르는 물가 때문에 이 섬은 브라질에서 가장 가기 힘든 섬으로 꼽힌다. 그래서 브라질 서민들은 이곳을 두고 "평생에 한 번 가보는 게 소원"이라고 말한다. 다음 여행지를 묻는 브라질 친구들에게 이 섬의 이름을 말하면 모두들 신음이 섞인 감탄사부터 뱉고는 했다. 부럽다는 말과 이 섬의 아름다움을 칭찬하는 말이 빠지지 않고 따라왔다. 그럴 때면 기대 반, 미안함 반으로 마음이 복잡해졌다. 현지인에게는 높은 장벽이 쳐진 곳을 쉽게 갈 수 있는 부자 외국인이라도 된 것 같아서. 하지만 나도 통장 잔액 0원인 가난뱅이가 되었으니 그런 미안함은 내려놓고 갈 수 있게 된 건가. 잔뜩 쪼그라든 내 기분은 아랑곳하지 않고 오늘이 지구 최후의 날이라도 되는 듯 주변에는 끌어안고 쪽쪽거리는 신혼부부로 가득하다. 나는 고개를 돌려 뒷자리의 커플에게 얼굴을 바짝 들이밀고 말한다. "그거 알아요? 그렇게 죽고 못사는 것도 한순간이라는 거? 나도 한때 자신을 두고 '고장난 현금인출기'라던 남자와 쪽쪽거리며 다니던 시절이 있었다는 거지. 그땐 돈 걱정도 전혀 안 했고, 외롭지도 않았지. 근데, 그것도 다 지나가더라니까." 나는 담요를 푹 뒤집어쓰고 상상의 나래를 펴며 귀를 막는다.

대서양에 면한 해안선의 길이만 무려 7491킬로미터에 이르는 브라질에서 '가장 아름다운 해변' 1위부터 3위까지를 다 차지한 이 섬의 이름은 페르난두지노로냐. 여행 책자에는 "중독성이 강한 섬이니 충분한 시간적 여유를 가지고 들어가라"라고 적혀 있다. 다이빙, 서핑, 스노클링에 최적이라는 이 섬은 브라질 최고의 생태휴양지로 꼽힌다. 자연환경을 지키기 위한 수많은 법적 규제 때문에 섬의 원주민들은 이 섬을 "노No의 섬"이라며 부를 정도다. 섬의 자연환경 보호를 위해 하루 750명만 '입도'가 가능한 이 섬은 인터넷조차 거의 연결되지 않아 세상과의 단절이 선물처럼 따라온다.

스물한 개의 섬으로 이루어진 이 군도가 포르투갈 지도에 처음 등장한 것은 16세기 초반. 포르투갈 상인 페르난두지노로냐가 포르투갈의 왕 동마누엘로부터 이 섬을 증여받았다. 하지만 한 번도 이 섬에 발을 디딘 적 없던 그는 자신의 이름을 딴 섬의 존재 자체를 잊은 채 세상을 뜬다. 18세기 중반 포르투갈이 이 섬을 재탈환할 때까지 섬은 영국, 프랑스, 네덜란드의 지배를 번갈아 받았다. 그후 이 섬은 정치범들을 가두는 감옥으로, 제2차 세계대전 중에는 미군 기지로 사용되기도 했다. 20세기 말, 섬의 개발과 보호를 둘러싼 개발론자들과 환경운동가들 사이의 긴 투쟁이 끝난 후, 군도의 75퍼센트에 이르는 지역이 해상국립공원으로 지정되었다. 유네스코 세계자연유산이 된 스물한 개의 섬 중 유일한 유인도가 바로 군도의 이름이 된 페르난두지노로냐 섬이다.

비행기가 섬의 활주로에 내려앉는다. 푸른 바다가 출렁이며 다가온다. 섬, 이라 발음하는 순간, 온몸에 고여 오는 고립감. 이 섬의 주민 중에는 평생 육지를 그리워하며 살아온 이도 있을 테고, 지긋지긋한 육지를 버리고 이곳에 숨듯이 묻힌 사람도 있으리라. 관계의 그물망에 촘촘히 갇힌 채 살아가는 우리는 가끔씩 세상과의 단절을 찾아나선다. 어딘가 먼 곳으로 떠나 지금까지와는 완전히 다른 삶을 살아보고 싶을 때, 하지만 그 소망을 현실로 만들 만큼의 용기는 없을 때, 우리는 작은 짐을 꾸려 섬을 찾아간다. 바다로 고립된 섬. 그러나 원할 때면 언제나 육지를 향해 열려 있는 섬. 그 섬의 귀퉁이에 누워 한 며칠, 마음의 소금기나 걷어내고 돌아오는 것이다. 섬은 적절한 고립감과 익명성으로 우리에게 짧은 일탈을 허용해왔다. 그런 면에서 인터넷도 안 되는 이 섬의 단절감은 나에게 축복일지 재앙일지 궁금하다. 짠내를 머금은 끈적한 바람이 불어온다. 공항을 빠져나오기 전, 계산부터 해야 한다. 숙소 비용 외에 1박당 2만 원의 체류비를 별도로 내야 하고, 해상국립공원 입장료도 7만 원이나 지불해야 한다. 이 섬에서 닷새를 머물 예정인 나는 17만 원의 돈을 도착과 동시에 지불한다. 어쩐지 '삥을 뜯기는' 기분이다. 공항을 나서기도 전에 어디 제대로 돈값을 하는지 두고보자는 심보가 되어버린다.

숙소에 들어서니 갑자기 서글퍼진다. 이 섬에서 가장 싼 숙소인 이 방의 가격은 8만 원. 손바닥만한 방에는 텔레비전, 냉장고, 작은 테이블도 있지만 모든 가구와 전자제품이 하나같이 조악한데다 제멋대로다. 마치 버려진 물건을 하나씩 주워다 놓은 것처럼. 게다가 집주인과는 스페인어도, 영어도 전혀 통하지 않는다. 결국 옆방의 손님으로 와 있던 젊은 처녀들이 끼어들어 도와준다. 항공사 아줄Azul의 승무원으로 일하는 케이티, 릴리언, 실라. 그중 케이티가 스페인어를 조금 한다. 짐을 풀자마자 이 친구들이 일몰을 보러 같이 가겠느냐고 묻는다. 이 섬에는 대중교통 수단이 전혀 없다. 차를 렌트하거나 얻어 타야 한다. 이런 기회를 놓칠 수는 없다. 우리는 일몰의 명소라는 카심바두파드리로 향한다. 바다를 내려다보는 절벽에는 이미 많은 이들이 삼삼오오 모여 앉아 있다. 바다 위에는 형제섬이라는 이름처럼 작은 바위섬 두 개가 나란히 떠 있다. 붉은 해가 저 바위 사이로 넘어간다면 꽤 멋진 풍경이 될 것 같다. 기다리는 사람들의 마음이야 아랑곳하지 않고 천천히 내려오던 해는 도중에 구름 속으로 쏙 들어가버린다. 일몰은 못 봐도 노을은 즐기고 싶은데 이 처녀들은 노을 따위에는 관심도 없는지 해가 넘어가자마자 발딱 일어선다.

저녁을 먹고 쉬고 있으니 케이티가 다시 문을 두드린다. 이 섬에서 가장 물좋은 클럽 도그바Dog Bar에 가잔다. 수질을 흐릴까 걱정도 되지만 브라질 사람들이 노는 모습을 보고픈 마음에 따라나선다. 바다가 내려다보이는 넓은 정원을 가진 바에는 라이브 음악이 흐르고 있다. 육지의 헤시피에서 태어나 세계적으로 히트한 브라질 음악 포후forro다. 삼인조 악단의 연주에 맞춰 젊은 연인들이 춤을 춘다. 포후는 보사노바보다는 흥겹고 삼바보다는 잔잔해 듣기에 나쁘지 않다. 당연히 춤도 살사

만큼 움직임이 과격하지 않다. 시간은 어느새 자정을 넘겼는데 이 처녀들은 일어날 기미가 없다. 때마침 맞은편 테이블에 있던 브라질 남자 세 명이 건너와 작업을 걸기 시작한다. 먼저 일어나는 나에게 케이티가 당부한다. "우리 네시 반에 일출 보러 가는 거 잊지 마." 네시 반에 준비를 마치고 기다려도 건넛방에서는 조금도 움직일 기미가 없다. 방문을 두드리니 옷도 갈아입지 않은 케이티가 나온다. 클럽에서 좀 전에 돌아와 못 갈 거 같단다. 한창 노는 일에 정신을 쏟을 나이인 이십대 아가씨들을 믿은 게 잘못이다. 저 어린 아가씨들에게 이 섬의 일출 따위가 무슨 의미가 있을까. 해는 매일 떠오르는데.

아침에 다시 케이티 일행을 따라나선다. 어디로 가는지도 모른 채. 상어 박물관이 있는 산투안토니우 항구에 차가 선다. 상어 박물관은 바닷가에 면한 작은 박물관이다. 하지만 이 여인네들은 박물관 안에는 들어갈 생각도 안 하고 정원의 상어 조각 앞에서 사진만 찍는다. 다들 우열을 가리기 힘든 셀카의 여신들이다. 특히 끝내주는 몸매의 소유자 실라. 그녀가 내 이름을 부르는 유일한 순간은 사진 찍어달라고 할 때. 그녀가 부르면 그리즐리를 닮은 나는 종종걸음을 치며 달려가 완벽한 에스 라인 몸매의 실라를 찍는다. 기껏 찍어주면(그것도 여러 장을 요구한다) 좀 들여다본 후에 다른 애들한테 또 찍어달라고 한다. "실라는 내가 찍어준 사진이 마음에 안 드나봐"라고 케이티에게 말하자 "재는 자기 사진 전부 마음에 안 들어 해. 그러니까 신경쓰지 마"라며 웃는다.

어제 바에서 애들에게 집요하게 작업을 걸면서 나를 투명인간 취급하던 남자애들을 이곳에서 다시 만났다. 남자들이 카메라를 들이대니 셀카의 여신들은 신이 났다. 패션잡지 화보 촬영장도 이렇게 달아오르기는 힘들 텐데…… 이들은 자신의 젊음을 카메라 앞에서 드러내고 사진으로 남기는 데 몰두하고 있다. 마치 육체의 젊음이란 곧 스러진다는 걸 안다는 듯이. 틈만 나면 일상의 공간을 벗어나 낯선 곳에 발자국을 남기려 애쓰던 이십대의 내가 저들의 카메라에 겹쳐진다. 젊음은 어딘가에 소진되어야만 하는 강렬한 에너지다. 그 넘치는 기운을 어디에 쓸 것인가는 전적으로 개인의 선택이다. 열정만 있을 뿐 모든 게 서툴기만 해서 실수투성이였던 시절, 우리는 모두가 나를 온전히 쏟아부을 무언가를 붙들고 그 불안한 시절을 건너왔다.

상어 박물관을 떠나 우리가 찾은 곳은 서퍼들의 해변. 릴리언은 이곳에서 자신의 욕망을 과감히 말한다. "이 섬에서 내 인생의 남자를 만나고 싶다"고. 그래, 이 아이들은 불안한 현실을 탈출하기를 꿈꾸며 이 섬을 찾아왔을 것이다. 이곳에서 멋진 남자를 만나 제2의 인생을 시작하고 싶다는 갈망으로. 저 나이 무렵, 우리가 가장 쉽게 인생을 리셋할 수 있다고 믿는 건 결혼이니까.

오후에 우리는 보트 투어로 섬을 둘러본다. 스피드 보트를 타고 섬의 북부에서 남부까지 한 바퀴를 돈 후 산슈 해변 부근에서 스노클링을 즐기며 섬의 물고기떼와 첫인사를 나눈다. 이 투어의 하이라이트는 배를 따라오는 스피너 돌고래떼의 점프 감상. 돌고래 두세 마리가 함께 물위로 솟구쳐오르는 순간, 일제히 터지는 카메라 셔터 소리. 찍다보면 즐길 수 없다는 걸 알기에 과감히 카메라를 내려놓는다. 저렇게 역동적이고 활발한 모습은 어차피 내 장비로는 제대로 찍히지도 않을 테니. 재미난 놀이라도 되는 듯 배를 따라 도는 돌고래를 눈으로 좇는다. 뱃전 옆으로 따라오던 돌고래들이 어느 순간, 물위로 뛰어오른다. 아, 저 얼굴은 마치 웃는 것 같다. "인간, 너희들과 가끔 이렇게 어울리는 것도 꽤 즐거워." 이렇게 말하는 것만 같다. 동물 중에서 인간 다음으로 가장 크고 복잡한 두뇌를 지녔다는 돌고래는 사람의 행동을 따라하고, 도구를 사용할 줄 안다. 무리를 이루어 큰 바다를 헤엄치며 사는 돌고래 중 해마다 2만 마리가 인간에게 잡혀 세계 각지의 동물원으로 팔려간다. 단 한 번이라도 드넓은 바다를 유영하는 돌고래 무리를 본 적이 있는 사람은 돌고래 쇼가 얼마나 잔혹한지 알 것이다. 인간처럼, 야생의 동물들 또한 자유로워야 아름답다. 우리에게는 그들을 가두어놓고 오락

거리로 삼을 권리가 없다. 이제 동물원이나 수족관에 대한 생각을 전환해야 할 때가 아닐까.

함께 점심을 먹은 후 케이티 일행이 떠났다. 이 숙소에서 대화를 나누던 유일한 사람들이었는데, 그녀들이 떠나고 나니 여왕벌과 무리를 잃고 혼자 남겨진 일벌이 된 것 같다. 우리는 나이도 다르고, 국적도 다르고, 여행의 취향도 달랐지만 그럼에도 인간이라는 이유만으로 서로에게 기댈 수밖에 없는 존재였다. 이 섬에 온 이후 나는 외로움의 바다에 빠져 익사할 것만 같다. 예상했던 대로 이 섬은 커플의 낙원이다. 동양인 여행자를 본 적도 없다. 게다가 섬의 와이파이는 거의 언제나 불통이다. 감자씨 목소리를 듣겠다고 마을의 공원에서 휴대전화를 손에 들고 거미줄처럼 가는 와이파이 신호를 잡아보려 애쓴 게 몇 번인지. 물론 매번 실패했다. 와이파이 알아보러 다니던 중에 만난 브라질 남자 키쿠는 어찌나 브라질 정부 욕을 하던지 듣는 내가 다 민망할 정도였다. 자기는 쿠리치바에 사는데 거기도 와이파이나 인터넷이 엉망이란다. 이 섬을 보라고, 돈은 엄청 뜯어가는데 다 부패한 관료들 주머니로 들어갈 뿐이란다. 나라 전체가 엉망진창인 브라질에서 내세울 만한 건 사람들뿐이란다. 그 말이 이해가 된다. 게다가 물가가 비싸서 밥 한 끼 마음놓고 못 사 먹고, 매끼 숙소에서 일식일찬으로 끼니를 때우는 처지다. 이 섬이 아무리 아름답다 해도 고립감을 견디기 힘들어져 결국 항공권 날짜를 변경하기로 마음먹는다.

공항에 가는 길. 히치하이킹을 시도하니 도착한 날 탔던 택시기사 아저씨다. 아저씨는 일요일이라 무료로 태워주겠다면서 "일요일은 즐거운 날이거든"이라고 귀여운 어투로 덧붙인다. 예정보다 하루 일찍 출발하는 걸로 날짜를 바꾸고 돌아오는 길에는 가브리엘과 베아트리체의 차를 얻어탔다. 상파울루의 방송국에서 편집자와 피디로 일하는 이들과 곧 친구가 된다. 다행히도 이 친구들은 영어를 잘한다. 'TAMAL'이라는 바다거북 보호 단체의 센터에 가서 함께 거북이에 대해 공부하고, 저녁도 같이 먹고, 바에서 수다도 떨다가 돌아온다. 내일은 함께 돌고래를 보러 가기로 약속한다. 기쁘다. 새로 친구가 생겨서.

새벽 여섯시. 섬은 아직 깊이 잠들어 있다. 매일 아침, 사냥을 마친 3백여 마리의 돌고래떼가 물살이 잔잔한 '돌고래만'으로 휴식을 취하기 위해 돌아온다. 잠이 덜 깬 눈을 비비며 우리가 찾아간 새벽의 돌고래 전망대. 이곳에는 이미 돌고래 센터의 직원들이 출근해 그날의 돌고래 수를 세고 있다. 매일 돌고래를 세는 일을 하며 산다는 건 얼마나 평화로울까. 누구에게도 해를 끼치지 않을뿐더러, 지구에서 사라져가는 이들을 지킨다는 보람까지 주니. 높은 곳에서 내려다보는 우리 눈에 돌고래는 작은 점으로밖에 보이지 않는다. 전망대에 마련된 망원경을 돌려가며 돌고래의 꼬리를 찾고, 세어본다. 잔잔한 바다로 쉬러 오는 돌고

래떼와 그들을 만나기 위해 새벽잠을 설치며 찾아온 인간들 사이의 말없는 우정이 오가는 시간. 바다 위의 그 까만 점을 좇는 사람들과 먼바다에서 유유히 돌아오는 돌고래떼. 이토록 짧고 강렬한 교감이 또 있을까. 하루를 이토록 충만하게 시작하는 다른 방법이 있을까. 이번 여행을 시작한 이후 처음으로 충일감이 나를 채운다. 이 순간을 위해 내가 이 먼 곳까지 온 것 같다. 청명한 공기를 가르며 작은 새의 지저귐이 들려온다. 포르릉 포르릉. 주변을 두른 아름다운 침묵 속에서 우리는 돌고래를 세고 또 센다.

돌고래들을 만난 후에는 전망대에서 이어진 길을 따라 산슈 해변으로 내려간다. 산슈 해변은 브라질에서 가장 아름다운 해변 1위로 뽑힌 곳인데 절벽에서 해안으로 내려가는 길이 제법 험하다. 좁고 어두운 동굴을 따라가는 길에는 사다리 두어 개만 설치되어 있을 뿐이다. 굳이 해변으로 가는 길을 드러내고 싶지 않다는 의지까지 느껴질 정도다. 동굴을 빠져나가니 바다가 불쑥 다가선다. 아무것도 없는 해변이다. 이곳에는 해변의 전망을 독차지하는 호화로운 리조트도, 마구잡이로 지어올린 가건물도, 심지어 해변 풍경의 필요 조건인 파라솔과 의자조차

없다. 오직 수만 년 전의 모습 그대로 펼쳐진 모래사장과 밀려오는 파도에 몸을 씻는 야자나무만 있을 뿐. 들리는 소리는 몸을 뒤집으며 뭍으로 뭍으로 달려드는 파도의 뒤척임뿐이다. 지구에는 분명 이보다 길고 고운 모래를 지닌 해변이 있을 것이다. 이보다 더 반짝이는 물빛을 자랑하는 바다도 있을 것이다. 하지만 이토록 완벽하게 인간의 손이 닿지 않은 채 남아 있는 해변이 있을까. 그리고 이토록 텅 비어 고즈넉함을 안겨주는 해변이 또 있을까. 태초의 바다가 이런 풍경이 아니었을까. 이 섬이 품은 가장 큰 비밀은 저마다 그림엽서 같은 풍경을 자랑하는 열여섯 개의 해변의 대부분이 이렇게 텅 빈 모습으로 나를 맞아준다는 점이다.

산슈 해변이 그 완벽한 공空의 아름다움을 자랑한다면 수에스치 해변은 이 섬을 빛내주는 다양한 생명체를 품은 곳이다. 이곳에서의 스노클링은 바다거북들과 함께 헤엄을 치고, 작은 상어들과 어울릴 수 있는 시간을 보장한다. 두 발의 핀으로 거북이를 건들지 않을까 두려울 정도의 거리에서 거북이와 함께 수영을 즐긴다. 해초를 뜯어먹느라 바쁜 거북이, 앞발을 부드럽게 저어가며 호흡을 하기 위해 물위로 떠오르는 거북이. 이들의 우아한 동작은 바라보는 것만으로 황홀하다. 거북이가 헤엄치는 모습은 마치 드넓은 창공을 나는 독수리의 날갯짓처럼 가볍다. 꽤나 무거워 보이는 몸을 끌고서 조금도 무게감이 느껴지지 않게 떠다닌다. 뭍에서는 그토록 느리고 무기력해 보이는 거북이가 물속에서는 이렇게나 여유만만해 보인다니. 마치 저에게 어울리는 장소가 어디인줄 안다는 듯 느긋하기만 한 거북이들. 두 마리의 거대한 바다거북을

좇으며 우리는 시간이 가는 줄도 모른다. 물위에 내놓은 등과 다리가 새빨갛게 익어가는 것도 모른다. 오늘 수에스치 해변에서 나는 무려 세 시간을 물위에 떠 있는 인생의 기록을 세운다. 그사이 여섯 마리의 커다란 바다거북, 세 마리의 상어, 두 마리의 큰 가오리, 그 외 이름을 불러주지 못한 수천 마리의 열대어와 어울렸다. 소리가 사라진 물속 세계의 두려우면서도 매혹적인 풍경에 몰입하면서. 몰입의 대가는 끓는 물에 들어갔다 나온 문어처럼 붉게 익어 따끔거리는 온몸이다.

다음날 아침, 가브리엘과 베아트리체가 숙소 앞으로 찾아왔다. 차에 오르려는 찰나, 주의력 없는 나는 돌아가는 엔진 사이로 발을 집어넣고 만다. 악! 단말마의 비명을 내지른다. 브라질은 내 피 같은 돈을 다 빼가더니 이제는 진짜 피까지 쏟게 만드는구나. 정신없이 발을 빼고 보니 불행 중 다행. 샌들 앞부분이 막힌 덕분에 샌들이 잘려나가는 걸로 끝이 났다. 만약 조리 같은 걸 신고 있었다면 발가락이 사정없이 잘릴 뻔했다. 그래도 발바닥을 깊이 밴 탓에 피가 뚝뚝 떨어진다. 병원에 가자는 이 친구들에게 나는 어이없는 말을 하고 만다. "괜찮아. 그냥 바다로 가자." 아직 병원이 문을 열지 않은 시간이라 기다려야 하는 미안함 때문이다. 어이없기로는 이 친구들도 만만치 않다. "정말 괜찮겠어? 그럼, 가자." 결국 이 발로 바다에 뛰어든다. 바닷물이 소독까지 해줄 거라 믿으면서. 양말을 신고, 핀을 찬 채로. 제발 피 냄새를 맡은 상어 떼만 몰려오지 말아라. 어제 본 상어들이 채식주의를 선언한 돌연변이 상어이기를 바라며 물질을 한다. 스릴 넘치는 스노클링도 나쁘지 않네.

바다에서 나온 후 우리는 차를 몰아 병원을 찾아간다. 이 섬에 하나뿐인 병원은 시골 보건소 같다. 의사나 간호사 또한 모처럼 들어온 손님을 대하는 가게 주인마냥 상냥하다. 상처를 소독하며 의사가 앞으로 최소 사흘은 상처 부위에 물이 닿으면 안 된다고 주의를 준다.

"이미 바닷물로 한 시간 정도 소독하고 왔어요."

"이런…… 하긴 이 섬의 바다는 유혹을 뿌리치기에는 너무 아름답죠."

의사의 이런 태도가 마음에 든다.

"별일은 없을 거니까 걱정하지 마세요. 그래도 파상풍 주사는 맞아두는 게 좋겠네요."

진통제와 파상풍 주사용 처방전을 받아들고 병원을 나온다. 뜻밖에도 무료다. 파상풍이란 단어에 주눅이 든 내가 "아침에 괜히 바다에 들어갔나봐"라고 하니 낙관적인 베아트리체는 이런다.

"신경쓰지 마. 의사로서 할말을 한 것뿐이고, 별거 아니야."

"병원에 데려다줘서 고마워."

"무슨 말을. 난 카메라 충전하러 온 것뿐이야"라며 병원 복도 콘센트에 꽂아놓은 카메라를 가리킨다. 유머 감각 뛰어난 이들과 같이 다니다보면 종일 웃게 된다. 이번 여행지에서 이렇게 웃어보기는 처음이다. 파상풍 주사를 맞으러 의사가 알려준 곳에 갔더니 파상풍 주사약이 떨어졌단다. 한참 전에 육지에 요청했는데도 안 오고 있다며 미안해한다. 어쩐지 브라질답다.

산슈 해변의 아름다움에 반한 우리는 오늘도 산슈 해변을 찾아간다. 베아트리체와 가브리엘은 또 한 명의 가난한 여행자에게 자선을 베푼다. 히치하이크를 하던 독일인 청년 슈테판까지 차에 오른다. 슈테판은 10년째 태권도를 배우고 있는데 1단이란다. 태권도 투어로 서울도 열흘간 방문했단다. 태권도에 이어 이제는 5년째 카포에이라를 배우고 있어 카포에이라 수련을 위해 브라질에 왔단다. 태권도 품새 좀 보여달라니 몹시 부끄러워하며 손사래 친다. 입수가 금지된 나는 해변의 바위에 앉아 일기를 쓰고, 슈테판은 해변을 걷고, 베아트리체와 가브리엘은 수영을 즐긴다. 저 커플은 지치지도 않는구나. 나는 다친 발이 아니더라도 화상 때문에 온몸이 화끈거려 이제 바다는 좀 무서운데…… 텅 빈 해변에 넷이 나란히 앉아 해 지는 모습을 보며 오늘 하루와 작별한다.

드디어 섬을 떠나는 날이다. 섬을 나간다니 아쉬움보다는 설렘이 더 크다. 이 섬이 주는 고립감이 너무 컸던 걸까. 짐을 다 싸놓고 숙소의 테라스에 앉아 김소연 시인의 『시옷의 세계』를 읽는다. 잠시 후 가브리엘과 베아트리체가 작별인사를 하겠다며 찾아왔다. 우리는 서늘한 바람이 불어오는 테라스에서 이런저런 이야기를 나눈다. 브라질 정부가 가난한 이들을 도우려 하지만 극히 적은 돈이라는 것, 아마존에 전력생산을 위한 댐을 만들겠다고 해서 부근 원주민들이 자살로 항거하는 중이라는 것, 지금 머무는 숙소의 주인이 바다가 보이는 해변가에 큰 호텔을 짓기를 꿈꾼다는 이야기에 가슴이 아프다는 것, 상파울루의 도시에서 탈출했지만 결국 여기서도 와이파이를 찾는다는 것. 가브리엘은 호주에 영어 공부를 핑계로 넉 달 있었는데 학교는 거의 안 나가고 클럽과 해변에서 영어를 배웠단다. 그러면서 브라질 사람들은 노력은 전혀 안 하면서 언제나 "하느님이 하시면"이라는 말을 달고 산다고, 그래서 심각해져야 할 순간에도 그저 파티, 해변, 술에나 몰두한다며 비판한다. 나는 가브리엘에게 말한다.

"언젠가 서울에 놀러와. 영어 공부하러. 해변과 클럽이라면 우리도 많거든."

"그럼 영어 공부도 할 겸 한 번 가야겠네."

이런 이야기를 나누며 웃는다. 브라질에 온 이후 최초로 나를 웃게 한 친구들. 그래서 지금 누리는 순간에 대해 감사의 마음이 들게 만든 두 사람. 내 여행의 아름다운 한 페이지를 만들어줘서 얼마나 고마운지.

책의 마지막 장을 덮은 나는 택시를 부탁해놓고 플람보얀 공원을 찾

아간다. 해변보다 내가 더 좋아하던 공원이다. 플람보얀 나무의 붉은 꽃잎이 비처럼 떨어져내리는 벤치 아래서 나는 책을 읽거나 엽서를 쓰며 오후를 보내곤 했다. 와이파이 신호를 잡기 위해 공원을 뛰어다니기도 했다. 늘 앉던 벤치에 앉는다. 오늘도 붉은 꽃잎이 바람에 하늘거리며 떨어져내린다. 누군가 뿌려놓고 간 모이를 부지런하게 쪼아대느라 부산한 새들과 나뭇가지 사이로 보이는 푸른 하늘과 지상으로 쏟아져내리는 햇살을 바라본다. 두 번 다시 볼 수 없을 이 풍경을 내 마음에 새겨넣는다. 공들여 찬찬히.

07

야망 따위는 내팽개친 이들이 살아가는 곳

제리코아코아라 / 바헤이리냐스

"난 이 동네 사람들을 도무지 이해할 수가 없어. 이곳 사람들이 하루 종일 유일하게 하는 일이 뭔지 알아? 멍하니 앉아서 시간 보내는 거야. 지붕의 타일이 썩어서 내려앉고, 벽은 페인트칠이 다 벗겨지고, 정원에 잡초는 숲을 이루고, 모래는 하루종일 날아와 쌓이고, 집안을 둘러보면 할 일이 태산 같은데, 여자들은 그냥 집 앞 의자에 앉아 수다나 떨고 있다니까. 부지런히 돈을 벌어서 저축을 하고, 더 좋은 집을 짓고, 큰 도시에 나가 살고, 이런 기본적인 욕망 자체가 없는 사람들이야. 앞집 호텔 보이지? 저 근사한 호텔을 빌려준 땅주인이 어떻게 사는지 알아? 남편은 여전히 관광객들 태우고 사륜구동차 운전사 노릇을 하고, 아내는 동네 여자들 매니큐어 발라주면서 다 쓰러져가는 집에 살아. 아니, 그 비싼 임대료를 받아서 어디다 쓰는 거지? 이 동네에서 알짜배기 땅을 다 갖고 있는 마을 최대 부자는 어디서 뭘 하는지 알아? 나 같으면 리우나 상파울루로 이사해 멋지게 살 텐데, 여기서 고작 30분 걸리는 읍내에 나가 살고 있어. 전쟁 때 피난민이 지은 것처럼 흉한 마을이야. 이 동네 애들은 또 어떻고! 걔들 꿈이 뭔지 알아? 여기 남자애들은 여행

온 서양 여자애들과 해마다 연애를 하거든. 그러면 애인을 따라 나라밖으로 나가본다던가 뭐 이런 걸 바라는 게 자연스러운 욕망 아니야? 걔들은 그저 좋은 카이트 서핑 기구 하나 갖는 게 꿈이야. 그게 전부라고. 야망이라고는 눈곱만큼도 찾아볼 수가 없는 게 이 동네 사람들이야. 나는 러시아의 모스크바에서 왔잖아. 우리는 그렇게 안 살았거든. 공산정권이 무너진 후 생존하려면 필사적으로 일해야 했어. 나는 바닷가에 일몰을 한 번 보러 가려면 '마리나. 넌 지금 영적인 시간을 얻으러 가는 거야. 그냥 빈둥거리는 게 아니야'라고 스스로를 설득해야 한다고."

러시아에서 이곳까지 흘러와 여행자를 위한 숙소를 운영하는 마리나가 어느날 오후에 넋두리하듯 들려준 이야기다. 내 여행의 마지막 장소까지 마침내 나도 흘러들어왔다. '도무지 야망이라고는 없이 빈둥거리기만 하는 사람들'이 살아가는 이 동네의 이름은 제리코아코아라. 여행자들은 짧게 '제리'라고 부른다. 어딘지 장난스러운 분위기의 그 이름처럼, 이 마을에 감도는 분위기는 느긋함이다. 지금껏 느슨한 동네 분위기로 승부했던 브라질의 마을들은 죄다 이곳에 오면 "형님!" 하며 무릎을 꿇을 것 같다. 마을 전체가 돈 많은 한량으로 가득찬 것 같은 이곳에서 사람들이 제일 많이 하는 일도 늘어져 기다리기다. 모래언덕에 앉아 노을을 보기 위해 하루를 기다리고, 카이트 서핑을 하기 위해 좋은 바람이 불기를 기다리고, 서핑을 하기 위해 높은 파도를 기다리는 곳. 마음이 조급하고 일정이 빠듯한 이가 이곳에 온다면 '뚜껑' 좀 열릴지도 모른다. 마리나의 '뚜껑'도 아직 열려 있다.

"근데 도대체 알 수가 없는 게, 저 옆집 주인이 이탈리아인이거든. 이 동네는 이탈리아인들이 개발하다시피 한 곳이라 이탈리아인이 발에 채여. 어쨌든 저 남자는 매일 술에 절어 있어서, 장담하건대 정원에 물 한 번 준 적이 없어. 근데도 저 집 플람보얀 나무는 해마다 가지가 늘어져라 꽃을 피워대. 매일 물 주고, 가지 쳐주고, 하루가 멀다 하고 들여다보는 우리집 플람보얀 나무는 병아리 똥오줌만한 꽃을 겨우 피우니 이게 도대체 무슨 조화람? 내가 스트레스를 너무 줘서 그런가. 아무튼 이 사람들 삶의 태도, 나도 가끔은 배우고 싶다는 생각도 들어. 저 뒷집 스위스인은 좀 배웠더라. 근데 그 남자는 여기 16년이나 살았어. 난 겨우 2년이고. 10년은 더 살아야 좀 느긋해지려나. 어이쿠, 너무 오래 쉬었네. 할 일이 산더미인데…… 정원에 풀부터 뽑아야겠어."

제리코아코아라는 지도를 한참이나 들여다봐야 겨우 찾을 수 있는 작고 외진 바닷가 마을이다. 이곳까지 오기는 했지만 지금 내 상태는

한가롭게 노을이나 기다리는 일과는 어울리지 않는다. 오늘 아침에 파상풍 주사를 맞았는데도 발바닥의 통증은 가라앉지 않고, 화상을 입은 온몸은 뱀처럼 허물이 벗겨지면서 바늘로 찌르는 것처럼 따끔거린다. 더이상 햇볕을 받았다가는 몸이 터져버리지 않을까 겁이 날 정도다. 그런데도 나는 이 몸을 하고 해변으로 나가 꾸역꾸역 모래언덕을 오른다. 일몰을 보겠다는 욕심으로. 해 지는 거야 내가 사는 동네에서 봐도 그만일 것을, 고작 그걸 보겠다고 지구 반대편의 브라질 북쪽 끝까지 찾아와 모래언덕을 오르다니. 내 안에는 세계에서 가장 큰 제국을 꾸렸던 칭기즈 칸의 피라도 흐르는 걸까. 이런 나를 두고 동생은 "저러다 객사하지"라며 혀를 끌끌 차곤 한다. 객사 아니면 고독사. 지금의 나로선 이 둘 중의 하나가 될 가능성이 가장 클 것이다. 그렇다면 고독사보다는 객사가 지금까지의 내 삶에도 가장 어울리는 마무리가 아닐까. 뒷수습을 해야 하는 가족의 문제만 없다면.

리우데자네이루에서 이 마을까지의 직선거리 2천 5백 킬로미터. 여기까지 왔지만 돌아갈까 망설이던 상태 그대로 여전히 여행에 마음을 붙이지 못하고 있다. 몸은 이토록 멀리 떠나왔는데 마음은 처음의 그 자리에 붙박아져 있다면 어떻게 해야 하는 걸까. 무거운 발을 옮기며 모래언덕을 오른다. 아, 이 모래언덕. 기대 이상으로 스펙터클하다. 텅 빈 해변 한 귀퉁이에 갑자기 솟구친 것처럼 우뚝 서 있다. 모래언덕의 정상에는 로맨틱한 일몰 분위기 조성에 일조하기 위해 칵테일 노점도 서 있다. 이 모래언덕의 일몰은 어디서나 볼 수 있는 흔한 일몰이 아니란다. 제리가 자랑하는 최고의 볼거리인 '에메랄드 선셋'이다. 태양이

수평선으로 넘어갈 무렵 하늘가에 감도는 선명한 푸른빛 때문에 '에메랄드 선셋'이라는 애칭이 붙었다. 이 일몰을 보기 위해 해 질 무렵이면 여행자들이 하나둘 바닷가의 모래언덕에 찾아든다. 그늘에서 잠만 자던 가장 게으른 이들조차 이 시간이면 모래언덕에 얼굴을 내민다. 사막의 모래 언덕처럼 높이 솟은 이곳에서 카이피리냐를 마시며 저마다 상념에 잠긴 채 수평선 너머로 기우는 태양을 바라본다. 하루를 마감하는 의식처럼. 저물녘의 시간이 선물하는 느슨한 이완이다. 아쉽게도 오늘은 날이 흐려 일몰을 볼 수 없다. 마침내 이곳까지 왔다는 뿌듯함만 남은 건가. 그리고 돌아갈 길이 까마득하다는 아득함. 이제 심리적으로만이 아니라 물리적으로도 완전히 고립되었다는 절박감. 여기까지 와서도 여전히 외롭다는 사실. 그 막막한 고립과 외로움이 이상하게도 안도감을 준다. 우리는 누구나 섬처럼 혼자 떠 있는 존재이기에 그런 감정은 피부처럼 몸에 두르고 살아가야 하는 것인지도 모른다. 그러니 이곳에서의 내 외로움은 내가 생의 본질과 오늘도 마주하며 서 있다는 것을 말하는 것이리라. 나는 인생이 몰아가는 고독의 섬에서 당당히 살아온 나를 끌어안는다. 두 팔을 모아 나를 안아주며 수평선 너머의 해를 삼켜버린 구름을 바라본다.

다음날, 가만히 앉아 일몰만 기다리기에는 아직 열정이 남은 나는 마을의 여행사에 일일 투어를 신청한다. 오늘의 동행은 아르헨티나에서 온 가브리엘라와 마리사, 이탈리아에서 온 로렌초, 가이드 겸 운전사 파비오. 차는 단단한 모래사장을 달려 제일 먼저 페드라푸라다로 향한다. 더이상 차가 갈 수 없는 곳에서 내려 해변을 따라 걷는다. 구멍 뚫린 아치형 바위를 보기 위해. 공룡의 등처럼 솟은 바위 아래로 사람들이 끝없이 몰려와 사진을 찍는다. 텅 빈 바위와 그 아래로 부서지는 흰 포말 같은 사진은 언감생심이다. 결국 나도 그냥 기념사진만 찍고 만다. 두번째로 찾아가는 곳은 블루 호수. 바닥까지 투명하게 드러나는 호수는 맑고 깨끗하다. 호수 주변의 가게에서 놀라운 상술을 발휘했다. 계곡도 아닌 호수에 파라솔과 테이블을 설치해 물에 발을 담그고 놀 수 있게 해놓았다. 그뿐 아니라 말뚝을 박아 그물 침대까지 걸어놓았다. 이거야말로 게으른 이들을 위한 천국이 아닌가. 호수 한가운데 눕거나 앉아 맥주도 마시며 경치도 즐기는. 다친 발 때문에 물에 못 들어가는 나를 파비오와 로렌초가 부축해 데려다준다. 수영을 하거나 해먹에 드러누워 쉬는 사람들 사이에서 나는 한 발만 물에 담그고 책을 읽는다. 내가 한국에서 왔다고 하니 로렌초가 묻는다.

"혹시 카미노 데 산티아고에 대해 너희 나라 여자가 쓴 책 읽어봤어? 재작년에 산티아고를 걸었는데 한국인이 엄청 많았어. 내가 만난 커플이 어떤 여행가가 책을 낸 이후에 산티아고가 한국에서 알려지기 시작했다고 하더라고."

조금은 겸연쩍은 미소를 지으며 대답했다.

"그 책 내가 쓴 건지도 몰라."

"뭐? 정말? 진짜야?"

로렌초가 믿기지 않는다는 듯 거듭 묻는다. 갑자기 사진을 찍자며

→ 제리코아코아라 / 바헤이리냐스

카메라를 꺼내든다. 기분이 나쁘지 않다. 브라질에서 이탈리아인에게 산티아고에 관한 책 이야기를 듣다니.

마지막으로 우리가 찾아가는 곳은 그 이름부터 '천국 호수'다. 하지만 천국도 배고픈 이에겐 무용지물. 다들 식당으로 몰려가 밥부터 주문한다. 한 시간 만에 나온 점심을 먹고 호숫가로 내려가니 사람이라곤 우리 넷뿐. 텅 빈 해변의 긴 의자에 누워 부서지는 포말을 바라본다. 너무나 평화로워 이 세계에서 나오고 싶지 않다. 신기한 건 가이드 파비오의 태도다. 다섯 시간짜리 투어를 일곱 시간 넘게 누리는 데도 채근하는 법이 없다. 천천히 쉬라며 웃을 뿐. 게으른 여행자가 몸을 일으킬 때까지 기다려주다니 이 동네 분위기와 꼭 어울리는 태도 아닌가. 그 마음에 대한 보답을 나는 고작 팁으로 전한다. 어쩐지 이 마을에는 내가 그토록 원했으나 체화하지 못한 삶의 태도인 '내려놓기'를 익힌 사람들만 살고 있는 것 같다. 기다리고, 내려놓기. 그로 인한 평화. 나는 늘 욕망을 내려놓을 수 있는 사람이 되기를 원했지만 실패했다. 가장 사랑하는 사람에게 가장 많은 것을 원하는 가혹한 사람이었다. '사랑함에는 부지런하되 사랑받음에는 게으른 사람'이 되기를 원했지만 현실의 나는 그 반대였을 뿐. 제리에 머무는 동안 나도 기다리고 내려놓는 법을 조금이라도 익힐 수 있을까.

숙소에서 아침을 먹다가 마리나와 이야기를 나눈다. 내가 리우에서 카드 복제를 당한 이야기를 들은 마리나가 자신의 경험담을 들려준다.

"내 전남편이 리우 사람이거든. 남편이랑 이스탄불에 여행을 갔었어. 그랜바자 있잖아. 그 시장에서 누가 남편 바지주머니에서 카메라를 꺼내 가려다가 딱 걸린 거야. 남편이 그 손을 덮치고 고래고래 소리를 지르면서 뭐라 한 줄 알아? 나를 뭘로 보고 이런 짓을 하는 거야! 나 리우에서 온 카리오카리우 주민야. 내가 고작 이런 수법에 당할 줄 알아?"

마리나는 확실히 느긋한 이 동네 분위기와는 맞지 않는다. 나랑 수다를 떨다가도 언제나 끝이 똑같으니. "어이쿠, 내 정신 좀 봐. 할 일이 산더미인데 이러고 있네." 할 일이 하나도 없는 나는 매일 모래사장과 숙소를 오가거나 숙소의 정원에서 책을 읽으며 시간을 보낸다. 온몸이 욱신거려 카이트 서핑은 시도도 못 해보지만, 저녁마다 올라가는 모래언덕에서 에메랄드 선셋은 한 번도 못 보지만, 그래도 괜찮다. 제리에 머무는 시간이 길어질수록 왜 이곳이 들어가는 것보다 나가는 게 더 어렵다는 말을 듣는지 알 것 같다. 모래언덕이 솟아 있는 낯선 풍경의 해변, 서핑, 샌드보딩, 카이트 서핑, 승마, 보트 투어 등의 다양한 아웃도어 활동, 브라질치고는 부담스럽지 않은 가격의 숙소와 식당, 늦은 밤까지 춤추고 마실 수 있는 바와 클럽, 밤늦게 혼자 돌아다녀도 되는 안전함, 무엇보다 한껏 늘어져 게으름을 피우기에 좋은 분위기까지. 여행자들이 좋아할 만한 것은 다 갖추고 있다.

제리에서 며칠을 보낸 후 찾아가는 곳은 멀고도 멀다. 이른 아침 해변의 모래사장을 따라 달리던 사륜구동차가 배를 타고 강을 건너서, 다시 맹그로브 숲 사이 모래사장을 가로지르다가 또 배에 실려 바다를 건너고, 미니밴으로 갈아타 도로를 달리다가 이름도 알 수 없는 마을에 내려 대형버스에 올라 다시 몇 시간. 열 시간을 넘게 달린 여정은 해 질 무렵에야 파울리누네베스라는 작은 마을에서 끝이 났다. 아니, 잠시 중단되었다. 이곳에서 하룻밤을 보내야 한다. 문득 지겨워진다. 이 모든 수고로움이. 무슨 영광을 보겠다고 이 고생을 하는 걸까. 갑자기 집 떠난 이의 서러움이 밀려온다. 끝도 없이 짐을 싸고 푸는 일도, 싸구려 방에 지친 몸을 누이는 일도, 선풍기 한 대로 독한 더위를 쫓는 일도, 제대로 된 식당에서 밥 한 끼 사 먹지도 못하는 궁핍한 살림도, 내내 감자씨의 상태를 걱정하며 와이파이를 찾아 헤매는 수고도 모두 무거운 돌처럼 어깨를 짓누른다. 여행을 해서 뭘 할 거며, 신기한 풍경을 보고, 새로운 사람을 만난들 무슨 변화가 있을까. 여행을 떠나와서도 이토록 극심하게 몸과 마음의 분열을 겪는 날들이 무슨 의미인지. 마지막 목적지를 남겨둔 지금 이렇게 여행이 끝나는 건가. 이토록 가슴 설레는 만남도 없이, 두근거리는 경험도 없이, 일을 겨우 해낸 듯한 기분으로 여행을 마치다니…… 이래도 되는 걸까.

답 없는 질문으로 머리가 어지럽다. 괜찮아, 괜찮아, 다 괜찮아. 아무도 나를 위로할 수 없는 밤, 나는 나를 다독인다. 어차피 여행은 답을 찾기 위해 떠나는 행위가 아니니까. 여행은 질문도 없이 살아온 일상을 깨워 질문을 발견하기 위해 하는 것이다. 물음표가 없는 삶에 느낌표가 있을 리 없다. 그러니 답은 찾지 못해도 괜찮다. 내가 쌓아온 안전하고 튼튼한 성에 균열을 내기 위해 떠나는 것이다. 한 번도 해본 적이 없는 질문과 마주하고, 당연하다고 믿었던 것들을 의심하고, 미처 몰랐던 낯선 내 얼굴을 만나기 위해 가는 것이다. 그러니 이번 여행도 결코 실패했다고 말할 수 없지 않은가.

잠을 이루지 못하고 뒤척이다 일어나 다시 짐을 꾸린다. 아직 사위는 검은 어둠에 둘러싸였다. 새벽 네시에 오기로 한 픽업 트럭은 다섯시가 다 되어 나타났다. 그것도 우리 숙소 주인의 전화를 받고서 자다가 일어나 달려나온 티가 역력하다. 역시 브라질답다. 자다가 놓친 시간을 만회하겠다는 건지 이 남자는 지금 전차 경기라도 하듯 달리고 있다. 굴곡이 많은 길이라 나는 계속 오른쪽에서 왼쪽으로, 이쪽 끝에서 저쪽 끝으로 내몰린다. 손에 쇠 냄새가 배도록 손잡이를 부여잡고 매달린다. 모기들이 팔뚝에 달라붙어 피까지 빨아댄다. 이렇게 먼길을 달려 어디로 가는 것일까 이런 회의에 시달릴 틈도 없이 생존을 위해 온 힘을 쏟고 나서 다다른 곳. 바헤이리냐스다.

마을의 삭막한 풍경에 몸이 움츠러든다. 듣던 대로 흉하다. 함부로 지은 간이 막사 같은 콘크리트 건물이 박스처럼 늘어서 있다. 제리에서 만난 독일인이 소개해준 숙소를 찾아간다. 지도를 들여다보고, 사람들에게 물어물어 찾아가니 강이 가로막는다. 숙소에 전화를 하니 보트를 몰고 픽업을 갈 테니 기다리란다. 선착장의 간이매점에서 아침을 먹는다. 커피와 빵, 계란프라이, 타피오카 한 개가 나오는 아침이 1천 5백 원. 브라질에서 이런 가격으로 아침식사가 가능하다니. 도대체 보편적인 관광지와 얼마나 떨어진 곳까지 온 건가 싶다. 작은 보트가 선착장에 선다. 주인은 이곳에 12년째 살고 있는 독일어를 쓰는 스위스 남자. 그가 가꾼 숙소는 강변으로 이어지는 너른 정원을 지닌 조용하고 쾌적한 방갈로다. 내 처지에는 과분하지만 어차피 빚으로 꾸려가는 여행. 몇 푼 더 쓴다고 세상이 끝나지 않으니 이곳에서 지친 몸과 마음을 충분히 쉬게 하고 싶다. 감자씨의 목소리가 듣고 싶어 모뎀을 빌려보지만 속도가 너무 느려 메일도 못 연다. 중남미에서 가장 잘사는 나라 브라질의 인터넷 환경은 볼리비아보다 못하다.

1박 2일 동안 시달리며 이곳까지 온 이유는 브라질의 숨은 비경 렌소이스 마라녠시스 국립공원 때문이다. 북부에서 가장 신비한 풍경을 보기 위해 이 먼 곳까지 왔다. 오후에 출발하는 투어를 신청한다. 덜컹거리며 달려온 트럭이 모래언덕이 시작되는 곳에 선다. 이곳에서부터 걷는다. 끝없이 펼쳐진 거대한 모래언덕이 마치 침대보Lencois를 펼쳐놓은 듯 보인다는 곳. 해변을 따라 길이 70킬로미터, 내륙으로 50킬로미터의 폭으로 펼쳐지는 이 모래사막은 어디서도 본 적 없는 색다른 풍경이

다. 해변과 맹그로브 숲, 강과 호수, 악어와 플라밍고를 볼 수 있는 사막이 또 있을까. 아니, 이곳은 사막이 아니다. 사막에는 비가 내리지 않으니. 이곳은 그저 모래언덕일 뿐이다. 하지만 사막만큼이나 아름다우면서 사막이 품지 못하는 온갖 생명을 품고 있다. 이 모래언덕에 비가 내리면 수백 개의 크고 작은 호수가 생겨난다. 그 호수에서 물고기들도 한철을 산다. 새하얀 모래언덕과 간간이 나오는 물이 고인 호수들. 호수는 저마다 제 안에 하늘을 담고 있다. 2년째 지독한 가뭄이라 수백 개의 호수는 볼 수 없지만 풍경은 압도적으로 아름답다. 맑고 푸른 호수에 발을 담그고 올려다보는 파란 하늘. 맨발에 감겨오는 단단하고도 부드러운 모래의 감촉. 모래언덕을 홀로 걸으며 보내는 침묵의 시간. 사막은 말을 하기 위해서가 아니라 신의 목소리를 듣기 위해 찾는 곳이라고 했던가. 이곳은 욕심을 내려놓고 마음을 비우기 위해 찾아와야 하는 곳이다. 내 어지러운 마음 한 자락도 이곳에 내려놓고 떠나고 싶다.

오늘은 보트 투어를 하는 날. 어떤 풍경이 기다릴지 설렌다. 여행의 마지막이 되어서야 설레다니…… 아침을 먹고 트럭에 오른다. 북부 지역으로 넘어온 이후 어지간한 투어는 다 트럭에 기댄다. 길이 워낙 험해 버스가 가지 못하는 곳이 많기 때문인가보다. 한 시간쯤 달리는 동안 가이드가 주변 생태에 대해 설명하는데 포르투갈어를 못하는 내게는 부드러운 음악으로 들린다. 물가에 얼굴만 내놓고 쉬는 악어 몇 마리가 보인다. '작은 렌소이스'라 불리는 모래언덕에 배가 선다. 강과 울창한 나무들과 하얀 모래언덕. 이곳에서 바라보는 주변 풍경은 어제 만난 국립공원의 풍경과 비슷하면서도 다르다. 강과 숲이 바로 건너편에 보이기 때문에 생명력 넘치는 자연 안으로 한걸음 더 들어온 것 같다. 기분이 좋아진 나는 뛰어오르며 사진도 찍는다. 사람에게 상처입고, 사람 때문에 절망할 때 위안을 구할 수 있는 마지막 피난처가 자연이기 때문에 우리는 자연을 지켜야 하는지도 모른다. 지극히 인간 중심의 이기적인 이유라 할지라도.

두번째 찾아가는 곳은 만다카루. 딱히 볼 것은 없는 등대에 올라 주변을 조망하고, 기념품 가게를 둘러본 후 카부리로 향한다. 이곳에서 점심을 먹으니 해변에서 해수욕을 하라며 세 시간의 자유시간이 주어진다. 상파울루에서 온 치과의사 디에고, 마르시아 부부와 식사를 주문해놓고 해변으로 간다. 단단한 흰 모래사장이 끝없이 펼쳐져 있다. 아무것도 없는 텅 빈 해변. 거대한 바퀴가 달린 ATV차를 타고 질주하는 여행자들. 풍경은 시원하지만 햇볕이 뜨겁다. 해변에서 도망쳐 식당의 해먹으로 피신해 오후를 보낸다.

이제 모든 일정이 끝났다. 상루이스로 돌아가 비행기를 타는 일만 남았으니. 상루이스에서 상파울루까지 3천 2백 킬로미터. 비행시간만 세 시간 반. 국토 면적이 내 나라의 85배에 이르는 나라를 지난 40일간 다섯 번 비행기를 타고, 몇 번의 야간버스를 타고 돌아다녔다. 돈을 털리고, 발가락이 잘릴 뻔하는 사고를 겪으며. 그 와중에 감자씨는 내내 병원을 들락거려야 할 만큼 아팠다. 몸은 이곳에 있으면서 마음은 떠나온 곳으로 자꾸만 돌아가곤 했었던 40일. 4년처럼 길었다. 나에게 남은 건 여행 10년 만에 처음으로 생겨난 기미뿐. 삶이 그렇듯 여행도 실패할 수 있다는 것. 처음부터 마지막 순간까지 내내 아프기만 할 수도 있다는 것. 이번 여행이 내게 남긴 유일한 깨달음을 안고 돌아가는 길. 발걸음이 무겁다.

열린 창문으로 더운 바람이 불어온다. 중복을 넘긴 7월의 서울. 나는 서재에서 선풍기를 틀어놓고 원고를 쓰다 말고 방문을 연다. 몇 개의 문을 여니 그녀가 보인다. 상처 입은 발로 절뚝이며 젖은 눈으로 짐을 싸는 사십대 한국 여자. 자신의 여행이 실패했다고 믿는 그녀는 짐을 싸다 말고 주저앉아 눈물을 닦는다. 가만히 지켜보던 나는 다가가 그녀를 끌어안는다. 삶이 던지는 질문과 맞닥뜨릴 때마다 한 번도 도망치지 않았던 그녀. 스스로 선택한 길마다 따라오던 외로움마저 묵묵히 감당했던 그녀. 자주 두려움에 빠지고, 길을 잃고, 실수를 반복하지만 언제나 용감했던 그녀를 꼭 안아준다. 그리고 속삭인다. 너는 실패하지 않았다고. 너는 이 여행을 통해 삶이 걸어온 싸움에 이기지 못했지만, 삶이 던진 질문에 대답하지도 못했지만, 결코 지지 않았다고. 이 여행 내내 너는 비록 행복하지 않았지만 스스로에게 충실했다고. 이 여행은 그저 신이 나 세상을 떠돌다 돌아와 이곳을 견디지 못하게 되면 다시 또다른 곳을 찾아 떠났던 그런 여행이 아니었다고. 처음으로 여행이 일상만큼 무거울 수도 있다는 것을 확인함으로써 누구도 피해갈 수 없는 삶의 냉혹함을 확인했던 거라고. 나는 그녀의 어깨를 토닥토닥 두드려준다. 살면서 더 슬픈 일이 찾아올 거니까 미리 너무 울지 말라고, 그렇지만 또 좋은 일도 찾아올 테니 겁먹지 말라고. 너는 지금껏 그래왔듯 삶이 던지는 질문에 온몸으로 대답하기 위해 다시 일어설 거라고.

이 별의 모든 것은
여기서 시작되었다

1판 1쇄 2014년 10월 24일
1판 2쇄 2014년 12월 1일

지은이 김남희 | 펴낸이 강병선
기획 김소영 형소진 | 책임편집 임혜지 | 편집 김소영 황은주 장영선 박영신 | 모니터링 이희연
디자인 이효진 | 마케팅 정민호 이연실 정현민 지문희 김주원
온라인마케팅 김희숙 김상만 한수진 이천희
제작 강신은 김동욱 임현식 | 제작처 한영문화사

펴낸곳 (주)문학동네
출판등록 1993년 10월 22일 제406-2003-000045호
주소 413-120 경기도 파주시 회동길 210
전자우편 editor@munhak.com | 대표전화 031)955-8888 | 팩스 031)955-8855
문의전화 031)955-1933(마케팅) 031)955-2672(편집)
문학동네카페 http://cafe.naver.com/mhdn | 트위터 @munhakdongne

ISBN 978-89-546-2611-8 03810

* 이 도서의 국립중앙도서관 출판예정도서목록(CIP)은 서지정보유통지원시스템 홈페이지(http://seoji.nl.go.kr)와 국가자료공동목록 시스템(http://www.nl.go.kr/kolisnet)에서 이용하실 수 있습니다.
(CIP제어번호: CIP 2014028150)

www.munhak.com